JN002098

後宮を飛び出したとある側室の話
初恋と王冠

Miyako Hanano

はなのみやこ

Contents

登場人物紹介
リケルメ
大国アローロの国王で、名君として名高い美丈夫。対外的には養親子となり、リードの後ろ盾となる。
ラウル
美貌のオルテンシアの王太子。リケルメを叔父にもつ。リードを唯一の妃として迎える。
リード
大国アローロの国王リケルメの寵愛を受ける側室だったが、現在は王太子ラウルの妃。

パトリシア
リケルメの娘で、アローロの第一王女。縁談から逃れるためにオルテンシアに滞在する。
バティ
大陸一の貿易商人であるフェリックス・リサーケの一人息子。かつてのリードの教え子でもある。
レオノーラ
ラウルの母で、リケルメの姉。王都から離れたフエントの離宮に暮らしている。
アルベルト
オルテンシアの名門貴族の出身。ラウルの即位に反対している。
リオネル
ラウルの父であり、現オルテンシア王。穏やかな人柄で、リードとラウルの結婚も後押しした。

初恋と王冠

1

港を見下ろせる高台の上にあるシントラ城。白い石造りの城壁に、青い屋根。

オルテンシアの王城であるこの城は、その美しい外観もあり、王都を訪れた人間は一度はその優美さを褒めたたえるという。

美しいだけではなく、一度も他国の手に落ちたことのないこの城は、オルテンシアの強さと平和の象徴でもあった。

そしてそんなシントラ城は、夜の間は仄かな光に照らされ、昼間とはまた違った趣を見せている。


たよりない光に照らされた寝室で、リードは静かに書物へ目を通していた。

元々は他国の来賓用に作られたこの部屋は、ラウルの側近時代、リードが使っていた部屋だ。

警備の関係上、王族の寝室からも近い奥まった場所にあり、部屋自体は広くはないが調度品や絵画がきれいに飾られている。

当時は王都の中心部にあるサンモルテの教会で暮らしていたリードだが、側近の仕事は夜遅くまで続くことが多かった。

城からサンモルテまでは歩いても半刻ほどだが、夜道をリードに歩かせることを嫌ったラウルが、この部屋を使うようリードに言ったのだ。

そういった意味では、リードにとっては馴染みのある、落ち着く場所でもあった。

ラウルと婚姻を結んでからは同じ寝室で過ごしているリードだが、ラウルが城を空けている時などには時折こちらで過ごしていた。

一人で過ごすには二人の寝室は広すぎるし、普段二人で寝ているベッドで一人きりで眠るのは少し寂しかった。

……アローロにいた頃は、一人で寝るのなんて当たり前だったのになあ。

オルテンシアの王太子、ラウルの妃であるリードには二つの秘密があった。

その一つが、ほんの数年前まで、リードはオルテンシアの隣国、アローロの王、リケルメの側室だったという過去だ。

アローロは大陸で最も広い領土を持つ大国で、その国の貴族の子として生まれたリードは齢十歳の時にリケルメに見初められた。

その後アローロの後宮に入り、リケルメの寵愛を受けたのだが。

後宮での生活に馴染むことが出来なかったリードは出奔し、紆余曲折あってオルテンシアの王太子であるラウルの妃となったのだ。

リケルメも最後にはリードの気持ちを尊重し、義父として後ろ盾にもなるという道を選んでくれた。

勿論、それを知っているのはラウルやリケルメ、そしてリケルメの姉でラウルの母でもあるレオノーラといったごく一部の人間だけだ。

「リード」

耳に入って来た声に、リードはハッとして顔を上げる。男性にしては幾分高めの聞き取りやすい声は、静まり返った室内によく聞こえた。

「ルイス……」

いつの間に部屋に入ってきていたのか。扉の前に立っていたのは、現オルテンシア王であるリオネルの弟の子、つまりはラウルの従弟(いとこ)にあたるルイスだった。

リードも少し前まですっかり忘れていたのだが、生母がアローロの人間であるルイスとは、後宮にいた頃一度だけ会ったことがあった。

そのため、ルイスもまたリードの過去を知る数少ない人間の一人だ。

読んでいた本をパタンと閉じ、視線を向ける。

暗がりの中、近づいて来たルイスからは微(かす)かに香水のかおりがした。

上品なブルネットの髪に、貴公子然とした整った顔立ちを持つルイスは、国内外の社交界でとても人気がある。

「久しぶりだねルイス、急に呼び出してごめん」

他国の姫君と婚姻を結んでいるルイスだが、オルテンシアでは外交官としての仕事も任されている。

普段は国外で過ごしているルイスがオルテンシアに戻るのは、それこそ数カ月ぶりのことだった。

「とんでもない。嬉(うれ)しいよ、リードが俺を呼んでくれるなんて。貴方(あなた)に呼ばれたら、世界の裏側からだって喜んで馳(は)せ参(さん)じるよ」

言いながら、音もたてずに距離を詰めてきたルイスはベッドに座っているリードの前で膝(ひざ)をついた。

「離れている間、貴方のことを考えない日はありませんでした。美しい貴方にこうして再びお会い出来て、嬉しいです」

女性が向けられれば、うっとりするような笑みを浮かべ、さり気なくリードの手を取り、手の甲へ口を近づける。けれどその瞬間。

「お前、わかっててやってるだろ！　俺の存在を無視するな！」

あと少しで手に唇が触れるというところで、リードの隣に立っていたラウルによって、リードに触れていた手を思い切り叩き落とされた。

「冗談だろ冗談！　ったく、相変わらずだなラウル……。束縛が激しい男は嫌われるよ。なあ？　リード」

「え……？」

突然話を振られたリードは、慌てたようにすぐ隣にいるラウルの様子を窺う。

ラウルといえば、眉間に縦皺を刻んだままじっとリードの方を見つめている。

ここで返答を間違えれば、後々面倒くさいことになるだろう。

「そ、そんなことはないよ……愛されてるなあって感じるし」

しどろもどろにそう言えば、ラウルはそれ見たことかとばかりに勝ち誇ったような笑みを浮かべる。

「ラウルを甘やかしすぎですよ、リード……」

ルイスが、わざとらしくため息をつき、リードも苦笑いを浮かべた。

夜に一人訪問者が来るから、三人分のお茶の準備をしておいて欲しい。

リードがそう言えば、侍女であるルリは何も聞かずに笑顔で了承してくれた。

アローロにいた頃からリードに仕えてくれているルリは、母のように優しくリードに接してくれる一方で、余計な口出しや詮索は全くといってしない。

さすが、リケルメに信を置かれ、アローロの後宮で侍女頭をしていただけのことはあるだろう。

今回、ルイスが城を訪れることは、他の人間には一切内密にしていた。

ルイスは元々オルテンシアの人間であるのだし、これといって後ろめたい部分はないのだが、本来は今の時期、ルイスはオルテンシアに戻る予定はなかった。

これが平時であれば、ルイスの予定が変わったのだと多くの人間は気に留めることはないだろう。

けれど、今のオルテンシア国内は平和ではあるものの、平時といっていいほど気が抜ける状況でもない。

数カ月前、オルテンシアはコンラート率いる海を挟んだハノーヴァー連合公国と軋轢が生じ、あわや対外戦争という状況となった。

この数十年もの間、戦火にまみえることはなかったオルテンシアの民にとって、ハノーヴァーとの一件は大きな衝撃となった。

オルテンシアは勿論、リードを守りたいというラウルの強い意志と、リードの機転により危機は免れたものの、あくまでそれは一時的な措置に過ぎない。

そのため、主力の外交官であるルイスがこの時期に戻っていることが周囲に知られれば、よほどの事態があったのではないかと思われてしまう可能性がある。

オルテンシアの国内情勢は落ち着いているとはいえ、一枚岩と言えるほど強固なわけではない。

いらぬ憶測を呼ばないためにも、ルイスの帰国は伏せた方がいい、というのがリードとラウルの一致した意見だった。

リードがルリの用意してくれた茶を準備している間、ラウルとルイスは言葉は少ないながらも会話をしていた。

談笑、というほど和気藹々（わきあいあい）とした雰囲気ではないものの、二人の間に険悪さは一切感じられなった。

以前ルイスはリードに対してとある事件をおこしてはいるのだが、その際にラウルと腹を割って話したこともあるのだろう。

最近では随分打ち解けているように見える。幼少期の二人のことをリードは何も知らないが、ルイスはラウルへのコンプレックスを強く持っていたはずだ。

それもどちらも大人になったことにより、互いを理解することが出来たのかもしれない。

「ああリード、ありがとう。俺のために茶を淹（い）れてくれて」

「誰がお前のためだ！」

前言撤回。やはり二人ともまだ大人になりきれてはいない部分もあるようだ。

笑いを堪（こら）えながら、リードは二人が囲むテーブルの空いている席へ腰かける。

「それでルイス、話しておきたいことって？」

しばらくはそれぞれの近況を話していた三人だが、時間帯も時間帯だ。

そろそろ本題に入った方がいいだろうと、さり気なくリードはルイスに視線を送る。

今回リードがルイスを呼び出したのは、リードの耳に入れておきたいことがある、とルイスからの書面に書かれていたためだ。

だから、急遽帰国をしてもらい、話を聞くことにした。

「悪い、リードとの再会が嬉しくてつい本題を忘れてしまっていたよ」

そう言うと、ルイスの表情から笑みが消えた。こうして足を運んだのだから当然といえば当然だが、そんなところからも事態の深刻さが見てとれた。

「最近、訪問した国々の港で、ハノーヴァーの船を見ることが多くなった。以前よりも格段にその数は増えている」

やっぱり、コンラートか……。

覚悟はしていたものの、改めてルイスの口からハノーヴァーの名を聞くと、暗澹たる思いが心に過る。

周辺国と協力してハノーヴァーへの包囲網を作ろうとはしているものの、書状を出したところで返答を濁してくる国も決して少なくはない。

アローロ、そしてオルテンシア側につくことにより、ハノーヴァーと敵対する可能性もある。

戦乱の時代を終え、ようやく大陸に平和が戻った今、多国間の争いに巻き込まれたくないという考えを持つのも致し方ないことではあるのだろう。

「まあ、こうなるとは思ってたけどさ」

リードが零せば、ルイスが意外そうな顔をした。

「こうなることって……リードはハノーヴァーの動きに予想がついてたってこと？」

「あれくらいで諦めるとは思えなかったからね、コンラートは。ただ……」

「思った以上に、動きだすのが早かったな」

リードが口ごもってしまった続きを、ラウルが付け加えるように言った。

ハッとしてラウルの方に視線を向ければ、ちょうど視線が合う。

ハノーヴァーの動きは、二人である程度予測していたこともあり、ラウルも同じ気持ちだったのだろう。

「なんだ、二人ともわかってたのか。もしかして俺、余計なことをしました？」

少しばかりがっかりしたように言うルイスに、リードは慌てて首を振る。

「いや、コンラートが海に出ようとするのは予想がついていたとはいえ、こんなに早く動くとは思わなかったから。正直、すごく助かった」

ルイスにはある程度ハノーヴァーの動きを注視するよう頼んではいたとはいえ、すぐに報告してくれたのはありがたかった。

外交官としての能力は勿論、それだけ洞察力に優れているということなのだろう。

「それならいいけど。それで？　リードはハノーヴァーの、コンラートの狙いはなんだと思う？」

切れ長の瞳で、悪戯っぽくルイスがリードを見つめる。応えるようにリードは小さく微笑むと、あらかじめ用意していた大きな紙をテーブルの上に広げる。

「これは……？」

「見ての通り、地図だろ」

驚くルイスに、ラウルが淡々と答える。

「いや、それはわかるが！　ここまで詳細なものは初めて見た……」

リードが広げた紙はオルテンシアを中心とした、周辺諸国の地形が書かれた地図だ。

「オルテンシアとアローロの地形に関してはかなり正確に測量出来てると思う。それ以外の国に関しては、大まかな形しかわかってないところもあるんだけど」

「いや、船から見ている景色とほとんど変わらない……特にオルテンシアとアローロに関しては複雑な海岸線まで正確に書かれている。どうやって、これを？」

驚きと、興奮が入り混じった瞳でルイスがリードを見つめる。

「あ〜えっと……鉄鎖と、あとは象限儀を使って、かな」

想像していた以上のルイスの反応に、リードがしどろもどろに答える。

「象限儀？　航海の時に使っているあれか、天体の位置から場所を把握するために使っているものだが……」

「うん、それで山や傾斜を計測して、あとは鉄鎖で距離を調べて……」

「鉄鎖？　縄ではなく、鉄鎖？」

「縄は同じものを使っても天候によって収縮してしまったりするから、正確な鉄鎖を使ったんだ」

同時代のヨーロッパと同じように、この世界においても象限儀は既に航海において使われている。

しかしながら、土地の測量のためにはまだ使われていないようだった。

リードがラウルの側近になったころ、土地の測量と一緒に地形の計測を行い、オルテンシア国内の正確な地図を作るよう助言していた。

同じ方法を知るリケルメも、以前からアローロの正確な地図を作成していたため、今回の地図を作るにあたって情報を交換したのだ。

「なるほど、確かに土地に傾斜があると正確な測量は出来ないからね。それにしてもすごいな、リードの発案？」

ルイスの言葉に、ギクリとする。

「えっと……」

「おい、今はそんなことはどうでもいいだろう。何でそこまで地形の測量に拘(こだわ)るんだ」

助け船を出すように口を出してくれたラウルに、ホッとする。

「それは、その……」

ルイスの目が泳ぐ。

「もしよかったら、測量の方法を教えてもらえないかと思って」

「だから、どうして？」

「クラインシュタインは四面を海に囲まれた島国だ、海からの外敵の侵入を防ぐためにも、正確な地形を知っておいた方が守りを固めやすいと思うから」

クラインシュタインは、ルイスの妃であるアリシア姫の国だ。

オルテンシアから近い場所にある島国ではあるが、交通の要所として重要な位置にある。

つまり……アリシア姫を守りたいってことか。

浮名を流しているように見えて、実際のルイスがアリシアをとても大切にしているのは、行動を見ていてもわかる。

「後でジョアンに頼んで、測量の仕方を教えます。彼の方が詳しいから。よかったら、オルテンシアからも測量師を派遣するよ」

「ああ、ありがとう。助かるよ」

ホッとしたように、ルイスが頬を緩めた。

ルイスと微笑みあっていたからだろう、すぐ隣にいるラウルが面白くなさそうに咳ばらいをする。

全く、ルイスを警戒する必要なんてないのに。

前科があるとはいえ、今のルイスは心をいれかえ、以前よりも自分の妃たちに一途になっているようだ。自分への振る舞いも、ラウルを揶揄いたいだけのようにしか思えない。それでも、ラウルがそれだけ自分のことを強く想ってくれていることは嬉しかった。

「それじゃあ話を戻そうか。ルイスがハノーヴァーの船を見かけたのはどの国の港か、場所を教えてくれる？」

「え？　あ、ああ……」

リードが羽根ペンを渡せば、ルイスが考えながら、港の一つ一つに印をつけていく。

印の位置は、ハノーヴァーのあるアトラス大陸に近い国々から、少しずつ南に移動していく。

予想していたとはいえ、印を見てリードは確信する。

「やっぱり、コンラートの狙いはユメリア大陸なんだな」

リードの言葉に、地図に目線を落としていたルイスが弾かれたように顔を上げる。

「ご名答だよ。船を停泊している間、出入りの商人たちに話を聞いて来た。ハノーヴァーの人間が、この辺りでユメリア大陸の国と交易を行っている者はいないか聞きまわっていたそうだ。確かにユメリアは作物が豊富だし珍しい鉱石もとれるが、まさかコンラートが交易に興味を持つとはね」

ユメリア大陸は、アローロやオルテンシアのあるルーゼリア大陸とは海洋を挟んだ南にある大陸だ。交易が盛んなオルテンシアの商人たちはユメリア大陸の国々とも貿易を行っているが、あくまで民間レベルの話で国家間の正式な国交はない。

ユメリア大陸は遠方にあるため、船での移動の時間や経費を考えた時、多くの国は貿易によって得られる利益が釣り合わないと思うからだ。

「いや、コンラートはユメリアの国々との貿易を望んでいるわけじゃないだろう……勿論最初はそう言って近づくんだろうが、最終目的はそれじゃない」

「え？　じゃあ、一体何が目的で……」

神妙な顔で呟いたラウルに対し、ルイスが首を傾げる。

「おそらく、コンラートの狙いはユメリア大陸そのもの。気温も高く、資源も豊富なこの大陸を、コンラートは支配下に置き、植民地にするつもりなんだと思う」

リードの言葉に、ルイスが薄い青色の瞳を丸くする。

「植民地……？　ユメリア大陸には他の国が存在しているのに？」

この世界にもアローロをはじめ、植民地を有している国はある。

けれど、あくまでその土地に人々が住んでいなかったり、たとえ住んでいても国という共同体が存在していなかったからだ。

ルーゼリア大陸の主要国、アローロやオルテンシアほど発展していないとはいえ、ユメリア大陸には現在いくつもの国が存在している。

「この大陸の国々だって、これまで戦争によって領土を奪ったり奪われたりをしてきてるんだ。同じことを、コンラートは他の大陸の国々にしようとしてるだけだ」

「それは、そうだけど……」

冷静なラウルの説明に、ルイスが困惑したような表情をする。

元々争いは勿論のこと、競争を嫌うルイスからすればいまいちピンとこないのかもしれない。

「アトラス大陸は気候も厳しければ、作物も育ちにくい。資源を得るために、豊かな土地を求めようとする気持ちはわからなくはないんだけど……だけど、俺はコンラートを止めたいし、止めなければいけないと思う」

「ああ、これ以上ハノーヴァーの力が強くなればオルテンシアにとってはますます脅威になるからな」

リードの言葉に、ラウルも頷く。

ただでさえ、海洋を挟んで対立状態にあるのに、ハノーヴァーがユメリア大陸に植民地を得れば、ハノーヴァーの船が今以上に海に出てくるということだ。

その場合、現在の航行の自由さえ侵害される可能性がある。

「だけど、支配下に置くってことはユメリア大陸の国を侵略するってことだろう？　抵抗されるんじゃないのか？」

「勿論それはコンラートもわかってるとは思うけど、今のユメリア大陸に軍事力でハノーヴァーに対抗出来る国はないと思う。武器や兵器に関してもハノーヴァーの方が最新鋭のものを持っているし、それに……」

話しながら、嫌な想像が頭を過り、リードが口ごもる。

「別に、今すぐハノーヴァーがユメリア大陸に対して軍事行動に出るとは限らない。ユメリア大陸の国々に関しては情報も不足しているし、それはコンラートも一緒だろう。ただ、用心するに越したことはない」

リードの言葉を補足するように、ラウルが説明をする。

「それはそうだね。それにしても、リードはやっぱりすごいな」

「え……？」

「一緒に仕事をしていた時にも聡明さに驚いたけど、想像出来ないことを思いつくよね。まるで、未来が見えるみたいだ」

感心したように言うルイスの言葉に、リードの頬が一瞬固まる。

「全く何を言い出すかと思えば……そんな能力があれば事前にいくらでも対策出来るんだし、わざわざ遠くからお前を呼び戻す必要もないだろう。それで？　何か他に報告することはないのか？」

「ああ、今回伝えたかったのはハノーヴァーに関してだけど、他には……」

さり気なくラウルが話題を変えてくれたことに、リードはこっそりと胸を撫でおろす。

ハノーヴァーに関しては今後も注視を続けて欲しいとラウルが伝えれば、ルイスは笑顔で了承してくれた。


外に人を待たせているらしく、ルイスは周囲がまだ暗いうちに城を出て行った。

ルイスが部屋からいなくなったことで、リードとラウルも寝室に戻ることにする。

念には念を入れ、部屋を移動するのは番兵の交代の時間に行うことにした。

「予想はしてたとはいえ、思った以上にコンラートの動きが早かったね」

過ごしなれた寝室に帰り、ベッドに腰を下ろしたリードがそう言えば、ラウルも同様に隣に座った。

「そうだな。とはいえ、お前の読み通りだったのは幸いだったが……それにしてもリディ、さっきは肝が冷えたぞ」

苦笑いを浮かべるラウルに対し、リードも困ったような笑いを浮かべる。

「ごめん。でも、ルイスが未来が見えるみたいだなんて言うから、驚いちゃってさ」

「あんなのあいつが適当に言ってるだけだろう。まあ、あながち間違ってるわけではないが……」

「いや、間違ってるよ。俺にあるのはこの世界とは別の世界の、ずっと先の時代の記憶。別の世界のことなんだから、同じような歴史の流れになるとは限らないんだし」

誰かに聞かれているわけではないが、自然と声を潜めてしまう。

過去にアローロ王リケルメの側室だったという秘密を持つリードのもう一つの秘密。

それは、ここは全く別の世界の未来の、前世の記憶があるということだった。

「まあ、全てを話したところで、ルイスが信じるとは思えないけどな」

「確かにそうかも。ラウルはよく信じてくれたなって思うよ」

　これまでリードは過去の記憶の内容をリケルメに話したことはあったが、あくまでリードが前世で知り得た知識に関してだけだった。

　アローロの宗教では輪廻（りんね）転生が信じられているし、もしかしたら前世の記憶があることを薄々勘づかれていたのかもしれないが、指摘されたことはなかった。

　リケルメに話してみようと思ったことはあったが、話したところで信じてもらえるとも思えなかったし、否定されるのが怖かった。

　前世の直人（なおと）と自分は別の人間であることはわかっているが、前世を思い出した幼い頃は今よりもずっと直人の記憶が強かった。

　眠りについた後、夢の中で直人として生きている日々があまりにも生々しく現れ、目覚めた後は混乱することもあったし、心細く思った。

　一度眠りにつけば、二度とこちらの世界に戻ってこれなくなるのではないかという不安を感じることもあった。

　身体（からだ）が成長し、リードとしての自我が強くなるにつれそういった症状は少しずつなくなっていったが、それでも前世の記憶はリードを形成する一部ではあった。

　前世の記憶に関しては、自分の胸の内だけに留（とど）めておくもの、誰かに話す必要がないものだとずっと思っていた。

だけど、今回コンラートとの件があって以来、リードは自分に前世の記憶があることをラウルに話した。

信じてもらえるかどうかわからなかったが、ラウルには知っておいて欲しいと思ったからだ。

「信じるに決まってるだろう、リディの話なんだから」

さらりと口にしたラウルの言葉に、リードの胸が熱くなる。

リードがラウルに前世の記憶について話し始めたのは、コンラートとの一件が終わってすぐのことだった。

ラウルに話したいと思った気持ちに嘘はなかったが、最初はやはり緊張したし、不安もあった。

何を馬鹿なことを、と一笑されるくらいならともかく、気でも触れたのかと疑われたらどうしようかと思ったからだ。

けれど、ラウルの反応はそのどちらでもなかった。

前世の記憶は膨大で、とても一日で話しきれるものではなかった。

そのため、とりあえずは自分には幼い頃から別の世界を生きていた人間の記憶が、前世の記憶があること。

前世で生きていたのは、今の時代よりずっと先の未来の時代だったことを話した。

口調こそ冷静であったものの、手は震えていたし、話し方もしどろもどろになってしまっていたと思う。

ラウルは、神妙な顔でリードの話を聞き続けた。

そしてリードが話し終わると、微かに震えていたリードの手を自らの手で包み込んで言ったのだ。

「そうか。話してくれて、ありがとう」

と。

「信じて、くれるの!? っていうか、驚かないの!?」

嘘だろう、とも、信じられない、ともラウルは言わなかった。

驚いている様子すらないラウルに珍しくリードは素っ頓狂な声を出してしまった。

「十分驚いている。むしろ、驚きすぎてどう反応すればいいのかわからないくらいだ。輪廻の輪は巡っていくものとはいえ、実際のところ前世の記憶がある人間に会ったことなどないからな」

「でも、信じてくれるんだ……？」

「当たり前だろう。それに、妙に納得した部分もある。お前の知識量の多さには毎回驚かされるし、俺にはとうてい思いつかない考えを思いつくことが出来るのも、前世を生きた人間の記憶があるからなんだな」

「うん……いいことばっかりじゃないけどね」

ラウルには伝えるつもりはないが、アローロの後宮での立場を受け入れられなかったのも前世の記憶が一因だった。

けれど、ラウルは前世の記憶も含めたリード自身を受け入れてくれた。

リードの手が震えていることにも気づき、安心させるように自身の手を重ねてくれた。

ラウルになら、話しても大丈夫。

そう思ったリードは、時間が許す限り、前世の自分の知識をラウルに話すことにした。

「今更聞くのもなんだが……どうして俺に話そうと思ったんだ？」

「え？」

「誤解しないでくれ、リディが話してくれたのは嬉しかったんだ。ただ、なんで今になって話そうと思ったのかは気になった。やっぱり、コンラートが原因か？」

ラウルには、コンラートにも自分と同じ世界の前世の記憶があることは話していた。

「それもあるけど……俺、ラウルに会って、初めて自分の前世の記憶があることに感謝したんだ」

「そう、なのか？」

意外そうなラウルの反応に、リードは頷く。

リケルメは興味深くリードの話を聞いてくれたが、自分の話がリケルメの役に立っているとまでは思えなかった。

「ラウルにこの国を変える手伝いをして欲しいって言われて、改革を一緒に行ったことによって、ラウルは勿論、側近のみんなも喜んでくれて。ああ、自分の前世の記憶が役に立つこともあるんだなあって、嬉しかった。だから、いつかラウルには話せたらいいなって思ってたんだ」

「その割には、話してくれるそぶりはなかったように思うが？　叔父上には色々と話していたというのに」

少し拗ねたように口を尖らせるラウルに、リードは困ったように笑う。

「この間も言ったけど、ラウルとはそれ以外にも話すことがたくさんあったから、そこまで話がいかなかったんだよ。だけど、だからこそ話せてよかったと思う。ありがとう、ラウル。俺の話を信じて、受け入れてくれて」

リードがそう言えば、ラウルは少しだけ視線を逸らして、僅かに頬を赤くする。

そして、淡い空色の瞳でリードを見つめると、逞しい腕を伸ばしてその身体を抱きしめた。

リードは細身ではあるが、女性のように小柄なわけではない。けれど、身体の大きなラウルに抱きしめられるとすっぽりとその腕の中に入ってしまう。

多くの貴族男性が好む香水も、ラウルが好んでつけることはない。けれど、清潔にしていることもあり不快なにおいは全くしない。

むしろ、リードはラウルのにおいが好きだったが、あまりに近い距離にあると少しばかりそわそわしてしまう。

勿論、ここがベッドの上だというのもあるのだろう。

そして、おそらくそう思ったのはリードだけではないのだろう。

リードの背に触れていたラウルの手が、ブラウスの中にするりと入っていく。

今日はルイスとの密談が予定されていたため、湯浴みを終えた後も夜衣ではなく新しい服を着ていた。

「あっ……」

ラウルに触れられた肌が、びくりと震えた。

「ラ、ラウル……！」

「……ダメか？」

耳元で囁かれ、耳朶を舐めとられる。

それだけで身体の熱が、上がるのを感じる。

「ダメじゃない、よ」

こっそりと、内緒話でもするようにリードが伝える。

ラウルは口の端を上げると、優しくリードの身体をベッドに横たえる。

そのまま深い口づけが交わされ、リードも自身の舌を伸ばし、ラウルの舌に絡ませる。

気持ちがよくて、温かい。

ラウルの熱を感じながら、リードは自身の心が満たされていくのを感じた。

そして思う。この幸せを、ラウルを守るためにも、自分も出来る限りのことをしようと。

通いなれたフェリックス・リサーケの私邸は、城から馬車で小半刻ほどの場所にある。
フェリックスの趣味なのか、それとも屋敷の人間が気が付くタイプなのかはわからないが、足を運ぶ度に屋敷の調度品や絵画が替わっていた。
さすがはオルテンシア一、いや大陸一の貿易商とでもいうべきか。

おそらくこの屋敷を訪れる人間は、皆フェリックスのその莫大な富に圧倒されるだろう。

既に顔見知りとなった執事に執務室へと通されると、珍しくフェリックスはもう自身の椅子へ座っていた。

「なんだリード、また王子様と喧嘩でもしたのか?」

流行の最先端である派手な衣装に身を包んだフェリックスが、面白そうにリードに話しかけてくる。

なんでそれを……!

口に出しそうになるのを必死に堪え、にっこりとリードは作り笑いを浮かべた。

「まさか、喧嘩なんてしてませんよ。……ちょっと、意見の相異があっただけで」

「それを世間では喧嘩って言うんじゃないのか?」

全く、フェリックスは城の中に間諜でも放っているのではないだろうか。

軽くため息をリードがつけば、フェリックスが椅子に座るように促す。

前回用意されていた肘掛けのない、光沢のある生地で作られたものとは違い、今日の椅子の背もたれには貝殻や植物がモチーフとして彫刻されている。

座ってみれば、想像していたよりも座面が柔らかく、身体が僅かに沈み込んだ。

「ソファみたいだ……」

「さすが、よく知ってるな?」

「え?」

「トラキア王国の王族が使っているソファをアレンジして作らせたんだ」

トラキア王国は、ルーゼリア大陸の西側にある国で、文化や宗教、人種も何もかも違うが、オルテンシアとは昔からつながりが深い。

地理的にも離れていて利益がぶつかることもないため、アローロとは国交がないまでも関係性は保っているようだ。

広大な砂漠を持つトラキアでは移動にラクダを使うことが多く、長時間のラクダの移動は身体に負担がかかる。

その際の負担を減らすよう、柔らかい敷物をラクダの上に敷き、それを普段の生活でも使うようになったのがソファのはじまりだ。

「確かに、このデザインならこちらの生活にも馴染みますね……」

さすがフェリックスさんだ、そんな風に言えば、フェリックスはニヤリと口の端を上げた。

「それはよかった、今度城に進呈しよう」

「進呈って……いや、買いますよ？　なんだかいつも色々と頂いてしまっていますし」

「気にすんなって、王太子妃殿下御用達の椅子って言えば貴族連中も喜んで買うだろうからな」

「必要ないと思いますよ」

肘掛けに触れながらリードがそう言えば、フェリックスが訝し気な視線を向けてくる。

「この椅子、とても座り心地が良いですし、長時間座っていても疲れないと思います。見た目の美しさも、職人さんが技巧を凝らして作られたんでしょうね。私が使ってる、なんて言わずとも、皆さん喜んで購入されるんじゃないでしょうか」

リードがそう言えば、フェリックスは天を仰ぐように上を向いた。

「いや、なんつーか……」

「は？」

「久しぶりに思い出した……お前がサンモルテの聖人って言われてた所以（ゆえん）を。金勘定ばっか考えてる自分がすげー汚い人間に思えてくる」

「いや、聖人って……」

思ったままの感想を口にしただけなのだが、妙にフェリックスに刺さってしまったようだ。

「学校に通うのをあんなに嫌がってたバティが、お前の授業を受けた途端、教会に通いたいって言い出したくらいだもんなあ」

バティはフェリックスの息子で、リードがサンモルテにいた間の一時、生徒として教会に通っていた。

当時フェリックスと共に世界を旅しているだけのことはあり、少年ながらに多言語を操り、知識も豊富だった。

「あれは私の影響というよりは、同年代の子供たちと過ごすのが楽しかったんだと思いますよ」

フェリックスとよく似た青色の瞳をキラキラと輝かせ、授業を受けていた姿を思い出す。

「それに、商人であるフェリックスさんにとって金勘定を考えるのは大事な仕事です。危険を冒して絹をトラキアから得て運んだ人々や、時間をかけて丁寧にこの椅子を作った人々へ対価を払うためにも、しっかり金勘定を考えてください」

莫大な富を持つフェリックスではあるが、決して己一人で暴利を貪っているわけではない。だからこそ、たくさんの人々がこの男に信頼を置いていることをリードは知っている。

「そうだな、お優しい王太子妃殿下をお守りするためにも、しっかり稼がせてもらわないとな。それこそ、ハノーヴァーの連中に遅れを取らねえためにも」

フェリックスの口から出たハノーヴァーの名前に、リードは表情を変える。

じっとフェリックスを見つめれば、不敵に笑みを浮かべて頷く。聞きたいのは、この話だろうとばかりに。

「やはり、ハノーヴァーの船が最近は増えていますか」

フェリックスの執務室に近づける人間は少ない。大事な商談も、ほとんどは一階の応接室で行う。それでも僅かに声を潜めたのは、様々な国の人間が出入りをするこの屋敷の状況を考えてのことだ。

「ああ。俺も何度か見かけたが、リサーケ商会の連中からも報告があがってる。奴らの旗を、どこに行っても見かけるってな」

ルイスの報告を聞いていたとはいえ、実際海に出ているフェリックスたちの話によりますます状況は緊迫していることがわかる。

けれど、リードには素朴な疑問があった。

「この短期間のうちに、ハノーヴァーの造船技術が格段に向上したということですか？」

ハノーヴァーは様々な国と急速に関係を強めている、海に面した国は元々造船技術も高いため、考えられないことではない。

しかし、リードの言葉にフェリックスはゆるゆると首を振った。

「まあ、新しい船も確かに作ってるんだろうが、あいつらの船が増えてる理由はそれだけじゃない」

「と、言いますと？」

「エルドラ洋に出没する海賊に、長い間商人たちは悩まされてきた話は知っているよな？」

エルドラ洋は、ルーゼリア大陸とユメリア大陸の間にある広大な海洋だ。

「勿論です。リサーケ商会の船が商船でありながら武装しているのも、海賊対策のため……もしかして、ハノーヴァーはエルドラ洋の海賊たちを、自らの陣営に引き入れたんですか？」

「まさに、その通りだ。全く、国が海賊行為を全面的にバックアップするなんていかれてるだろ……それにしても、よくわかったな。俺だって最初聞いた時には耳を疑ったってのに」

「え？　あ、いやなんとなく……？」

誤魔化すようにリードは笑いを浮かべる。まさか、同じやり方で海を制して覇権を手にした国があったなどと説明するわけにはいかない。

それにしても、エリザベス女王と同じやり方か……コンラートも、なりふり構ってられない感じか。

遅れを取っていた当時のイギリスが、スペインやポルトガルに対抗出来たのは海賊行為を女王自ら全面的に肯定したからだ。

リードの前世である直人も歴史に精通していたとはいえ、コンラートの前世は軍人で、ヨーロッパ人だ。

しかも、リードが倫理的に受け入れることが出来ない方法も、コンラートは躊躇(ちゅうちょ)することなく選ぶことが出来る。

やっぱり、俺の考え方が甘いのかなあ……。

今朝の、ラウルとの会話を思い出し気持ちが暗くなる。

「リード?」

フェリックスに呼ばれ、ハッとして顔を上げる。多忙なフェリックスにわざわざ時間を作ってもらっているのだ、考え事をしている時間はない。

「あの……もしよかったら、海軍を護衛につけますか?」

「は?」

「オルテンシアが交易によって栄えているのは、陸路だけではなく、海路を自由に使うことが出来ているからです。もし海上輸送経路をハノーヴァーによって奪われることになったら、この国にとって大きな痛手となります。だから、オルテンシアの海軍を商船の護衛に……」

リードの言葉は、途中で遮られた。自身の目の前に座るフェリックスが、愉快そうに声を上げて笑い始めてしまったからだ。

「いや、悪い。心配してくれるのはありがたいがなリード、軍に守られなきゃならねえほど、俺たちの船は脆弱(ぜいじゃく)じゃねえぞ」

口元は笑ってはいるものの、フェリックスの瞳は全くといっていいほど笑っていなかった。

確かに、リサーケ商会の船員たちは商人でありながら屈強で、これまで海賊からその荷を奪われたことは一度もない。

「気を悪くされたなら、謝ります。ですが……おそらく近いうちに商船の護衛を名目に、ハノーヴァーが海軍を出してくると思います。リサーケ商会には安全な商業活動を行って欲しいんです。何かあったら、いつでも言ってください」

商船同士の衝突が起こった場合、現段階ではリサーケ商会の方が有利だ。船の大きさや、踏んできた場数もリサーケ商会の方が長けているからだ。

ただ、それを理由にコンラートが軍を出してくる可能性は十分にある。

「そうだな、そうなった場合は俺の方からも頼むつもりだ。別に、海軍を信用してないわけじゃない。ただ、俺たちにも海の男としてのプライドがある、そこは、わかってくれ」

「はい、勿論です」

フェリックスは大事な友で、信頼関係もある。だが、互いに譲れないものだってある。

今回のところは、フェリックスの意思を尊重した方がいいだろう。

「まあ、エルドラ洋にいるのはオルテンシアとハノーヴァーの船だけじゃない。それこそ、アローロ船籍の船だって」

フェリックスの口から出たアローロの名前に、リードが僅かに動揺する。

「そ、そうですよね。アローロの船だってたくさん出ていますよね」

誤魔化すように口にしてはみたものの、それに気づかないフェリックスではなかった。

「なるほど、リケルメ王がラウルとの喧嘩の理由か」

興味津々、とばかりにフェリックスがリードを見つめてくる。

「だから、本当に喧嘩したわけじゃないんです。ただ、ちょっと言葉の行き違いがあっただけで……」

「ふーん、今回は珍しく、お前にも原因があるみたいだな？」

「そ、それは……」

何の説明もしていないというのに、どうしてそれがわかるのだろうか。そんなリードの疑問も、フェリックスにはお見通しなのだろう。

「いつもと違って、怒りよりも後悔してるって顔をしてるからな」

「いつもって……そんなに喧嘩してないと思いますけど」

「まあ確かに、回数は多くないな。だが、喧嘩だって悪いもんじゃねえと思うぞ。どんなに互いを想い合っていても、違う人間なんだ。意見が食い違うことだってあるだろう。大切なのは、その後ちゃんと話し合いが出来るかどうかだ。それすら拒否しちまったら、もう修復のしようがない。まあ、あの王子様ならその点は心配する必要ないだろうけどな」

「どうしてですか？」

「ラウル殿下にとって、何よりお前が大切な存在だからだよ。今はちょっと臍(へそ)曲げてるかもしれないけど、お前が話したいって言えば聞く耳持つだろ」

フェリックスの言葉に、最後に見たラウルの傷ついたような表情を思い出し、リードの胸につきりと痛みが走る。

「臍を、曲げてなんかいないんです」

「へ？」

「今回はラウルは別に怒ってなかったんです。多分、怒ってしまったのは私の方で……帰ったら、ちゃんと謝ります」

朝からもやもやしていた思いが、フェリックスのお陰でようやくはっきりと口にすることが出来た。意地を張っていても仕方がない、とにかく、ラウルに謝りたい。

「なんだ、それなら全く問題ないな」

リードの言葉に、フェリックスは何故か満足そうに頷いた。

「あの王子様がお前を許さないなんてことは天地がひっくり返ってもないからな。まあ、浮気でもした日には部屋から出られなくなるだろうが」

「いや、しませんから！」

慌ててリードが突っ込めば、フェリックスが楽しそうに笑った。

「あ、ところでもう一つフェリックスさんに相談があるんですが」

「なんだ、貿易関係のことか？」

「いえ、今回はそれとは違う内容なんです。後で正式にラウルの方から打診が……サビオラが説明に来る予定です」

ラウルの側近であるサビオラは、王家とフェリックスの間のやり取りを今も担当している。

リードは今回持ってきた書類をフェリックスへ差し出す。

フェリックスなら呑んでくれるだろうと思ってはいるが、フェリックスが目を通すのを待つ間はやはり落ち着かなかった。

「なるほど……相変わらず、面白いことを考えるなリード」

数枚の書類を読んだフェリックスの表情は楽し気で、密かにリードは胸を撫でおろした。

「さすがにこの場ですぐに了承は出来ないが、前向きに考えておくよ」

「ありがとうございます！」

予定していた時間よりも、随分長引いてしまった。椅子から立ち上がり、窓の外をこっそり見てみれば、屋敷の玄関口には背筋を伸ばしたトビアスが立っていた。

後で謝ろう。そんな風に思いながら、リードは再びフェリックスの方を向く。

「ハノーヴァーのことも気になりますし、また近いうちに足を運ばせて頂きますね。本日は長い時間を取って頂きありがとうございました」

そして、もう一度フェリックスに礼を言う。

「あ、いや……前から思ってたんだが、次は俺が城に行こうと思う」

思ってもみなかったフェリックスの提案に、リードは何度か目を瞬かせた。

「私がここに来るのは、都合が悪いですか？」

「まさか。お前が来てくれるのは嬉しいが、毎回のように王太子妃殿下に足を運ばせるわけにもいかないからな」

そんなことは、と口にしようとしたところで、確かに王太子妃の立場でここまで自由に動き回るのは体裁がよくないだろう。

トビアスだってわざわざリードの護衛のために訓練を抜けてきてくれているのだ。

「わかりました、それでは次は城でお待ちすることにします。何かあったら、サビオラに言ってください」

「ああ、勿論だ」

フェリックスに頭を下げ、リードは今度こそ執務室を後にする。

城に帰ったら、ちゃんとラウルに謝ろう。

晴れ晴れしい気持ちで、リードは屋敷の玄関口へと向かった。

2

湯浴みを終えたリードは、ぼんやりと自身の手の中にある手紙を見つめていた。

最高級の羊皮紙を使われた手紙には、見慣れたリケルメのサインと、そしてアローロの王家の紋章が描かれている。

基本的に、リケルメはリードの宮を訪れる際は自身の仕事を持ち込むことはなかった。

けれど稀に、多忙な時には書類仕事を持ってくることもあった。

その仕事も、ほとんどはリードが眠っている時に行っており、目覚めればすぐに手を止め、リードとの時間を優先してくれていた。

そんなリケルメの気遣いを嬉しく思いつつも、リード自身は仕事をしている時のリケルメを見るのも好きだった。

だから眠っているふりをして、こっそりと書類にサインをするリケルメの姿を見つめたこともあった。

側室としての立場を退いたからといって、リケルメに対する愛情がなくなったわけではない。

だから、王と寵姫から、義父と子という形に変わった今でも、リケルメとこうして手紙のやり取りが出来ることを嬉しく思っていた。けれど。

話し声と、部屋の扉が開かれる音が聞こえ、リードは慌てて手紙をベッドサイドにある小机の引き出しへしまう。

立ち上がり、扉まで向かおうとしたが、その前にラウルがこちらにやってくる方が早かった。

長身で、足の長いラウルは歩く速度も速い。

「あ……」

朝、なんとなくぎこちない別れ方をしてしまったため、どう話しかければよいのか逡巡する。

けれどリードが何か言う前に、ラウルが少し驚いたような顔をして口を開いた。

「なんだ、灯りがついていると思ったが、まだ起きてたのか？」

決して責めるような口調ではなく、労わるような柔らかい物言いだった。

今日は軍の訓練の視察を行うため遅くなるから、先に休んでいるよう事前に言われていた。

「うん、謝りたくて」

「謝る？」

形の良い、ラウルの片方の眉が上がるのが見えた。

「その……朝のこと」

リードがそう言ったところで、ようやくラウルが「ああ」と思い出したように声を出した。

ルイスからハノーヴァーの情報を得たリードは、すぐにリケルメにそれを知らせようとラウルに提案した。

リケルメとは今でも頻繁に手紙のやり取り行っているため、おそらくリードが手紙を出したところで不自然に思われることはないだろう。

勿論、手紙の内容が漏れた時のことを考え、遠回しに伝えるつもりだったが、帝国主義の歴史に関してはリケルメにも以前話したことがあるのだ。

リケルメは勘も鋭いし、コンラートがユメリアに対して野望を見せていることは十分伝わるだろう。

——コンラートを止めるためにも、アローロの力は必要だし、リケルメもわかってくれると思うんだ。


——それは勿論、かまわないが……。

リードがそう言えば、ラウルは了承してはくれたものの、どこか歯切れが悪かった。

——まだ、情報を伝えない方がいい？

——いや、そうじゃなくて……。叔父上もコンラートの好きにはさせないとは思うが、俺たちと同じように考えてるとは限らないぞ。

ラウルの言葉に、リードは小さく首を傾げる。

——え？　それって……。

どういう意味だろうか。ラウルの言っている意味が、いまいちわからない。

——だから、叔父上もコンラート寄りの考えを持っている可能性があるってことだ。

ラウルの言葉に、リードの頬が強張る。

——コンラート寄りの考えって……リケルメがユメリア大陸への進出、侵略を考えてるってこと？

そんなまさか、そう言ってリードは笑ったが、ラウルの表情に笑みはなかった。

——そんなことはないよ、だって、リケルメだよ？　リケルメが他の国を侵略する意思を持ってるなんて……。

考えられない、いや、考えたくなかった。

——勿論、可能性があると言っただけで叔父上の考えがどこにあるのかは俺にもわからない。ただ……叔父上はこの大陸の覇者だ。あまり、甘く考えない方がいいと思う。

——だけど、リケルメがコンラートと同じ考え方なんて……。

するわけがない、そう思いながらも、リードの心には一抹の不安が過った。

大丈夫、確かにリケルメは大国の王だけど、賢王として平和的な考えを持っていることも知られている。

ジーホアとは未だ和平は結ばれていないとはいえ、それ以外の国とは友好関係だって結んでいる。

コンラートのやり方にだって、反対するはずだ。

そう思い、リードはその日のうちにリケルメへ手紙を書いた。

最初は、何のことでもない近況を。少し前にリケルメから贈られた本の感想も添えて書く。

そして、それとなく話題を変えた。

『リケルメは、ケチアルという鳥を見たことがある？　夢のように美しい鳥と言われているんだけど、その美しさに惹かれてケチアルを捕獲しようと狙っている人間が多いんだって。俺は、ケチアルを籠の鳥にしてしまうのは可哀そうだと思う。リケルメはどう思う？』

ケチアルというのは南国にいる鮮やかな色彩を持った鳥で、ユメリア大陸に生息していることで知られていた。

とても高価ではあるが、ペットとして人気があり、飼っている貴族もいるのだという。

ケチアルは、勿論ユメリア大陸を意味している。

どうか、リケルメにも俺と同じ考えでいて欲しい。

そう願いながら、リードは書いた手紙をリケルメへ送った。

そして今日の朝、リードの下にリケルメからの手紙が届けられたのだ。

忙しい時間を縫って書いてくれたリケルメの手紙は変わらず達筆で、その性格を表すかのようにしっかりとしていた。

近況と、リードへの気遣い。近いうちにまた会いたいという言葉を添えたリケルメの手紙は、いつもと変わらず優しいものだった。

そして、最後にケチアルに関しては一言だけ書かれていた。

『ケチアルか、俺も美しい鳥だと聞いている。狼藉者に捕られてしまう前に、こちらが先に捕獲するという方法もあるな』

え……？

最後の文章を見たリードは、何度もその部分を読み直した。

一見すれば、先日のリードの手紙に同調してくれているようにも見える。

けれど、リケルメは保護ではなく、捕獲という言葉を使っていた。

考えすぎだろうか。いや、さすがにこの手紙を見ればリードにだってわかる。

リケルメもまた、コンラートと同じようにユメリア大陸への進出を考えていることが。

――叔父上は、なんて？

——え？

すぐ傍で手紙を読むリードの様子を見てたラウルが、気づかわし気に聞いてきた。

——あ、えっと……。

ちゃんと、ラウルに伝えなければならない。リケルメも、コンラートと同じ考えなのかもしれないということを。

だけど、それを口に出すのがリードは怖かった。口にしてしまえば、本当にそうなってしまう気がしたからだ。

——……やはり、叔父上もコンラートと同じ考えなんだな。

ラウルの声は気落ちしているようにも聞こえたが、あらかじめ予想もしていたのだろう。

リードのようにショックを受けている様子は見られなかった。

俺の考えが、甘かったんだ……。

リケルメは自分と同じ考えを持ってくれているものだと、そう信じたかったリードの心はひどく揺らいでいた。

——ま、まだそう決まったわけじゃないよ。俺の書き方が、悪かったのかもしれないし……。

そんなはずはない。ハノーヴァーの船がエルドラ洋に出没していることを知らぬリケルメではないだろう。

そういった情勢下で出した話題なのだ。ケチアルが何を意味するのか気づかないリケルメではないはずだ。

だけど、そうは思っていてもリードはまだ心の整理がついていなかった。

――リディ、お前の気持ちはわかるが……。

ラウルは、リードを責めるような言い方はしなかった。むしろ、諭されるような物言いをされたことで、抑えていた感情が一気に高まった。

――だから、まだわからないって言ってるだろ⁉ ラウルにリケルメの何がわかるんだよ⁉

口にした瞬間、リードはすぐさま後悔した。

目に入って来たラウルの表情は、明らかに傷ついていたからだ。

――そうだな……確かに、叔父上がどう考えているかは俺にもわからない。ただ、コンラートと同じように大陸へ進出する可能性もあるということも、考えておいた方がいい。

リードに対して、ラウルは怒らなかった。それどころか、リードの気持ちを配慮した上で、現在の状況を冷静に俯瞰的に見ていた。

感情的になってしまった自分が、ひどく恥ずかしかった。

その話題についてはそこで終わってしまい、二人でとった朝食もどこかぎくしゃくとしてしまった。


「別に、謝る必要はないだろう。実際のところ、叔父上がどう出るかはまだわからないんだし」

ラウルの言葉に、リードは静かに首を振る。

「いや、ラウルの言う通り、リケルメはユメリアの植民地化を目指していると思う。アローロが先にユメリア大陸に進出してしまえば、コンラートは手を出しにくくなるだろうし、合理的だ」

淡々とリードが言いきれば、ラウルが戸惑ったような顔をする。

「え？　いや……俺もそう思うが……」

一体どういった心境の変化だ、とでも言うような顔をラウルがする。

「本当は、わかってたんだ。リケルメが、ユメリア大陸の保護を考えるような甘い人間じゃないって。むしろ、ハノーヴァーの進出を防ぐために致し方ないという理由は、周辺国への大義名分にもなる。そして、その隙を見逃すリケルメじゃないと思う」

リードにとってはかつて妃として愛した人で、今でも信頼を置いているが、あくまでそれは個人的な思いだ。

後宮にいた頃だって、リケルメはいつもリードに対しては優しかったが、自分には見せない王としての厳しい姿があることを知っていた。

そういった人間でなければ、大国の王は務まらない。

それをわかっていながらも、狡猾（こうかつ）で周辺国には常に目を光らせている、王としてのリケルメの姿を見ないようにしていたのはリード自身だ。

「自国の利益を一番に考えるなら、資源の豊富なユメリア大陸への進出を考えないはずがないんだ。アローロは大陸だからこそ、敵だって多い。だからこそ、強国でなければならない。ごめん、そんなことは俺だってわかってたのに……意地を張って」

朝はまだ混乱していたが、フェリックスと話して頭が冷えたこともあるのだろう。

自分でも驚くほど素直に、ラウルに謝罪することが出来た。

まあ……ラウルは間違ったことなんて言ってないから当たり前なんだけど……。

「いや、俺の方こそ無神経だったと思う。叔父上とお前の付き合いは長いし、今だって義父と子の関係だ。出来る限り、意見の対立は避けたいだろうしな」

「うん……」

ラウルの言葉に、苦い気持ちがこみ上げてくる。おそらく、ユメリアに関してはリケルメと意見が一致することはないだろう。

最悪の場合、それこそ袂を分かってしまう可能性だってある。

「だけど、それでも俺はユメリア大陸が他の国の植民地になるのは見たくない。抵抗すればたくさんの人が殺されてしまうだろうし、将来的にも遺恨を残すことになると思う。その辺に関しても、リケルメには話したはずなんだけどな……」

帝国主義による植民地争いは、結果的に大きな戦争へと繋がってしまった。

自分の知っている世界と、同じ歴史は歩んで欲しくない。そんな願いをこめて、リードはリケルメに自身の知っている歴史を話したつもりだった。

けれど、結果的にかえってそれはリケルメの知識となってしまった。おそらく、リケルメはこう考えているはずだ。自分は、同じ失敗はしないと。

別にリードがリケルメに何も話しておらずとも、結果は変わらなかったかもしれない。それでも、少なからずリードは責任を感じていた。

「そういえば、ラウルはコンラートやリケルメのようには考えないの?」

「は？」

「いや、だってユメリア大陸にはたくさんの資源があるし、それこそ進出すればオルテンシアにとってたくさんの利益をもたらすと思うんだけど」

「確かに、その通りだな。だが、ユメリア大陸を侵略するということは、ユメリアの人間だけではなく、オルテンシアの多くの人間の血を流すことになる。それに、今のルーゼリア大陸は落ち着いている。オルテンシアは豊かな国だと言われているし、今後もより発展させていきたいとは思う。だが、俺にとって大切なのはこの国の人々の幸せだ。だからこそ、これ以上の領土拡張や植民地支配は望まない」

ラウルの考えは、なんとなくリードも予想がついていた。けれど、いざラウルの口から説明されると胸を撫でおろせたし、嬉しくもなった。

「野望のない、つまらない男だと思うか？」

そう言ったラウルは、少し決まりが悪そうだった。リードはゆっくりと首を振り、ラウルに対して微笑んで言った。

「まさか。すごくかっこいいと思うし、そんなラウルだから、俺は好きになったんだよ」

リードがそう言えば、ラウルはどこかホッとしたような顔をし、そのままそっとリードの身体を自身の方へと引き寄せた。

額に頬、こめかみと、あちらこちらにラウルの唇が触れていく。

繰り返される優しいキスに、自分がとても大切にされていることを感じ、くすぐったい気持ちになる。

ベッドの上で、互いを求め合う行為といっても、その時々の気分で心境は全く違ったものになる。

「……リディ？」

気が付いたら、顔がにやけてしまっていたのだろう。怪訝そうにラウルがこちらを見ていた。

「あ、ごめん……なんか、飽きないもんだなあって」

「は？」

ますますラウルは、わけがわからないという顔をする。

「俺がお前に？」

そんなことあるわけがない、と続けられそうな言葉を、そうじゃなくてと首を振る。

「こうして、抱き合うことに」

想いが通じあった、結婚したばかりの頃ならいざ知らず、既に一年以上の時間が経っているというのに、変わらずにラウルはリードを求め続けてくれる。

勿論、互いに多忙の身で、ラウルに比べると体力的にやはりリードは劣っている。

そんな風にリードの身体を気遣いながら、それでも週の終わりには必ずと言っていいほど身体を重ねていた。

「飽きないっていうのは……俺が、お前を抱くことに？」

確認をとるように、ラウルが言う。

「うん、まあ」

リードがそう言えば、すぐさまラウルの眉間に皺が寄った。

「お前は、飽きたのか？」

「は？」

「俺に抱かれることに」

ラウルに問われ、慌ててリードはそれを否定する。

「まさか、そんなことあるわけないだろ。ただ、多少の違いはあっても基本的にやることは一緒なのに、それなのに飽きないのがすごいなあって思って」

他に妃がいないラウルが抱くのは、自分だけだ。

それを嬉しく思う一方で、自分一人で満足出来ているのだろうかと、そんな風にも思ってしまう。

「行為そのものは一緒でも、その時々で心境が違うからじゃないのか？」

少し考えて、ラウルが言った。

「人間の感情は、常に一定なわけじゃない。疲れている時に些細なことで苛つくこともあれば、逆に心にゆとりがある時には寛容になれる。ただ、お前の場合はそれがわかりにくい」

「そうかな？」

「ああ。自分が大変な時でも周囲への気遣いは怠らないし、表情にも出さない。我慢強いのはすごいことだと思うが、無理をしてるんじゃないかと心配になる。俺はあまり気が利く方ではないし、だから、お前を抱くことでそういった不安を埋めている部分もある」

「つまり……意思の疎通や互いへの理解のために抱き合ってるってこと？」

「まあそれもあるが、単純に好きな相手の身体に触れたいと思うのは本能的なものだろう？　だいたい、やることは変わらなくてもお前の反応は毎回違うぞ」

「へ!?」

「感じやすいのは変わらないけどな。今日は積極的にしがみついてくるなとか、声の調子だって……」

「待って、わかった、もういいから……！」

行為の最中は、だんだんと意識が朦朧としてしまうこともあり、正直に言えば自分でもよくわかっていないのだ。

それを改めて指摘されてしまうと、やはり気恥ずかしい。

「とりあえず、ラウルが満足してくれてるならいいんだ。それから、好きな人に触れたいって思うのは、俺も一緒」

手を伸ばし、すぐ近くにあるラウルの頬に触れる。

湯浴みを終えたばかりだからか、それとも気持ちが高ぶってるからか。ラウルの肌は温かかった。

そしてリードが再び口を開く前に、ラウルの唇によって塞がれた。まるで、これ以上の会話は不要とばかりに。

春めいてきたこともあり、纏っている夜衣の生地は薄く、服の上からでも十分にラウルの手の感触が感じられる。

けれど、直接肌に触れられている感覚とはやはり違う。

普段であれば、上衣の裾からするりと入ってくるラウルの手は、いつの間にやらリードの服を全て脱がしてしまう。

けれど、今日のラウルはその手で未だ服の上をなぞるように這っている。

首筋や鎖骨といった、露わになっている個所には口づけを落としているというのに、胸の尖りや性器には服の上から触れていくだけなのだ。

最初はそれでも心地よく感じていたが、時間が経つにつれ、じれったいような気持ちになってくる。

「あの……ラウル……？」

「なんだ？」

「えっと……」

どうしよう。なんで服を脱がさないのか、聞いた方がいいのだろうか。

そもそも、毎回のように脱がされているが、自分で脱げばいいだけの話ではないのか。

うん……自分で脱ごう。

「服、脱ぐからちょっと退いてくれる？」

「……は？」

なんとなく、呆気にとられたようなラウルの声を聞きながらリードは上半身だけ起き上がり、胸元のボタンに手をかける。

一つ、二つとボタンを外していくにつれ、肌が空気に触れていく。

最後のボタンを外し、上衣を取り去ろうとしたところで、ラウルの手がそれを制した。

「え？」

どうしたんだろうと、ラウルを見ればその頬は僅かに赤く染まっている。

「最後は、俺が脱がしたい」

ぼそりと呟かれ、リードも声を出さずに頷く。

そうすれば、ラウルがゆっくりとリードの上衣を剝ぎ取り、隠れていた肌が全て露わになる。

細身ではあるものの、それなりに筋肉もついているのだが、ラウルに比べるとやはり貧相だと思う。

もう幾度も身体を重ねており、何度も見られているはずなのに恥ずかしさは完全に消えない。

かといって今更隠す気にもなれず、どうしようかと思っていれば、ラウルがその腕の中へ抱きしめてくれた。

「たまには、趣向をかえてみようかと思ったんだ」

「え？　あ、そうだったんだ」

おそらく、服を脱がさなかったことだろう。先ほどの会話を、気にしてくれていたようだ。

「だけど……やっぱり服の上からじゃ物足りない」

そう言うと、ラウルはゆっくりとリードの身体をベッドへ倒し、そのまま胸の尖りに口を寄せる。

「ん…………！」

強く吸われ、ぴりっとした感覚に身を捩る。

服の上からの感触とは全く違った。片方の尖りを指の腹で撫でられながら、もう一つを舌で嬲られる。

残った片方の手が薄い腹や腰を優しく撫でていき、下穿きにするりとラウルの手が忍び込んだ。

既に反応しかけている中心に触れられ、びくりと身体が震える。

そのまま形を確かめるように触れた後、器用に下穿きを脱がされる。

「あ…………」

白い太腿がむき出しになると、ラウルは両の足を掴んでその間に身体を入れ、太腿に唇を寄せた。

「やっ………………！」

気持ちが高ぶっているからだろう、まるで全身が性感帯になったように身体の中心が熱くなる。

そのまま濡れた性器を口に咥えられ、反射的に身を捩ってしまう。

けれどラウルの腕によって固定された足は動くことなく、そのまま口の中でされるがままに反応してしまう。

蜜をこぼしていたであろう先端を舐めとられ、そのまま舌や唇で性器を扱かれていく。

「あっ…………やっ……」

もう少しで達してしまう、そう思った時、ラウルの手がリードの根本を強く掴んだ。

「うう…………」

達することが出来なかった恨めしさに、思わずラウルをじとりと睨む。

けれどラウルは楽しそうに口の端を上げると、そのままリードの中心へ舌を伸ばした。

温かい舌が奥まった部分を丁寧に舐めていく。

潤滑油は用意されていても、ラウルは自身の口でリードの秘孔をほぐしたがった。

清潔にしているとはいえ、恥ずかしい気持ちは勿論（もちろん）ある。けれど、抵抗したところでラウルはやめてくれない。

リード自身、ラウルの愛情を感じられて嬉しくもあった。

「はっ………」

入口の部分が、少しずつ柔らかくなっていく。くすぐったさと気持ちよさを感じていると、ラウルの指がゆっくりと入ってきた。

既にラウルの指を覚えた狭い部分が、嬉しそうに震える。

自身でもはしたないと思うが、指を迎え入れたその部分が窄（すぼ）まるのがわかった。

「うっ……あっ………」

指で中をかき回されると、快感に腰が揺れていく。

二本、三本と指が増え、拡（ひろ）げられていくうちに、萎えかけた性器が再び熱を持ち始める。

「あっ……ラウル……ダメ……」

達してしまいそうになるのを必死で堪えようとするが、身体は貪欲（どんよく）なまでに快感を求めている。

ラウルが息を吐くように笑い、窄まりから指を抜く。

「ま、待って………！」

意識はぼんやりとしていたが、ラウルを見つめてリードが口を開く。

既に下穿きの前をくつろがせていたラウルが、怪訝そうな顔をする。

「今日は、俺が上に乗ってもいい？」

リードがそう言った途端、ラウルは目を瞠った。

「ああ、勿論」

けれそれは一瞬のことで、頷いたラウルに、リードは胸を撫でおろした。

ラウルの太く大きなものをやんわりと摑み、自身で腰を下ろす位置を調整する。

逞しいラウルの胸元が視界に入り、自分があられもない体勢をとっていることを改めて実感する。

ラウルの顔を見る余裕はなかった。

これまで互いに座って抱き合ったことはあったが、こんな風に自らラウルの上に跨ったことは一度もなかった。

ここで、いいのかな…………。

既に十分にほぐされたそこに、ラウルの先端が触れると身体が反応した。

「やっ……あっ……………」

少しずつ、ゆっくりと腰を落とせば、自身の中にラウルの昂ぶりが埋められていく。

熱くなった身体に、汗がにじむ。

「ふっ………は……っ……」

十分に柔らかくなっているとはいえ、硬い屹立に、自身が開かれていくのを感じる。

「ああっ…………」

自分自身の体重がかかり、いつもより深い部分まで届いているような気がする。

少しだけ動いてみれば、互いの下生えが触れる。

「動けるか？」

ラウルに問われ、ようやく自身の下にいるラウルの顔を覗き込めば、その表情はどこか嬉しそうに見えた。

「や、やってみる……！」

考えてみれば、いつも下から揺らされているためこんな風に自ら動いたことはなかった。

気持ちのよい部分を自分で探すことに恥ずかしさを感じなかったわけではないが、それよりも興奮が上回っていた。

「はっ……やっ…………」

自身の中に埋められたラウルの怒張は大きく、少し動くだけで中を抉られているような気持ちになる。

緩慢な動きをじれったく感じながらも、ゆっくりと腰を動かしていく。

最初はぎこちなかったが、少しずつ動きにも慣れてくる。

「あっ……あ………！」

快感を探し、腰を動かせば時折びくりと身体が震えるのがわかる。

「リディ」

「な、なんだよ？」

「すごく良い眺めだ」

王子様然とした表情でラウルに言われ、カッと顔が熱くなる。

「い、言うなよそれ……！」

羞恥心から、思わず視線を逸らしてしまう。けれどそんなリードに対し、ラウルは鼻で息をするように笑い、その大きな掌でリードの臀部を摑んだ。

「ただ、そろそろ動きたくなってきた」

「え？」

言うやいなや、ラウルが下から激しくリードの中で動いていく。

「ひゃっ……！」

バランスを崩し、前のめりになってラウルの腹に手を添える。

少し腰が浮いたことで、ますますラウルの屹立はリードの中を強く擦りたてていく。

「あっ……あっ……はあ……」

粘膜が、嬉しそうにラウルの昂ぶりを受け入れている。

自分自身のそこが蠢いているのがわかる。

もっと、もっと強くそこを突いて欲しい。

互いにつながったまま、ラウルが上半身を起き上がらせ、リードの身体を抱きしめた。

「ふっ……あっ……」

顔中に唇を寄せながら、腰の動きが速くなる。繰り返される抽挿に、たまらなくなったリードはラウルの背に自身の腕をまわす。

「は、あ……！」

どくどくと、脈打つラウルの屹立がリードの中に白濁を弾けさせれば、勃ちあがっていたリードの先端からも蜜が零れ始めた。

互いの肌を感じながら、リードはしばしの間ラウルに抱きしめられていた。

「ラウルの予想通り、フェリックスさんからは海軍の護衛は断られたよ。正直、心配だから受けて欲しかったんだけどなあ」

行為の後はしばらく微睡んでいたのだが、身体を清めたことで目が冴えてしまった。

シーツは替えたものの、服を身に纏うのは面倒で、裸のまま上掛けを纏い、ラウルと共に地図を見つめる。

「まあ、フェリックスにもプライドはあるだろうからな。ハノーヴァーの挑発に、のることがなければいいんだが……」

「ルイスの話だと、向こうは正規の海軍ってわけじゃないとはいえ、乗船してるのは軍の人間ぽいしね」

リードの言葉に、ラウルが頷く。

「……それにしても」

「何？」

「ついさっきまで俺の上であられもない表情をしていたのに、切り替えが早くないか？」

確かに、先ほどまで抱き合っていたベッドの上で顔を突き合わせて大真面目に話しているのだ。

客観的に考えれば、なかなかシュールな光景だろう。

「状況が状況だしね……出来ればベッドの上でしたい話じゃないんだけど」

「まあ、俺たちらしくていいんじゃないか。こんな睦言も」

「そうだね」

そういえば、ロシアの女帝が愛人とこんな風にベッドの上で政治談議までしてたって何かの本に書いてあったなあ。

意外と、歴史において重要なことはベッドの上で決められているのかもしれない。

「あ、そういえば」

「何？」

「母上が、近いうちにフエントに来て欲しいと早馬が来ていた」

「レオノーラ様が？」

そういえば、リケルメに手紙を送った際にレオノーラにも昨今の情勢に関する相談の手紙を送っていた。

もしかしたら、それに関する話かもしれない。

「そうか……じゃあ明後日あたり出かけてこようかな。ラウルは？　どうする？」

「一緒に行きたいところだが、それこそ海軍の方で色々とやっかいなことになっていてな……」

「あー……」

言葉を濁したラウルに、なんとなく状況を察したリードは苦笑いを浮かべる。

元々海軍国であるオルテンシア海軍は優秀ではあるものの、陸軍におけるエンリケのような中心に立つ人間が存在しない。

そのため、事あるごとに意見が割れ、ラウルが間に立っているようだ。

「俺が将軍位につけるなら、一番いいんだけどな」

「ダメだよ、ラウルは王太子なんだから」

ある意味軍の最高指揮官ではあるが、現場に立つわけにはいかない。

「ハノーヴァーとの状況を考えれば、海軍にはまとまってもらわないと困るんだが」

「誰か、良い人材がいるといいんだけど……」

同じタイミングでため息をついてしまったため、思わず視線を合わせる。

リードが笑えば、ラウルも頬を緩めた。

「あ、ラウル」

「なんだ?」

リードが問いかければ、ラウルはすぐさま聞き返してきた。

どんなに疲れている時でも、自分の話をちゃんと聞いてくれることを嬉しく思いながら、リードは言葉を続ける。

「さっきの話だけど……俺は、ユメリア大陸が植民地になるのは見たくないし、コンラートにも、リケルメにもして欲しくない。ただ……もしリケルメのやり方に反対すれば……その……」

「叔父上と、対立することになるかもしれないか？」

「そうなんだ……。それでも……」

それでも、自分の意見に賛同してくれるか。そう聞きたかったのだが、なかなか言葉にすることが出来ない。

オルテンシアはアローロとは長い間友好的な関係が続いている。建国以来、大きな対立もなかったはずだ。

さすがに今回の件が原因で戦争に発展するとは考えづらいが、それでもリケルメとの対立を避けたいはずだ。

「なんて顔をしてるんだ」

いつまでたっても、続く言葉を発することが出来なかったからだろう。

頭上から、ラウルの笑いを含んだ声が聞こえてくる。

「え？」

「お前のことだ、闇雲に叔父上に反対するわけじゃなく、ちゃんと考えがあるんだろう？」

「……うん」

「まだ内容は聞いていないからはっきりとは言えないが、俺はお前の気持ちを尊重したいと思っているし、場合によっては叔父上と対立してもかまわないと思ってる」

「いいの？」

「勿論（もちろん）、出来る限り対立は避けた方がいいんだろうが、オルテンシアだって一つの主権を持った国だ。何もかも、叔父上に追従する必要などないだろう」

きっぱりと言い切ったラウルの言葉に、胸に温かいものがこみ上げてくる。

「ありがとう、ラウル」

「だいたい」

お礼を言えば、ずいとラウルが自身の顔をリードに近づけてくる。

「俺はお前を妃にするためなら、アローロと敵対してもかまわないと思っていた人間だぞ。それに比べれば、叔父上と政治的に意見が対立するなど、些末（さまつ）なことに過ぎない」

堂々と口にしたラウルに、リードは目を瞠（みは）り、次に小さく噴き出した。

「あ、おい笑うな」

「ごめん。いや、頼もしいなあって嬉しくなったんだよ」

小さく微笑んでそう言えば、ラウルがリードの髪を優しく撫（な）でた。

「さすがにそろそろ寝るか、明日に響く」

「そうだね」

明日も、いつも通り政務はあるのだ。

そのまま、ベッドサイドにあったランタンの火を弱める。

薄暗くなった部屋の中で、今度こそリードはラウルと共に床に就いた。

3

午後の明るい時間にセレーノを出立したリードがフエントの町に入ったのは、まだ日の高い時間帯だった。

王都であるセレーノから一刻ほど馬車を走らせた場所に、フエントの町はある。

一年を通してセレーノよりも気温が高いため、貴族たちの別荘もたくさんあるが、夏の時期以外は人も少なく、とても静かな場所だ。

王都に作った女子大学の学長を引き受けてくれたレオノーラだが、結局フエントの離宮から住まいをうつすことはなかった。

王家の祝祭行事や、女子大学での仕事がある際にはセレーノへ戻ってくるものの、決して長居をすることはない。

王妃としての仕事のほとんどはリオネルの側室であるエレナに任せてしまっている状況なのだが、リオネルもエレナも、レオノーラを咎める様子はない。

エレナがリオネルと同い年で、レオノーラとは十以上年の差があることもあるのだろう。

二人が話をしているところは何度か見たことがあるが、レオノーラもエレナのことを尊重しているし、エレナもまたレオノーラへの接し方は優しいものだった。

国王夫妻はレオノーラにはいつでも城に戻ってきて欲しいと言いながらも、決して無理強いはしていなかった。

ただ、レオノーラが王都には戻らず、フエントで過ごしている理由がなんとなくリードにはわかっていた。

た。

リオネルとエレナの仲睦まじげな様子を見れば、レオノーラの性格であれば遠慮をしたくなることは十分に想像がついた。

立場こそ違いはあるが、その気持ちはリードもよく知っているものだ。

リケルメの後宮にいた頃、幾度となく見たリケルメとマリアンヌの姿には、自分が決して立ち入れない、二人だけのつながりがあったからだ。

まあ、ジャスパーさんのこともあるしなあ……。

ジャスパーは変わらずセレーノで医師を続けているが、最近では国からの仕事も請け負ってくれている。

王都の近隣の町や村を時折訪問しているのもその一環で、フエントにも時折足を運んでいるようだ。

城の専属医たちもジャスパーの仕事には信頼を置いているようで、最近ではレオノーラの主治医として推薦されているとラウルから聞いていた。

主治医といっても、フエントの離宮にも医師はいるし、それこそ月に一度か二度訪問をするくらいだろう。

ただ、それに対しレオノーラはあまり芳しい返事をしていないそうだ。

そのことに関してもレオノーラに聞いてきて欲しい、とラウルから言われているのだが、リードとしてはやや気が重かった。

ジャスパーの医師としての技量はレオノーラだってわかっているし、何より月に一度か二度とはいえジャスパーに会えるのは嬉しいはずだ。

だけど、だからこそレオノーラは頷けないのかもしれない。

「リード様」

考え事をしてしまっていたからだろう。窓の外から聞こえてきたトビアスの声に、一瞬反応が遅れてしまった。

「あ、なに？」

トビアスは今回のフエントへの訪問にも護衛も兼ねてついてきてくれているのだが、馬車に同乗することは固辞されてしまった。

騎乗している方が周囲を警戒出来るし、護衛もやりやすいからだそうだ。

相変わらずの忠臣っぷりだと見送りに来てくれたエンリケは笑っていたが、離宮にいる間はトビアスにもしっかり休んで欲しいと思う。

「離宮が見えてきました、そろそろ降車される準備をなさってください」

「うん、ありがとう」

離宮への滞在は、三日を予定している。その間に、しっかりレオノーラと話をしなければ。

そう思いながら、リードは窓の外から見える離宮の姿をじっと見つめた。

多くの人々が仕事を行っているシントラ城に比べ、フエントの離宮は人も少なく、ゆったりとした空気が流れている。

屋敷自体が自然の中にあることもあるのだろう、離宮に入るまでの庭を歩いている間にも、草花のにおいを微かに感じた。

リードの訪問は事前に知らせてあるため、大広間では顔なじみの女官長や初老の執事が出迎えてくれる。

案内されたのは王妃の間ではなく、客人を持てなすための応接間だった。

お茶の時間や軽食をとるのに使われている場所だったが、部屋に入ればここに招待された理由はすぐにわかった。

「え？　パトリシア？」

「お久しぶりね、リード」

応接間でリードを笑顔で出迎えてくれたのは、リケルメの娘、アローロの第一王女であるパトリシアだった。

「久しぶり、だけど、どうしてオルテンシアに？」

驚きながらもリードが言葉を返せば、すぐ後ろから落ち着いた声が聞こえてくる。

「先週から遊びに来ているのよ、貴方が来るって言ったら驚かせたいから言わないでくれって」

「いや、驚いたよ……」

そこで、リードがそう言えば、パトリシアはしてやったりとばかりに悪戯っぽい笑みを浮かべた。

リードはハッとする。

「レオノーラ様、ご無沙汰(ぶさた)しております」

振り返れば、背筋を真っすぐに伸ばした、美しい立ち姿のレオノーラがいた。

すぐさま礼をとろうとすれば、やんわりと止められる。

「堅苦しい挨拶はいらないわ。それより、忙しい貴方を急に呼び出して悪かったわね」

「いえ、私もレオノーラ様にご相談したいことがありましたので……」

穏やかな会話のやり取りにも、どこか緊張感があるのは互いに昨今の情勢に関する懸念を抱いているからだろう。

けれど、それをパトリシアに悟られるわけにはいかない。

王女であるパトリシアは政務には関わっていないし、もし今回の訪問に何かしらの思惑があれば、レオノーラから事前に知らされていただろう。

純粋に、オルテンシアに遊びに来たパトリシアに余計な話を聞かせては気に病んでしまうかもしれない。

そう思ったのはレオノーラも一緒なのだろう。

「まあ、仕事の話は明日にして、今日はパトリシアの相手でもしてやってちょうだい。パトリシアには、ちょっとここは退屈なようだしね」

「そ、そんなことはありませんわ！　ただ、風光明媚ではありますが少し長閑すぎるなあと思っただけで……」

パトリシアが過ごしているアローロの王都・ランツェは大陸でもっとも発展している都市だ。

基本的には王宮の中で過ごしているはずだが、人の出入りも多いため賑やかなのだろう。

「悪かったわね、田舎で」

「自然が豊かで素敵なところだって言ってるじゃありませんか！」

意地悪ですわ、伯母上！

頬を膨らませるパトリシアに、レオノーラが楽しそうに笑う。

マリアンヌと懇意にしているレオノーラは、パトリシアのこともよく知っているのだろう。

対面する機会はそれほどなかったように思うが、既に二人は打ち解けているように見えた。

パトリシアの勝気な気性はリケルメ譲りということもあり、どことなく二人の雰囲気は似ていた。

それに、レオノーラ様も楽しそう……。

リードやラウルが時折訪問しているとはいえ、普段レオノーラは大勢の使用人たちと共にこの離宮で暮らしている。

フエントでの暮らしはレオノーラが望んだものだし、そろそろ王都で暮らしてはどうかというラウルの言葉も毎回断っている。

それでも、フエントで一人暮らすレオノーラの姿はどこか寂し気に見えた。

だからこそ、和気藹々（わきあいあい）とした二人の様子に、リードは嬉しい気持ちになった。

公務にレオノーラが戻った後は、リードはパトリシアと共にお茶の時間を楽しんだ。

リードがラウルの妃となってからは、時折パトリシアと手紙のやり取りは行っていたが、実際に会うのはそれこそリードの結婚式の時以来だ。

二人の間の話は弾み、夕食時にはレオノーラも交えて三人で色々な話をした。

フエントの離宮を訪れる際、リードは毎回同じ客室を貸してもらっている。

ラウルも一緒に寝られるように準備された二人用のベッドは大きく感じ、一人で寝るのを少し寂しく感じた。

……まだ離れて一日だっていうのに。

恋を知ったばかりの十代の少女じゃあるまいに、と自身の思考が恥ずかしくなってしまう。

そこでふと、先ほどまで話をしていたパトリシアの姿を思い出す。

夕食の時間、楽し気に二人の話を聞き、話をしていたパトリシアだが、その表情は時折曇っていた。

何か悩みでもあるのだろうか。気になったが、どこまで自分が立ち入っていいのかわからず、聞けずじまいだった。

もう少し話したら、パトリシアの方から相談してくれるだろうか。

そんな風に思っていると、客室のドアが叩(たた)かれる音が聞こえた。

湯浴みを終え、侍女も既に下がってもらったため、客室には誰もいない。

部屋の入り口には番兵も立っているため、特に怪しい人間が訪問してくることはないだろう。

そう思い、リードはベッドから立ち上がり、客室のドアを開く。

「パトリシア……？」

「ごめんなさい、遅い時間に。寝る前に、少しだけお話をさせてもらえないかしら？」

ドアの前に立っていたパトリシアは、どこか思いつめたような表情をしていた。

「ごめん、もう冷めてるかもしれないけど……」

とりあえずパトリシアを部屋へ招き入れたリードは、侍女が用意してくれていた茶を二人分淹れる。

「おかまいなく、というかごめんなさいね、もう寝るところだったんでしょう?」

ベッドに座ったパトリシアが、リードの手からティーカップを受け取る。

「それはいいんだけど……パトリシアこそ大丈夫?」

「何が?」

「えっと、夜遅くにこんな風に二人きりになって……?」

パトリシアも既に湯浴みは終えているのだろう。薄手の夜衣にカーディガンという軽装のパトリシアをいつまでも廊下に立たせているわけにもいかず、思わず部屋に入れてしまったのだが。

冷静に考えれば、若い女性であるパトリシアと部屋で二人きりになるのはあまりよくないだろう。

リードの言葉に、最初首を傾げていたパトリシアだが、言わんとしていることがわかったのだろう。

小さく噴き出し、声を上げて笑い出してしまった。

「そういえば、リードは男性だったわね。ごめんなさい、考えもしなかったわ。だってリード、お兄様っていうよりお姉様って感じなんですもの」

「それはそれでちょっと複雑なんだけど……」

血のつながりこそないが、リードもリケルメの子ではあるためパトリシアと兄妹関係というのは間違ってはいない。

「安心して、リードのことは信頼しているもの。むしろ、こんな風に貴方の部屋を訪れたって言ったら私がラウルに怒られそう」

内緒にしていてね、とパトリシアはこっそりと指を立てた。

「ラウルだってパトリシアなら怒らないと思うよ。それで？　こんな夜更けにどうしたの？」

リードが問いかければ、笑っていたパトリシアの表情から笑みが消えた。

「その……さっきリード、どうしてオルテンシアにって言ったでしょ？」

「え？　うん。遊びに来たんだよね？」

レオノーラからはそう聞いていたし、隣国であるオルテンシアにパトリシアが来るのはそう不自然なことではない。

けれど、パトリシアはその言葉に困ったような笑いを浮かべ、小さく首を振った。

「それもあるんだけど……それだけじゃないの」

「それだけじゃない……？」

「私、逃げてきたの。お父様が決めた縁談がどうしても嫌で」

「え……？」

想像していなかったパトリシアの言葉に、リードが目を瞠る。

パトリシアの縁談に関しては、リケルメも頭を悩ませているのか、手紙にも書いてくることがあったが、相手が決まったという話は聞いていなかった。

縁談が決まったというのはめでたい話ではあるのだろうが、パトリシアの反応を見るに芳しい相手ではないようだ。

リケルメは長女であるパトリシアのことをとても可愛(かわい)がっていたし、そんなに条件の悪い相手を見つけてくるとは思えなかった。

「どんな人？」

「え？」

「嫌ってことは、パトリシアがその人のことを好きになれないってこと？」

「そうね、それもあるんだけど……」

寂し気にパトリシアは笑うと、ぽつり、ぽつりとその相手のことを話し始めた。

「相手はアローロの大貴族、侯爵家の生まれで、騎士団の一つを任されているの。士官学校ではお兄様の後輩だったみたいで、お父様はその頃から気に入っていたみたいね。家柄も良ければ、文武両道に秀でていて、将来はお兄様の側近になるんでしょうね。顔立ちも良くて、パーティーではいつもたくさんの女性に囲まれているわ」

相手の話をするパトリシアは客観的で、それだけでその相手に対して特別な感情がないことがわかる。

「縁談の話をしたら女学校の友達はみんな羨(うらや)ましがったわ。さすが、陛下は素敵な相手を見つけてくれたわねって」

「だけど……パトリシアは好きになれないんだろう？」

リードが問えば、パトリシアが不思議そうな顔をした。

「どんなに相手の条件がよくても、相性はあるから。それに、条件が良い相手だってのはわかったけど、肝心のどういう性格なのかを聞いてないし」

「リードらしいわね、その言い方。人を身分や見た目で判断したりしない……あ、だけど誤解しないでね。性格も悪いわけじゃないの。それに、アローロ王の娘として生まれたんですもの。好きな人と結婚するなんて、最初から諦めてたわ。だけど、一つだけどうしても受け入れられないところがその人にはあった」

「受け入れられないところって？」

パトリシアは頭もよければ我慢強い性格のはずだ。王女としての自分の運命を受け入れる強さも持っている。

だからこそ、パトリシアが受け入れられない理由が気になった。

「その人ね、恋人がいるの。もう、何年も一緒にいる……身分が違うから、結婚は許されないそうなんだけど。私と結婚したら、その女性を近くに住まわせる約束をご両親とされたみたいでね。彼女と一緒にいたいから、私との縁談を受け入れたんですって。馬鹿にしてるでしょ？」

「それは……」

口調こそ明るいものだったが、パトリシアがひどく傷ついていることはその表情を見ればわかった。

「リケルメは、そのことを知ってるの？　知ってたら……」

さすがに、縁談に反対してくれるのではないか。リードがそう口にすれば、パトリシアは無言で首を振った。

「お父様は、全部知っているわ。妻は私以外に娶るつもりはないそうだし、相手の女性の身分を考えれば結婚は出来ないのだから問題ないって。何でもないように言われた」

王族の結婚は、ほとんどが政略結婚で、幼い頃から婚約者が決められている。

ヨーロッパの王朝のほとんどが血縁関係にあったのも、王族間での結婚が主流だったからだ。

この世界においてもそれは例外ではなく、アローロの王女であるパトリシアの結婚は外交に役立てることも出来たはずだ。

パトリシアを政治のために他国に嫁がせず、アローロの有力貴族と婚姻を結ばせようとしたのは、リケルメの愛情だということもわかっている。

それでも、パトリシアにしてみれば愛のない結婚を押し付けられたに過ぎない。

「結婚を嫌がってもお父様は聞き入れてくれないし、だから私、お母様に相談してオルテンシアに逃げてきたの。伯母上も、事情を話したら好きなだけいていいって言ってくださったし。いつまでもつかわからないけど、せめてもの抵抗なの。我儘だって、呆れるかしら？」

「いや……そんなことないよ。辛かったよな。結婚相手に、夫となる人に恋人がいるなんて……」

有力貴族が多くの妻を持つのが珍しいことではないとはいえ、女性の心境としてはやはり複雑だろう。

「リードは優しいわね」

パトリシアが、寂しそうに笑った。

そして、少し考えるようなそぶりを見せると、じっとリードの方を見つめてきた。

「あのねリード、私、ずっと貴方に謝りたかったの」

「え？　俺に？」

何か謝られるようなことをパトリシアからされただろうか。少し考えてみたものの、全くもって思いつかない。

「もう、十年くらい前かしら。中庭で出会った貴方に、私、ひどいことを言ったでしょう？」

十年前ということは、リードがまだアローロの後宮にいた頃だ。

パトリシアとは何度か顔を合わせたことはあるが、やはり謝られるようなことがあったとは思えない。

それとも、自分が忘れているだけだろうか。

「ごめん……思い当たる節がないんだけど」

素直に謝れば、パトリシアはこれといって気を悪くしたそぶりは見せなかった。

「覚えてない？　後宮近くの庭で出会った貴方に、私はこう言ったのよ。『お父様を、とらないで下さいね。お父様は、私たちのお父様なんですから』って」

パトリシアの言葉に、その時の光景がリードの脳裏に過った。

確か、後宮の中庭を散歩していた時だ。

帰省していたマクシミリアンと共に庭を散策しているパトリシアが、興味津々とばかりにリードの下へ歩いて来たのだ。

パトリシアから言われた言葉も、勿論（もちろん）覚えていた。

「思い出したよ。そうだ、パトリシアに言われたんだったね。だけど、パトリシアの言う通りだし、謝ることじゃないと思うよ？」

幼いパトリシアの言葉に、冷や水を浴びせられたような気分になったのは事実だった。

けれど、だからといってパトリシアを恨んだり、悪感情を抱いたりもしなかった。

「違うの、私、全部わかっていたの。無邪気さを装いながら、貴方が傷つくのをわかっていて、ああ言ったのよ」

「え……？」

「あの頃のお父様はリードのことしか見えてなくて、リードの下へ向かうお父様はいつも嬉しそうだった。私たちのことを可愛がってはくれたけど、本当は毎日だってリードの下へ行きたかったはずよ。私悔しくて、お母様に言ってしまったの。なんでお父様はリードのところにばかりに行くの？　って」

仕方ないことだとは言え、居たたまれない思いでリードは話を聞き続けた。

「そうしたら、お母様はこう言ったの。お父様にとってリードは特別な存在で、必要な人なのよって。笑顔でそう言われてしまったら、何も言うことが出来ないでしょ？　だけどね、私見てしまったの。夜中に、一人泣いているお母様を」

「マリアンヌ様が……」

それはリードも初めて聞く話だった。リードの知るマリアンヌはいつも優しく穏やかで、そういった感情を見せたことがなかったからだ。

「だから悔しくて、ついあんなことを言ってしまったの。リードは何も悪くないのに。言い訳になってしまうけど、それくらい子供だったのよね」

　本当に、ごめんなさい。

　もう一度、改めてパトリシアが謝罪する。けれど、そんなパトリシアに対して、リードは慌てたように首を振る。

「そんな、謝ることじゃないよ！　パトリシアからしたら、何か言いたくなるのは仕方がないことだと思うし」

「やっぱり、リードは優しいわね」

　少しホッとしたようにパトリシアが笑った。

「私、貴方のような結婚がしたかったの」

　そして、少しだけ恥ずかしそうに言った。

「二年前、リードとラウルの結婚式に参列させてもらったでしょ？　リードはすごくきれいだったし、隣にいるラウルはそんなリードのことしか見えていないって感じだった。二人ともとても幸せそうで、私も結婚するなら二人みたいになりたいって、そう思ったのよ。残念ながら、それは叶わなそうだけど」

　叶わなそう、そう言ったパトリシアの表情は今にも泣きそうで、見ていたリードの胸まで痛んだ。

「あ、ごめんなさいね。こんな話をしてしまって」

「いや、いいよ。それにパトリシア、諦めちゃダメだよ？」

「え？」

「リケルメだって、パトリシアの幸せを一番に考えてるはずなんだ。ただちょっと、リケルメの考える幸せと、パトリシアの幸せが違うだけで。だから、オルテンシアにいる間にゆっくり考えて、アローロに帰ったらもう一度リケルメに話してみよう」

パトリシアのオルテンシア滞在は、三カ月を予定しているという。

もしかしたらその間に、リケルメの気が変わる可能性だってあるだろう。

「ありがとう、リード」

パトリシアの笑顔は、先ほどよりも幾分すっきりしているように見えた。

翌日。パトリシアが乗馬に出かけている間、リードはレオノーラの執務室へ案内された。

レオノーラはフエントの役人との謁見が長引いているようで、中で待っているように女官長から言われたのだ。

王妃の間や応接間、ギャラリーといった部屋には何度も案内されたことはあったが、レオノーラの執務室に入るのは、初めてのことだった。

レオノーラの執務室はシントラ城にあるリオネル王やラウルの執務室と造りはそれほど変わらなかったが、二人の部屋よりは少しばかり手狭だった。

側近という側近を置いていないレオノーラの仕事を手伝っているのは、アローロ時代からレオノーラに仕えているという執事だ。

親族は今もアローロの王宮で働いているらしく、穏やかな風貌ながら仕事に関しては厳しく、レオノーラへの忠誠心の強さが窺えた。

執務室ではあるが、部屋の壁紙は柔らかな色が使われており、壁には様々な絵画が飾られていた。

ほとんどは歴史を感じる古い絵画だったが、中心にある絵は少し新しく見える。

家族の肖像画だろうか。椅子に座っているのは、豊かな髭を蓄えた穏やかそうな男性と、優しい雰囲気を纏った女性。

二人の両端にはまだあどけなさの残る少年と、少年にもなりきれていない、小さな男の子が立っていた。

男の子の顔には、見覚えがあった。

これって、もしかして……。

「待たせて悪かったわね、リード」

肖像画をリードが見据えていれば、ノックと共にこの部屋の主であるレオノーラが入ってくる。

「いえ、そんな……」

反応が遅れてしまったのは、目の前の肖像画に意識が向いてしまっていたからだった。

レオノーラにもそれがわかったのだろう。

リードの隣に来ると、同じように肖像画を見上げた。

「いい絵でしょう。もう、二十年ほど前になるかしら。当時、オルテンシアで一番の画家が描いたものなのよ」

懐かしそうに、レオノーラが言う。

「やっぱり、ここに描かれているのはラウルなんですね」

幼いながらも、意志の強そうな瞳は今と変わらなかった。

「そう。リオネル陛下とエレナ様、フェルディナンド殿下と、ラウルよ。最初、ラウルがフェルディナンド殿下の傍を離れたがらなくて。描くのが大変だったらしいわ」

「ラウルは、フェルディナンド殿下のことを本当に慕っていたんですね」

肖像画の中のフェルディナンドは、品の良さそうな少年で、見るからに気性も柔らかそうだ。

「そうね……年が離れていたのもあって、フェルディナンド殿下もラウルのことをとても可愛がってくれたの。見ていて微笑ましくなるような、仲の良い兄弟だったのよ」

レオノーラの言葉がどこか寂しく聞こえるのは、この数年後に悲劇的な出来事があったからだろう。

誰よりも大切な弟を守るために亡くなったフェルディナンド。ラウルの中で、今もフェルディナンドの存在はとても大きい。

だけど、それよりも……。

幸せな王家を描いたこの肖像画に、レオノーラは描かれていない。

リオネルやエレナの性格を考えれば、おそらくレオノーラも一緒に描いてもらおうと提案したはずだ。

それをレオノーラが、断ったのだろう。

どうして……。

レオノーラが、オルテンシアを、そしてリオネルをはじめとする王家の人間を大切に思っていることは知っている。

そうでなければ、自身の執務室の中央にこの肖像画を飾ったりはしないだろう。

けれど、レオノーラは頑(かたく)なに王家の人々と距離をとっている。それこそまるで、自身が王家の一員としてその中に入るのを拒否しているように。

「昔話はこの辺にしておいて。時間は限られているのだし、これからの未来のためにも、有益な話をしましょう」

「あ、はい。勿論です」

笑顔でレオノーラに椅子に座るよう促され、リードも素直にそれに従う。

リードがもの言いたげな表情をしているのに、気づかないレオノーラではないはずだ。

つまり、これ以上は何も聞いてくれるなということだろう。

気にはなったが、リードが問いかけたところではぐらかされてしまうのは目に見えていた。

今はそれよりも、ハノーヴァー、コンラートだ。

椅子に座ったリードは、すぐさま頭を切り替えた。

「なるほど……確かに、この辺りの海域をハノーヴァーに支配されると、海上輸送への影響は大きいわね」

事前にレオノーラには手紙で知らせていたこともあり、地図を使いながら説明すれば、すぐに状況を把握してくれた。

アローロにいた頃から、リケルメには優秀な姉がいるという話は聞いていたが、女性が君主となれる国だったら素晴らしい治政を行っていたのではないだろうか。

「はい。だからこそ、リケルメもユメリア大陸をコンラートには渡せないと思っているんだと思います。それに関しては、私も賛成しているのですが」

「アローロのユメリア大陸への進出は、賛成出来ない、と」

「はい、その通りです」

さすが、理解が早い。そう思いながらリードが頷いたのだが。

「どうして？」

「え？」

「どうして、アローロのユメリア大陸への進出に賛成出来ないの？　コンラートに取られるよりは、よっぽど良いと思うんだけど」

「それは……」

しまった。レオノーラは聡明で情の深い女性ではあるが、大国・アローロの王女として育っているのだ。

ラウルは元々の考え方が柔軟で、先見性もあったし、別の世界とはいえ植民地支配による犠牲の歴史をリードが話している。

だから、リードにも同調してくれたのだが、レオノーラはそうではない。

「貴方が優しいのは知っているけど、ユメリア大陸には縁もゆかりもないでしょう？　確かに、他国を武力によって支配するのは気分の良い話ではないけれど、そこまで肩入れする必要があるかしら？」

言葉に詰まってしまったリードに、畳みかけるようにレオノーラが言う。

「確かに、私はユメリア大陸には行ったことがありませんし、その国の人々に関して知っているわけではありません。けれど、そこには人がいて、営みを行っていることは想像がつきます。おそらく、私たちとは全く違う文化や伝統を持ち、生活をしているんだと思います。大陸に進出するということは、そこに住む人々の生活を壊すということなんです。私は、リケルメにそんなことはして欲しくありません」

自分の言っていることが甘いという自覚はリードにもある。

それでも、レオノーラならわかってくれるのではないかと、祈るような気持ちでリードは自分の思いを伝えた。

「ユメリアは気候も温暖で資源も豊かな国だけど、科学技術の点では随分遅れを取っているわ。アローロが進出することにより、ユメリアの技術発展につながる部分もあるんじゃないかしら。確かに、植民地にするということはアローロ側の力が強くなってしまうとは思うけど、あのリケルメよ。そこまで、ユメリア大陸に対して非道な振る舞いはしないんじゃないかしら」

「そうですね、リケルメがユメリア大陸に対して無体な行いをするとは私も思いません。勿論（もちろん）、マクシミリアンも。けれど、後の世代の王はわかりません」

　レオノーラのきれいな形の片眉（かたまゆ）が、上がった。

「確かに、レオノーラ様が仰（おっしゃ）るように植民地となった国は発展に結びつくかもしれません。今のアローロは豊かで、植民地に対しても温情のある対応が出来ると思います。けれど、もしアローロ本国の状況がよくなくなった時、同じような対応を続けることが出来るでしょうか。植民地にするということは、資源や人をその国から搾取するということです。後の世にも、大きな遺恨を残します。私は、リケルメに後世の人々が苦しむような、そんな行動をとって欲しくありません」

　永遠の覇権と繁栄が続く国は、存在しなかった。少なくとも、リードが知っている世界の歴史においては。

　それを知っていてもなお、いや知っているからこそリケルメはそれに挑みたいと思っているのかもしれない。

　けれどだからこそ、自分はそれを止めなければいけないと思った。

　レオノーラは、何も言わずにリードの話を聞き続けてくれた。

　返答までは、少しの時間がかかった。

「後世の人々、ね……面白いことを考えるわね、リード。誤解しないで、私も別にリケルメのやり方に賛成しているわけではないから。ただ、貴方の考えはわかったけど、それでリケルメが納得するとは思えないわ。何か策はあるの？」

　よかった、レオノーラ様はわかってくれた……！

安堵しながらも、リードは言葉を続ける。

「ユメリア大陸にはたくさんの人民と、豊富な資源があると聞きます。私は、ユメリア大陸と対等な関係で貿易が出来ればと思っております」

「貿易？」

「はい、対等な国として貿易を行えば、オルテンシアはユメリア大陸の国を主権を持った国として認めたことになります。そうすれば、コンラートもリケルメも、ユメリア大陸に手を出しづらくなると思います」

ユメリア大陸にはいくつかの国が存在しているという話だが、国交を結んでいる国は存在しない。そのため、ルーゼリア大陸の国々からは正式に国家として認められていなかった。

「城にある資料を調べたのですが、国交はなかったとはいえ、オルテンシアは過去にマラティア王国と貿易を行っていましたよね。マラティア王国と交流を再開させることは出来ないでしょうか？」

マラティア王国はユメリア大陸で最も大きな国土を持つ国で、大陸の中では最も発展しているとも言われている。

質の良い綿花や茶、香辛料を産出していたことから、以前は積極的に貿易が行われていた。船舶の質がよくなかった時代でもそうだったのだ。それくらい、貿易相手としてのマラティアに魅力があったのだろう。

「マラティアとの貿易が行われなくなったのは、当時のマラティア王がルーゼリア大陸に対し不信感を持ったからよ。貴方も知っているでしょう？　ルーゼリアの国々が行っていた、ユメリア大陸への奴隷貿易を」

「あ……」

その話は、リードも知っていた。

長引く戦争により人手不足となったルーゼリアの国々は、ユメリア大陸の人々を働き手として連れてきたのだ。

ルーゼリア大陸で仕事が出来るという名目で連れてきた大半の人々は、奴隷として酷使され、多くの人々が子孫を残すことなく亡くなっていったという。

そして、中心となって奴隷貿易を行っていたのが、その時代のアローロ王だったことも。

教会の反対もあり、奴隷貿易はすぐに下火となり、行われていたのは十年程度のはずだ。

それでもユメリア大陸の人々に大きな傷跡は残しただろう。

「オルテンシアは、奴隷貿易には関与していなかったと思いますが……」

「当時のオルテンシア王は信心深く、人を売買することにそもそも反対していたみたいね。それでも、オルテンシアとアローロはつながりも強いし、マラティア王から不信感を持たれるのは仕方ないでしょうね」

「そういう、ことだったんですか……」

奴隷貿易のことはリードも知っていたが、オルテンシアは関わっていなかったこともあり、それが原因であるとは思わなかった。

どうしよう……、オルテンシアと、マラティアのつながりを頼りにしてたのに。

事情を話せば、現在のマラティア王は国交を結ぶことに了承してくれるだろうか。

いや、かえって怪しまれるかもしれない。そもそも、ルーゼリアに対する不信感は払拭されていないだろうし。

何か、他に方法はないだろうか。

「待って、リード」

「はい」

「マラティアとは国家間の正式な貿易は途絶えてしまったけど、民間外交は……貿易は行われているはずよ。勿論、数は少ないけど」

「民間での貿易……あ！」

リードの頭に、一人の男の顔が思い浮かんだ。

「そう、フェリックス・リサーケなら、今のマラティアにも詳しいんじゃないかしら。貿易だけではなく、一時は滞在していたこともあるみたいだし」

「滞在、ですか？」

「ええ、あちらの国の言葉もわかると思う」

そうだ、正式な国交を結ぶことを考えるあまり、民間レベルでの交流は続いていることを失念していた。

今の状況をわかっているフェリックスなら、自分の話も聞いてくれるだろう。

「ありがとうございます、セレーノに戻り次第、フェリックスさんに話を聞いてみます」

「そうね、貴方の話ならあの男も聞いてくれるでしょう。ただリード、大丈夫？」

「え？」

「リケルメはユメリア大陸へ進出する意志を持っている、それを阻むとなれば、最悪の場合リケルメと対立することになるかもしれない。貴方にその覚悟がある？」

リケルメと、対立……。

薄々わかっていたこととはいえ、改めて言葉にされると気持ちが重くなる。

個人としてではない、アローロ王としてのリケルメと向き合うということだ。

自分に、それが出来るだろうか。

いや……大丈夫。

膝(ひざ)の上に置いていた拳(こぶし)を握りしめ、リードは顔を上げる。

「あります。ラウルが、私の意見に賛成してくれたから」

昨日のラウルの言葉を思い出す。何も一人でリケルメと向き合うわけではない。自分の隣には、ラウルがいる。

「そう、それなら大丈夫ね」

レオノーラには、それだけ十分伝わったのだろう。穏やかな表情で、頷いた。

「あ、あと……」

「何？」

「いえ、これはまた明日お話しします。パトリシアも、そろそろ戻ってくると思いますし」

ジャスパーに関してレオノーラに聞きたいことはあったが、それは明日でもいいだろう。

フエントへの滞在は明日までを予定していたし、今日のところは一旦話を終わらせることにした。

「わかったわ。パトリシアといえば、私の方からもお願いがあるんだけど」

「え？　なんでしょう」

「貴方が帰る時に、あの子もセレーノへ連れて行ってあげてくれない？　ここには私しかしないし、やっぱり退屈だろうから」

「はい、勿論です。セドリックも喜ぶと思いますし」

アローロでは普段から妹や弟の面倒を見ているからか、パトリシアもセドリックに会いたがっていた。

セレーノには女子大学もあるし、視察をしてもらってもいいだろう。

リードが了承すれば、レオノーラは満足そうに頷いた。

4

城の窓から、ぼんやりとパトリシアが庭を眺めている。

広い敷地を持つアローロの宮殿に比べ、高地にあるシントラ城にはそれほど大きな庭はない。

それでも、手入れの行き届いた城の中庭では季節の花々を楽しむことが出来る。

寒い季節が終わり、春めいてきた今、シントラ城の中庭にはたくさんの花々が咲き誇っていた。

けれど、パトリシアの視線は庭にこそ向いているものの、その瞳はそれらを映し出してはいないようだった。

先ほどリードがどの花が好きなのか聞いて、ようやく花を選び始めたくらいだ。

やっぱりパトリシアの様子、おかしいよね……。

一週間ほど前、セレーノにパトリシアを連れて戻ったリードだが、こちらに来てからというもの、どうもパトリシアは上の空で、ぼうっとしていることが多かった。

日中はリードも公務があるため、パトリシアの世話はルリに頼んでいた。

アローロにいた頃からの顔見知りであるし、ルリと一緒であれば寛げるのではないかと思ったのだが。

ルリの話では、パトリシアは日中は本を読んでいるか、庭を眺めているくらいで、普段に比べて随分口数が少ないそうだ。

今も一緒に昼食をとっていたのだが、相槌こそ打ってくれるものの、既に視線は宙をさまよっている。

「あの、パトリシア」

「え？　あ、何かしらリード」

リードが声をかければ、視線はこちらに向いたものの、やはりどこかぼんやりしたままだ。

「こっちの生活に不自由はしてない？」

「……え？」

「何か欲しいものとか、行きたい場所とかない？」

「行きたい、場所……」

そう呟くと、パトリシアは何か思いついたようにリードの方をじっと見つめてきた。

「街に、もう一度行けないかしら？」

「街？　って、セレーノの？」

「そう。先日、市場が出ていたでしょう。とても賑やかで楽しかったの。もう一度、行ってみてもいいかしら？」

フエントからセレーノへの帰路の途中、ちょうど街では大きな市場が開かれていた。

パトリシアも興味を持っているように見えたため、城へ向かう前、お忍びで二人で訪れたのだ。

けれど、あまりの人の多さに少しの間パトリシアはリードと逸れてしまった。

トビアスと一緒に必死に探したところ、パトリシアは無事見つかったのだが、リードとしては少々肝の冷える事柄だった。

セレーノの市場は、様々な国から色々なものが集まる大規模なものだ。

パトリシアにとっても珍しく映ったのだろう。そのため、夢中になっていつの間にやらリードたちの傍を離れてしまったのだろうが。

まあ、護衛の数を増やせば大丈夫かなあ……。

「いいよ。ただ、この前のような大きな市場は三月に一度しか開かれないんだ。パトリシアが帰国する前にまた開かれるはずだから、その時に一緒に出掛けようか？」

「三月に、一度……」

リードの言葉に、明るくなったパトリシアの顔が目に見えて気落ちする。

そんなに、パトリシアは市場が気に入ったのだろうか。

「あ、もう少し規模の小さい市場なら、来月も開かれるけど」

「いえ、大丈夫よ。アローロに帰国する前に、もう一度行かせて頂くわ」

そうは言ったものの、やはりパトリシアの顔は晴れないままだった。


「それだけ、結婚が憂鬱なんじゃないのか？」

パトリシアの様子をラウルに相談すれば、読んでいた本を閉じてそう言った。

リードほどではないとはいえ、ラウルも読書家で、多忙な中でもよく本を読んでいる。

今読んでいるのは海軍の戦術書のようで、表紙もまだ真新しかった。

この分野に関しては、リードも知識が乏しいため、ラウルやエンリケに任せるしかない。

「それもあるとは思うんだけど……だけど、フエントにいた頃はそこまで心ここにあらずって感じじやなかったんだけどな」

むしろ、リードと話した後は迷いが晴れてスッキリとした顔つきになっていたはずだ。

「アローロに帰る日が近くなるにつれ、気持ちが重くなってるんだろう」

ラウルの言う通りではあるのだが、冷静な言い方は少し冷たく感じる。

「ラウルはパトリシアの結婚をなんとかしてあげたいって思わないの？　本人はすごく嫌がってるのに」

パトリシアの許可を事前にとった上で、リードはパトリシアの婚姻に関する一連の出来事を全てラウルに話していた。

「なんとかしてあげたいのは山々だが、俺に出来ることはほとんどないからな。パトリシアの結婚に関して叔父上に何か言った日には、じゃあお前がもらってくれなんて言われるのが関の山だぞ」

「それは……想像つくなあ」

実際、ラウルのことはパトリシアの結婚相手にしても良いくらいには気に入っていると以前からリケルメは言っていた。

「でも、ラウルにだって来てたでしょ？」

リードが問えば、ラウルの眉間に皺が寄る。

「結婚や、婚約の話」

曲がりなりにもラウルだってオルテンシアの王太子だ。

王族や貴族の多くは、リッテラ——高等教育を卒業する頃には将来の結婚相手が決まっていることがほとんどだ。

それこそ同い年のマクシミリアンにはたくさんの縁談の話が来ており、マリアンヌが頭を悩ませていた。

「来ていたが、母上がほとんど断っていたな」

「レオノーラ様が？」

意外だった。今でこそラウルと円満な関係を築いているレオノーラだが、数年前まではほとんど口をきくことはなかったとラウルから聞いていたからだ。

「まあ、たとえ母上が反対しなくても、俺から断っていただろうけどな。俺にとって国より大事な存在が出来るとは思えなかったし、たとえ政略結婚でも互いに不幸になるだけだ」

その話は、リオネルからも聞いていた。リードに出会う前のラウルは、結婚の意志がなかったことを。

「そうだったんだ……って、その言い方はラウルと結婚した俺にとってものすごいプレッシャーでもあるんだけど？」

ラウルにとってオルテンシアは大切なものなのだろうが、それ以上に大事な存在だと言われるのは嬉しくもあったが少しばかり緊張してしまう。

「仕方ないだろう、事実なんだから」

しかも、計算しているわけではなく、なんでもないことのようにラウルは言うのだ。

「ラウルの気持ちは嬉しいけど、ちょっと不安になるんだよ。こんなに愛してもらって、俺はちゃんと気持ちを返せてるのかなあって」

　正直な気持ちを話せば、ラウルが訝し気な顔でリードを見る。

「俺がお前を大切に想っているのは、あくまで俺自身の気持ちだ。見返りを求めているわけでもないし、気負ったり、負担に感じて欲しくない。俺にとっては、リディが傍にいてくれるだけで十分幸せだから」

「うん、ありがとう。俺も、ラウルと一緒にいられて幸せだよ」

　普段のラウルはどちらかというとぶっきらぼうで、わざわざ甘い言葉を口にすることはない。

　そんなラウルのぎこちないながらも真っすぐな言葉だからこそ、こんなにも胸がいっぱいになるのだろう。

「パトリシアがね、言ってたんだ。俺たちみたいな結婚がしたかったって」

「……パトリシアが？」

「うん。だからこそ、今回の結婚がパトリシアには受け入れられないみたいでさ。なんとかしたいとは思うんだけど……俺がリケルメに意見したところで考えを変えてくれるとは思わないし」

「そんなことも、ないんじゃないか？」

「え？」

「パトリシアは今オルテンシアにいるんだ。叔父上と何か交渉するなら、これ以上ないほど有利な状況だろう。それこそ、ユメリアの問題に関しても」

　ユメリアの名前が出たところで、今自分たちの目の前にある問題を思い出し、鬱々たる気持ちになる。

「その通りなんだけど、パトリシアをオルテンシアとアローロの問題には巻き込みたくはないし、俺たちを信頼してパトリシアを預けてくれたマリアンヌ様を裏切るようなこともしたくない」

そもそも、パトリシアがこちらにいるからといってリードがパトリシアに何か出来るとはリケルメも思わないだろう。

「そうだな、お前ならそう言うと思っていた。まあ、今のところ叔父上からパトリシアの帰国命令が出ていないことを考えれば、叔父上もそこまで神経を尖らせているわけではないだろう」

「それはそうなんだけど……リケルメ、本当に怒ってないのかな？」

リードがフエントに行っている間、ラウルはフェリックスの下を訪れ、エルドラ洋にオルテンシア海軍の艦隊を派遣することを決定した。

ただ、それはリサーケ商会の船の護衛という名目ではなく、エルドラ洋を往来する船の警備と警戒を兼ねてのことだった。

事態の深刻さはフェリックスもある程度理解していたのだろう。そういうことならと、ラウルの決定に賛成してくれたようだ。

ただ、そういったこともあり今回はフェリックスも船に乗ってしまったため、フエントから帰って来たリードとは行き違いになってしまった。

マラティア王国との貿易に関しては、フェリックスが帰国するまで待たなければならない。

「良い顔はしないだろう。エルドラ洋への艦隊の派遣に関しては、アローロとハノーヴァーで腹の探り合いをしている最中だったのだし。オルテンシアに先を越されるような形になったのは不本意だろうしな」

リードも、正直話を聞いた時には驚いたのだ。元々ラウルは決断力のある性質だとは思っていたが、こういった事態に怯むことなく行動を決定するのは、なかなか出来ることではない。

まあ、頼もしくはあるんだけど……。

「リケルメとコンラートはどう出てくると思う？」

「オルテンシアが派遣した艦隊の数はそれほど多くはないが、アローロとハノーヴァーが艦隊を出す理由にはなるな。ただ、コンラートも今の状況で事を構えたいとは思っていないだろうし、しばらくは静観してくるんじゃないか？」

「だと、いいんだけど……」

最終的に決定したのはリードではないとはいえ、改めて二つの国と相対している状況に緊張を感じる。

コンラートはともかく、リケルメがこの状況を黙って見ているとは思えない。

それでも、当面のところの時間は稼げるのではないかと、そう考えていた。

そして、そんな自分の考えがいかに甘いものだったのかを、一週間もしないうちにリードは知ることになった。

外交部の隣にあるリードの執務室と、王太子であるラウルの執務室の距離はそう離れてはいない。

仕事の内容によってはラウルの了承が必要なこともあるし、ラウルもまたリードに対して意見を求めてくることもある。

ただ、どちらの場合もそれぞれの側近が各々の執務室に向かうことが慣例であるため、王太子であるラウルがリードの執務室を訪ねてくることは滅多にない。

だからこそ、平静を装いながらもリードの執務室を訪ねてきたラウルを見た瞬間、よっぽどのことがあったのだとリードは察した。

「エルドラ洋に、アローロの艦隊が出ているそうだ」

リードを連れ、自身の執務室の隣にある個室に入ったラウルが、開口一番にそう言った。

報告したのは、既に部屋の中にいたマルクだろう。その表情は、珍しく深刻なものだった。

「アローロが？　オルテンシアの艦隊よりも先に？」

驚きながらも、状況を把握するためにもリードが問えば、マルクが首を振った。

「いえ、偶然にも時期は一緒だったんです。アローロの艦隊が現れたという報告は、オルテンシア海軍からきました」

「艦船の種別は？　何隻くらい？」

「ガレオン船が、十隻です」

マルクが、手に持った報告書に目を落とす。

「まずいな、オルテンシアより多いんだ」

「時期を考えても、最悪だな」

リードに同調するようにラウルが言う。

「一体どういう……」

マルクは、いまいち状況がつかめていないようだった。

「オルテンシアとアローロが同時に艦隊を出したということは、オルテンシアはアローロと意思を共にしているという誤ったメッセージを与えかねない」

「なるほど……だけど、オルテンシアはアローロの同盟国ですし、そこまで問題になることじゃ……」

「確かに、アローロ側と事前に話した上での行動なら問題ない。だが、今回の場合はそうじゃない。アローロとハノーヴァーの仲が緊迫している中、オルテンシアがアローロの側についたと思われたら、場合によってはオルテンシアの船がハノーヴァーの攻撃の標的になるかもしれない」

淡々とラウルが答えれば、マルクの顔がますます曇っていく。

「だけど、よりによってどうしてこの時期に。こちらの情報が洩れている可能性はないのか？」

「ないとは言えませんが、可能性は低いでしょう。艦隊の派遣を知っているのはごく一部の人間だけですし、船に乗っている人間でさえ、後々作戦を聞いたくらいですから」

「じゃあ、どうして……」

「艦隊を出すって、こちらの考えが読まれていたんだと思う」

その言葉に、ラウルとマルクの視線がほぼ同時にリードへ向けられた。

海上封鎖は、近代の海戦における戦略の一つだ。勿論今回はそこまで行うつもりはないのだろうが、いざとなったらアローロはそれくらいのことは出来るだろう。

つまり、ハノーヴァーだけでなく、オルテンシアに対するリケルメの警告なのだろう。

……邪魔はするなってことか。

先日の手紙の内容を見れば、ユメリア大陸への進出に対してリードが懸念していることはリケルメにもわかったはずだ。

だからこそ、こういった形でリケルメは自身の、アローロの力を見せつけてきたのだ。

「アローロ側に、艦隊を出した意図を聞きますか？」

「聞いたところで、はぐらかされるだけだろうな」

ラウルの言う通りだ。リケルメも、リードやラウルと考えが違うからこそ、こういった単独での行動に出たのだろう。

やっぱり、一筋縄じゃいかないよね。

もしかしたら、リケルメと対面で話し合うことが出来ればこちらの考えを理解してくれるのではないか。

頭の片隅で、そんな思いを微かに持っていた自分がいかに甘かったか実感する。

「とりあえず、艦隊が戻ってきてからまた考えよう。もうすぐ、フェリックスさんも帰国する予定だし」

「そうだな。動揺を見せればあちらの思うつぼだ。マルク、予定通り艦隊にはユメリア大陸を経由して戻ってくるよう伝えてくれ」

「わかりました」

その間に、自分たちも考えなければならない。

リケルメに、アローロにどう向き合っていくかを。

オルテンシアを離れる前にフェリックス自身が言っていたように、帰国したフェリックスはすぐにリードにシントラ城の訪問と、リードとラウルへの謁見の許可を求める書状を送って来た。

少々仰々しく感じたが、曲がりなりにもフェリックスは大貴族の三男だ。

城を訪問するとなればそれなりの礼節が必要とされることはわかっているのだろう。

だからこそ、リードもフェリックスを迎え入れる部屋は国賓のために用意された特別室を手配した。

予定された時間より早く特別室へ入り、用意されている椅子に座る。

ラウルは勿論、リードも正装していることもあり、妙な緊張感が漂っていた。

「この部屋、懐かしいな」

シンとした部屋の中、ラウルが呟くように言った。

「そういえば、前にフェリックスさんを迎えたのもこの部屋だったよね」

リードがラウルの側近として働いていた、二年前のことだ。

当時はまだフェリックスが顔見知りだったフェリドと同一人物であるとは知らなかったため、説得のために頭を悩ませていた。

「大陸一の豪商を味方につけられたことは、いろんな意味で助かっているな。面白くはないが、リディが気に入られてるってのは大きいだろう」

拗ねたような口調でラウルが言った。

「それだけじゃないと思うけど」

意味深な笑みを浮かべてそう言えば、ラウルが訝し気にこちらを見た。

「なんだかんだで、フェリックスさんはラウルのことも気に入ってるんだと思うよ。そうじゃなければ、ここまでオルテンシアに協力してくれないと思う」

きっかけは勿論リードだったが、フェリックスを説得したのはラウルだ。

年若く、未熟な部分を指摘されることもあるが、だからこそ教示したくなるような、そんな魅力があるのだろう。

「フェリックスがか？　とてもそうとは思えないけどな」

たまに会うと、ダメだしばかりされるぞ。

心から嫌そうな顔をしたラウルに、思わずリードは笑ってしまう。

指摘されるということは、それだけ見込みがあると思われているのだが、とりあえずリードは黙っておいた。

「王太子殿下、フェリックス・リサーケ様が到着いたしました」

ノックと共に部屋の中に入って来た侍従が、ラウルに報告する。

「わかった、すぐにこちらへ通してくれ」

ラウルの言葉に、隣に座るリードも背筋を伸ばした。

フェリックスを迎えるため、入り口に立てば、すぐに侍従と共にフェリックスは姿を見せた。

「本日はお招き頂き、ありがとうございます。王太子殿下、妃殿下」

濃紺を基調とする衣装に身を包んだフェリックスは、丁寧にリードとラウルの前で礼をとった。

長い癖のある赤毛もきれいに一つにまとめられており、こんな風に貴族然としたフェリックスを見るのは初めてかもしれない。

「いや、多忙な中こちらへ来てもらい感謝している」

「お久しぶりです、フェリックス殿」

ラウルとリードがそれぞれ声をかけ、ラウルが合図を送れば侍従が部屋を出ていく。

そうすれば、部屋の空気ががらりと変わった。

「あ〜肩がこる……コートドレスなんて久しぶりに着たぜ」

先ほどまでのスマートな姿はどこへやら、思いっきり顔を顰めたフェリックスに思わずリードも笑ってしまう。

「いえ、よくお似合いですよ。ところで、そちらの方は？」

生まれが貴族であるにも拘わらず、フェリックスは従者というものをほとんどつけていなかった。

身の回りのことは、全て自身の手で行ってしまうため必要ないのだろう。

けれど今日城に来たフェリックスは珍しく人を連れていた。

目深に帽子をかぶっているためわからないが、フェリックスには及ばないまでも長身で、若い青年のようだった。

従者にしては、服装が豪奢だから、もしかしたらフェリックスの仕事の関係者なのかもしれない。

「ああ、悪い。紹介が遅れちまったな」

フェリックスが自身の背後へと視線を向ける。

後ろにいた青年はかぶっていた帽子をとり、リードとラウルの前へと進んだ。

「初めまして、王太子殿下。そしてお久しぶりです、リディ先生」

「あ……」

リードは、自身の目の前に立つ青年の顔をまじましと見つめる。

短髪ではあるが、明るい金の髪に、フェリックスと同じ青色の瞳。

オルテンシアやアローロの人とは違う、褐色の肌。

「もしかして、バティ!?」

リードがその名を呼べば、目の前の青年、バティは悪戯っぽく瞳を細めた。

「はい」

「うわあ、久しぶりだね!?」

自分よりも大きくなったその体軀に、思わず手を伸ばせば、バティも嬉しそうにリードの背に手をまわしてくれる。

以前のように抱きしめるつもりだったのに、抱きしめられるような体勢になってしまった。

「覚えていてくださったんですね？」

「勿論だよ。元気だった？　何年ぶりかな？」

「……おい！」

懐かしさと嬉しさを感じながら、さらに言葉を続けようとすれば、すぐ隣にいたラウルが大きな声を出した。

顔を横に向ければ、そこには顔をひきつらせたラウルが立っている。

「いつまでそうしているつもりだ!?」

ラウルの言葉は、リードではなくリードの前にいるバティへと向けられていた。

「あ……」

まずい、何も知らないラウルからすれば確かにこの状況はあまり楽しくないだろう。

説明を求めようとリードが視線を送ると、三人の様子を見守っていたフェリックスは、口元を押さえ、肩を震わせて笑っている。

ラウルから鋭い視線を向けられていることにバティも気づいたのだろう。慌ててリードから身体を放すと、苦々しい表情でフェリックスに視線を向ける。

「笑ってないで、きちんと事情を説明してください、父上」

呆（あき）れたようにバティに言われ、ようやくフェリックスがリードとラウルの方を見る。

「父上……？」

バティの言葉を聞き、ラウルも冷静さを取り戻す。

「いやあ悪い。予想はしていたが、思った以上に王子様の反応が面白くてな」

言いながら、フェリックスがバティの背に手を添える。

「こいつはバティック、俺の息子で、サンモルテにいた頃、リードには世話になったんだ」

「サンモルテ……つまり、リディの生徒だったってことか？」

フェリックスの説明により、ラウルもすぐに事情がわかったのだろう。バティに向けられる視線も、先ほどとは違い穏やかなものになる。

「はい。一年ほどオルテンシアには滞在していたのですが、その間リディ先生には色々なことを教えて頂きました。って、失礼しました。王太子妃殿下とお呼びした方がよろしいでしょうか？」

以前から大人びた喋り方をする子供だったが、さらに丁寧になったように思う。

「リードでいいよ。フェリックスさんからもそう呼ばれてるし。それにしても、本当に懐かしいね。いつからオルテンシアに？」

「一月ほど前からです。久しぶりにリード先生にも会いたかったのですが、父もいないため、私一人で行ったところで門前払いをくらってしまうと思いましたので……」

昨日ようやくフェリックスが帰国したため、二人で会いに来てくれたのだという。

「こっちに戻ったら、お前からの手紙も来てたしな。バティを連れていくのにも、ちょうどいいと思ったんだよ」

フェリックスが不在にしている間に出した手紙には、ユメリア大陸、特にマラティア王国について教えてもらえないかという内容を書いていた。

「ちょうどいい……？」

「マラティア王国について知りたいんだろう？　俺より、よっぽどこいつの方が詳しいぞ」

「え？」

事態が呑み込めず、首を傾げるリードに対し、話を聞いていたラウルが口を挟む。

「先ほどから思っていたんだが……もしかしてバティはマラティア人の血を引いているのか？」

「はい、そうです」

バティは頷いたが、リードにとっては寝耳に水だった。

「え？　そうだったんですか？」

「そうだったんですか、って……あれ？　もしかして説明してなかったか？」

驚いてリードが口にすれば、フェリックスが決まり悪そうな顔をする。

褐色の肌を持っていることから、他国の人間の血を引いているとは思っていたが、まさかマラティア王国の人間だとは思いもしなかった。

「父上……」

呆れたような視線をバティが向ける。

外見はフェリックスの面影を持つバティだが、性格はフェリックスよりも落ち着いているようだ。

「じゃあ、改めて説明するな。こいつの正式な名前はバティック・アショーカ、母の名前はラクシュミン・アショーカ」

フェリックスの説明に、リードは自身の目を大きく瞠る。

「アショーカって、もしかして……？」

確か、マラティア王国の女王が同じ姓だったはずだ。

「そうだ。バティの母親は現在のマラティアの女王ラクシュミン・アショーカ、バティは第一王子ってことだ」

「バティが、マラティアの王子……」

驚きながら、リードがぽつりと呟く。

声は小さかったがしっかり聞こえていたのか、バティが照れたような笑みを浮かべた。

5

初めてフェリックスがバティをサンモルテへ連れてきた日のことを、リードはよく覚えている。

当時はフェリドと名乗っていたフェリックスは、桁違い（けたちが）の金や物品の賑恤（しんじゅつ）を教会へ行っていた。

普段は海に出ているため、オルテンシアにいる時間は限られているという話だったが、その度にサンモルテにも足を運んでくれるのだという。

想像していたよりもフェリックスは若く、若いシスターたちが色めきたつほどの美丈夫だったが、気取ったところは全くない、気の良い男だった。

毎日のようにフェリックスが教会を訪れるため気が付けば顔見知りとなり、リードが子供たちに勉強を教えていることを知ると、自分の子供にも教えてもらえないかと頼まれた。

二つ返事で了承したが、フェリックスには財力もあるだろう。

裕福な商人の子供のほとんどは私立の学校へ通っているため、自分が教えていいのかと聞いてみれば、以前通っていた学校はすぐに行かなくなってしまったのだと言われた。

何かしらの事情があることは察したものの、敢（あ）えてリードは何も聞かなかった。

そして、フェリックスが連れてきたバティと顔を合わせた時、事情はすぐにわかった。

オルテンシアに住む人間のほとんどはオルテンシア人で、肌の色は白い。

けれど、フェリックスが連れてきたバティの肌の色は褐色だった。

ルーゼリア大陸にも肌の色が黄色い民はいるが、褐色の肌の人間が住んでいるのは主に南の大陸だ。

あらかじめ知識があったこともあるのだろう。

リードにしてみればバティの肌の色が違うことは些末なことに過ぎなかったのだが、オルテンシアではやはりバティの肌の色は目立っていた。

以前の学校でも、おそらく他の生徒たちから嫌がらせを受けたことはなんとなく想像がついた。

戦争が終わった後、人手不足に陥ったルーゼリア大陸の国々が、南方の国々から働き手を得るために奴隷貿易を行っていた過去があるからだろう。

肌の色の違う人々に対し偏見を持つ人間も、少なくはなかった。

けれどリードは、自分が教える子供たちにはそういった意識は持って欲しくなかった。

そういったこともあり、バティと同じ教室で勉強が出来ることは、バティにとっても、そして他の子供たちにとっても良い経験になると思った。

リードがバティのことを特別視しなかったからだろう。

最初は自分たちと違う外見を持つバティを不思議そうに見つめていた子供たちも、いつの間にか気にしなくなった。

バティが優秀で、優しい性格をしていたこともあるのだろう。

すぐに人気者になり、気が付けば誰も肌の色を気にも留めなくなっていた。

一年も経たぬうちに、バティはフェリックスと共にオルテンシアを出国してしまったのだが、バティと過ごした日々はかけがえのない時間だった。

「確かに、子供の頃からどことなく品のある子だったんだけど。だけどまさか、王子様だったなんて」

夜半過ぎ、寝室に戻ったリードが呆けたようにそう言えば、ラウルは苦笑いを浮かべた。

「そもそも、明らかに他国の人間の血が入ってるのに、何も聞いていなかったお前に俺は驚いたぞ」

「いや、それは勿論わかってたけど。だけど、本人は肌の色が違うのを気にしてるみたいだったし、聞かない方がいいかなって思ったんだよ。実際、勉強を教えるのには関係ないしね」

「リディらしいな」

「え？」

「外見は勿論、その人間の立場で接し方を変えたりしない。バティがお前を信頼してくれたのは、そういったところからだろう。子供は、意外と人をよく見てるものだからな」

リード自身は意識していなかったことだが、ラウルの言葉はなんとなく嬉しかった。

「そうかな、そうだといいんだけどな」

時折思い出話を交えながら、バティはマラティア王国に関するたくさんの情報をリードに教えてくれた。

気候や宗教、文化、そして現在の国の状況。

現在の君主であるラクシュミン女王はなかなかの名君で、ラクシュミンの代になってからマラティアは急速に発展しているそうだ。

フェリックスが貿易を通じ、他国の様々な知識や物をマラティアへ運んでいるのもその一因のようだった。

リードはマラティアの情報に関しては数十年前のものしか知らなかったため、バティの話は大いに参考になった。

「それで？」

「え？」

「何か思いついたんだろう？　昼にバティたちと話している時からお前の顔、早く行動を起こしたいってうずうずしてたからな」

ラウルに言われ、思わずリードは顔に両手を当てる。

「ええ⁉　そんな顔してた⁉」

「冗談だ。ただ、バティの話を聞きながら何か言いたそうな顔をしていた。それで？　何を思いついたんだ？」

ラウル、俺のことよく見てるなあ……。

リードがバティの話を聞いている時にはラウルも横にいたが、考えを読まれているとは思いもしなかった。

けれど、ラウルの方から聞いてくれるのはありがたくもあった。

「うん、ラウルも話を聞いていてわかったと思うけど、マラティア王国はユメリア大陸の中では最も発展しているし、文化は違うにしても、生活水準にそこまでの差はないと思う。むしろ、マラティア王国の方が発展している部分もあるんじゃないかな」

「ああ、そうだな。長閑な印象が強かったが、王都は随分都会のようだったし」

こちらがわかりやすいよう、バティはマラティア王国の風景を描いた絵も何枚か持ってきてくれた。

「バティに会うまでは、俺はマラティア王国とは国交を回復させ、以前のような貿易が出来たらってそう思ってた。植民地なんかにしなくても、貿易で利益を得ることが出来れば、リケルメも考えを変えてくれるんじゃないかと思ったから。でも、バティの話を聞いて思ったんだ。俺は、もっとオルテンシアとマラティアの関係をより強いものにしたい」

「強いもの？」

「オルテンシアとマラティアに、正式な国交を樹立したいんだ」

ラウルの切れ長の瞳が、微かに見開いた。

次に、眉間にくっきりと皺が出来る。

「それは……難しいんじゃないのか？」

言葉を選びながら、ラウルが言った。無理だ、と言わなかったのはリードへの気遣いだろう。

「父上は賛成してくれるだろうが、議会、保守的な貴族連中がなんと言うか」

国交を結ぶということは、相手を対等な国とみなすことでもある。

オルテンシアは関わっていなかったとはいえ、ルーゼリア大陸の人間がユメリア大陸の人々を奴隷として扱って来た過去もある。

そのため、差別意識を持っている人間も少なくはない。特に、伝統を重んじる貴族の人々にその傾向が強かった。

「わかってる。だけどそれは多分、マラティア王国は未開の地で、マラティア人の生活水準や知識水準は低くて、自分たちとは全く違う人々だと思っているからだと思う」

本音を言えば、たとえマラティアがオルテンシアに比べて発展していなくとも、対等な関係が築ければとは思う。

しかし、元々ユメリア大陸の人々へ偏見を持っていることを考えると、さすがにそれは難しいだろう。

そういった意味では、マラティア王国が想像していたよりも国として発展していたことは幸いだった。

「だけど、実際のマラティアは独自の文化を持って国として発展している。それをわかってもらえたら、保守的な貴族の人たちもわかってくれるんじゃないかな」

「それはそうだが、だけど、どうやってそれを知ってもらうんだ？」

マラティア王国に視察にでも行くのか？　と怪訝そうにラウルが問う。

「簡単だよ。俺たちがマラティア王国への見方が変わったのは、実際にその国の王子に会い、洗練されたその姿でその国のことを説明してもらったからだろう？　他の貴族だって、同じ経験をしたら考え方を変えると思わない？」

「なるほど、バティを社交界にデビューさせるということか！」

「そういうこと、まあ、まずはバティとフェリックスさんに相談しなきゃいけないんだけど」

「バティはフェリックスの息子でもある、貴族の奴らもマラティアの見方を変えるかもしれないが……だが、マラティア側はどうなんだ？」

「え？」

「オルテンシアとの貿易が行われなくなったのは、マラティア側がルーゼリアの国々に不信感を持ったからだろう？　こちらが働きかけたところで、応じてもらえるかどうか……」

「うん、わかってる。マラティア側、ラクシュミン女王を説得するためにも、バティに間に立ってもらえないか頼んでみようと思う」

この時期にバティがオルテンシアに来てくれたのも、何かの縁だろう。

「お前の気持ちはわかるが……そう、うまく事が進むかな？」

「それは、わからないけど。だけど、国交を結ぶことはマラティア王国を守ることにもつながるんだと思う」

アローロには及ばないとはいえ、オルテンシアもルーゼリアにおいては影響力を持つ国だ。オルテンシアがマラティアと国交を結んだと知れば、後に続いてくれる国もいるだろう。

「わかった。それなら、父上には俺から話しておく」

「いいの？」

「まあ、父上は柔軟な方だし、反対はしないと思う。問題は、貴族連中だな」

「うん、それに関しては俺にも考えがあるんだけど。そのためにもまず、バティともう一度話をしたいと思う」

「そうだな。明日にでも、フェリックスのところに使いを送ってみる」

「ありがとう」

ラウルならわかってくれるとは思っていたが、協力的な姿勢に嬉しくなる。

けれど、そこで少しの不安が過る。

「あの、大丈夫かな？」

「何がだ？」

「俺のやろうとしていることは、本当にオルテンシアやマラティア王国のためになると思う？」

王太子妃になったとはいえ、これまで政治の表舞台には立ってこなかったのだ。

今回のことも、おそらくラウルが中心となって動いてくれるのだろうが、そういったこともあり、責任を感じてしまう。

「どうだろうな。先のことは誰にもわからない。お前が望むような結果になるかどうかだって、まだわからない」

「うん……そうだよね」

「だが、お前がオルテンシアとマラティアの人々の幸せを考えていることはわかる。だから、俺もお前に協力しようと思った」

「ラウル……」

「見くびるなよ、どんなにお前のことが愛(いと)おしくても、お前の言うことに何もかも賛成するわけじゃないし、場合によっては反対だってする。だけど、今回のことに関してはお前のやろうとしていることは両国のためになると思った。この俺がここまで賛同するんだ、リディはもっと、自信を持っていい」

力強いラウルの言葉に、リードは胸がいっぱいになる。

手を伸ばし、隣に座るラウルの手にそっと自分の手を重ねた。

「ありがとう、ラウル」

そして、もう一度礼を言う。

ラウルは僅(わず)かに頬を赤くすると、リードの肩を優しく抱き寄せてくれた。

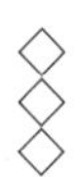

フェリックスからの返答は、ラウルが手紙を出した翌日には城に届いた。

ただでさえ多忙なフェリックスに頻繁に城まで来てもらうのも忍びなく思ったため、結局リードがフェリックスの屋敷まで足を運ぶことにした。

勝手知ったる屋敷の庭で馬車を止めれば、トビアスが扉を開けてくれる。

「リード先生」

トビアスに手を引かれ、馬車から降りる途中、聞き覚えのある声が聞こえてきた。

「バティ、わざわざ迎えに来てくれたのか？」

「はい。そろそろ約束のお時間だと思いましたので」

先日会った時のような豪奢(ごうしゃ)な服装ではなかったが、さっぱりとした小ぎれいな身なりは商人というよりはリッテラの学生のようだ。

「ありがとう、だけど部屋で待っててくれても良かったのに」

「私がリード先生を迎えに来たかっただけなので」

爽（さわ）やかな笑みを浮かべてバティが言う。

最後に会った時にはリードよりも低かった身長は、見上げるほどに高くなっている。

フェリックス似のハンサムな顔立ちに、このスマートさだ。

これはモテるだろうなあと、余計なことまで考えてしまう。

「あの、リード様……」

二人の様子を見ていたトビアスが、控えめに声をかけてくる。

「ああ、ごめん。こちらはバティ、フェリックスさんの息子なんだ。バティ、彼はトビアス。普段は騎士団に所属してるんだけど、外出する時には護衛をお願いしてるんだ」

二人を交互に紹介すれば、トビアスが戸惑ったような顔をした。

おそらく、自分のような人間を紹介する必要はないと言いたいのだろう。

「初めまして、トビアスさん。やはり軍の方だったんですね。リード先生の手を引かれてる時にも全く隙がなかったです」

けれど、そんなトビアスに対し気さくにバティは話しかける。

トビアスは困惑しながらも、バティに対し深く頭を下げた。

「トビアス、で結構です。初めまして、バティ様。あの……もしかしてバティ様も軍に所属しておられるのでは？」

「はい、よくわかりましたね」

「え？　そうなの？」

二人の会話を聞いていたリードは思わずバティの方を向く。

「マラティアの王族に生まれた子は、皆従軍が義務付けられているんです。マラティアは他国からの侵略を一度も受けていないという誇りもありますので」

「なるほど……」

ということは、やはりマラティアを植民地にしようとすれば激しい抵抗があるだろう。

「ただ、残念ながらルーゼリア大陸の国々に比べると軍の発展は遅れていまして。もし可能であれば、オルテンシア軍から学ばせて頂ければありがたいのですが……難しいですよね？」

「そうですね、私の一存では何とも……」

問いかけられたトビアスは、困ったように返事をする。

確かに、トビアスの立場でこの場で簡単に了承することは出来ないだろう。

けれど、これはチャンスだとも思った。

両国に協力関係が出来れば互いのためにもなるし、何よりマラティアが強国となればルーゼリアの国々から支配されることもないだろう。

「いや、多分大丈夫だと思う。勿論、ラウルへの相談は必要だけど」

そう言いながらも、この状況でラウルも拒みはしないだろう。

「それよりも、俺からもバティに、いや、ラクシュミン女王にお願いがあるんだ」

真剣な眼差しでバティを見つめれば、柔らかい青い瞳が微かに震えた。

「わかりました……とりあえず、屋敷の中に入りましょうか。父も待っておりますし」

「うん。トビアス、少し話が長くなると思うから、その間に食事を済ませておいてくれる？」

今日は午前中に訓練があたったため、トビアスは昼食がとれていなかったはずだ。

「しかし……」

「大丈夫、それに、しっかり食べないと集中力も続かないと思うから。だから、食べてきて」

リードがそう言えば、ようやくトビアスは承諾した。いつも外で待たせてしまっているため、少しばかりリードはホッとする。

「それじゃあバティ、よろしくね」

「はい、勿論です」

今日の話し合いは、おそらくいつもより長い時間を要するだろう。

そう思いながら、リードはバティと共に屋敷の庭へ足を踏み入れた。


バティも一緒だからか、案内されたのはいつものフェリックスの執務室ではなく、商談用の応接間だった。

広さはそれほどないものの、刺繍(ししゅう)を凝らした壁紙や長椅子にテーブルと、調度品が絶妙なバランスで配置されており、華やかな趣となっていた。

「なるほどなあ……マラティアとオルテンシアの間で正式な国交か。随分、面白いことを考えるな」

リードが昨晩まとめた資料を渡し、説明を行えば、すぐに現在の状況を理解してくれたようだ。

「これ、誰が考えた？」

「え？」

なんと答えればよいのだろうか。最終的にサインをし、承諾したのはラウルではあるが、発案したのはリードだ。

「私、です……」

フェリックスの意図はわからなかったが、とりあえず素直に答える。

「やっぱりな」

楽しそうに、フェリックスが口の端を上げた。

「ラウル殿下は偏見や差別意識がない方だろうが、それでもマラティアと正式な国交を結ぼうとする案は出さないだろう。いや、そもそもそういう考えが思いつかないんだろうな。口では平等だ自分は差別意識がない、なんて言いながらもユメリア大陸の国を下に見ている人間なんて、この大陸にはごまんといる。肌の色や宗教、文化が違うだけなんだけどな」

「ですが、ラウルは私の意見に了承してくれました」

フェリックスの言いたいことはなんとなくわかる。それでも、自分の意見を受け入れてくれたラウルのことは擁護しなければと、そう思った。

「ああ、勿論ラウル殿下はそういう奴らとは違うってわかってるけどな。ただ、残念ながらラウル殿下は少数派だろう。肌の色が違うってだけで、色眼鏡で見てくる人間を嫌ってほど見てきたからな。あいつら肌の色が濃いってだけで自分たちとは違う、下等な人間だと思ってやがる」

フェリックスの話はあけすけで、その横にいるバティがどう感じているのか気になって落ち着かない気分になってしまう。

なんとなく心配になり視線を向ければ、それに気づいたバティは柔らかな笑みを浮かべた。

「大丈夫ですよ、リード先生。この大陸の人々から自分がどういった目で見られているかは、身をもって実感していますから。父上が、王宮の中にいた私を敢えて外に出したのは、そういった現実を見せるためなんですよ」

先日城で会った際のバティの話では、物心がつくまでバティはマラティア王国で育ち、離れて暮らすフェリックスは年に数回バティと、そしてラクシュミン女王に会いに来ていたのだという。

「子供の頃はやっぱりショックでした。これまで、王子として周囲の人間たちに傅かれる立場にいたこともあり、自分は大切に、尊重されて当たり前なんだとどこかで思っていましたので。だけど、外の世界においてはそうじゃない。肌の色が違うというだけで、買い物をする時でさえ疑われてしまう。オルテンシアで初めて入った学校では、ここは動物園じゃないぞ、猿が何の用だと笑われました。お前は奴隷なんだからと、自分たちの命令を聞くように言われたこともあります」

「そんなこと、言われたのか？　ひどすぎる……！」

以前通っていたオルテンシアの学校での話は、リードは聞いたことがなかった。

フェリックスの言い回しから、何かしらあったのだろうということは察せられたし、バティも何も話そうとしなかったからだ。

大人の自分が聞いていても気分が悪いし、心が痛むのだ。

言われたバティは、どんな気がしただろう。

「リード、続きがあるから」

憤りを覚えているリードに対し、フェリックスが苦笑いを浮かべて言った。

「え？」

「最初は相手にしていなかったのですが、ある日どうしても許せないことを言われて。あまりに腹が立って、リーダー格だった子供を殴り飛ばしてしまったんです。そうしたら、学校をやめることになりました」

「やめるって……バティは何も悪いことをしてないのに？　確かに、手を出してしまったのはよくないけど、それだけのことを相手はしたんだし」

「学校長は話のわからない人ではなく、私の気持ちもわかってくれました。ただ、それでも暴力はよくないから謝るように言われて。私は、どうしても謝りたくなかったので、そのまま学校をやめることになったんです」

「そうだったんだ」

バティは温厚で、年下の子から無邪気に肌の色の違いについて聞かれても、怒ることなく穏やかに説明をしていた。

「いいと思うよ」

リードがそう言えば、バティが目を瞬かせた。

「バティが手を上げるくらいだろう？　それほどひどいことを相手は言ったんだろうし、謝りたくないなら謝らなくていいと思う」

リードの言葉に、話を聞いていたフェリックスが小さく噴き出した。

「淑やかそうな外見と違って、そういうところは本当勇ましいよなあ、王太子妃殿下は」

「え？　だって納得出来ないですよ、そんな相手に謝るなんて」

リードとしては、バティの怒りの感情を尊重したかった。

「バティの尊厳を傷つけるようなことをしてきたのは相手の生徒です。そんな生徒に謝らせるような学校、こっちから願い下げでいいと思います」

「確かに、俺もそう思ったから、退学だって言われてそのままバティを連れて帰ってやったんだけどな」

「ですよね」

フェリックスがバティの父親でよかったと、つくづく思う。

「リード先生は優しいですね。私がオルテンシアの人間を、オルテンシアという国を嫌いにならなかったのは、リード先生がいたからです」

「え……？」

「初めて入った学校での出来事は子供心にやはりショックで、しばらくは塞ぎこみました。そんな時、父上が教会の学校に行ってみないかと誘ってくれたんです。前の学校よりも勉強は簡単かもしれないけど、色々な子供が通ってる学校だし、友達が出来るかもしれないぞって。あと、先生がものすごく美人だって」

「フェリックスさん……」

その情報はいらなかったんじゃないかとフェリックスに視線を向ければ、誤魔化すようにフェリックスが笑った。

「実を言うと、父の言葉もあまり信用していなかったんです。むしろ最初は、サンモルテの建物が歴史的に謂れのあるものだと聞いていたので、それを見に行くのが目的でした。一日だけ試しに通ったら、もう通うのはやめてしまおうなんて思ってましたし。だけど、サンモルテの人々は皆優しかったし、リード先生は私のことを特別に扱ったりしなかった。リード先生だけだったんです、私の肌の色を見ても、全く態度を変えなかった人」

ルーゼリアに住む人間の肌の色が皆白いわけではない。

ただ、やはり南の大陸に住む人々の褐色の肌の色は目立つ。

「リード先生がそういう態度だったからでしょうね。最初は不思議そうに私を見ていた周りの子供たちも、次の日には何も気にしなくなっていました。王子として特別扱いされることも、肌の色で差別されることもない、サンモルテで過ごした一年は、私にとってかけがえのない経験でした。母にも、リード先生のことは話しています。おそらく、オルテンシアと正式な国交を結ぶことにも、賛成してくれると思います。たとえ反対されても、私が説得します」

力強いバティの言葉に、胸が熱くなる。

「バティ……！　ありがとう、だけど、本当にいいのかな？」

事が事だけに、一応、確認のためにフェリックスの方を見る。

「マラティアの第一王子が決めたことなんだ。俺は何も言うことはねえよ」

口ではそう言いながらも、嬉しそうなフェリックスの表情を見れば、バティに賛成してくれていることがわかる。

「今日のうちに母に手紙を書いて、明日には船で届けてもらおうと思っています。マラティアに届くのは……」

「一月後だな、ラクシュミンならすぐに返答をくれるだろう。こっちに手紙が返ってくるのは二月後だ」

バティの言葉を引き継ぐように、フェリックスが答えてくれる。

「私は三カ月のオルテンシアへの滞在を予定しておりますので、問題はなさそうですね」

現在のラクシュミンとフェリックスの関係がどういったものであるかは詳しく聞いていないが、こうして長期の間バティを預かっていることからも、二人の間柄は良好であることは窺える。

「国交樹立の交渉に関しては、ラクシュミン女王からの手紙が届き次第、進めたいと思います。ただ、マラティアの軍制の改革に関しては、バティからの希望ですし、ラウルに相談出来ると思います。バティが視察に来れるかどうか、聞いてみるよ」

「それは、助かります。ありがとうございます！」

さらにリードは、バティに社交界にデビューをして欲しいという話をした。

バティの立派な姿を見れば、オルテンシア貴族も国交の樹立に反対は出来ないだろう。

それを話せば、幼い頃から自分についてあちこちの国を回っていたこともあり、他言語に精通しているし、パーティーマナーだって完璧だとフェリックスに言われた。

予想以上に時間はかかったものの、思った以上にスムーズに話が進んでくれてよかった。

そう思い、そろそろ屋敷を後にしようとしたところで、フェリックスから呼び止められた。

「あ、悪いリード。貿易の関税のことで、前回話しそびれたことがあるんだ。バティ、少しの間席を外してくれるか？」

「はい、勿論です。ただ、リード先生のお見送りはさせてくださいね」

「ああ、帰る時にはちゃんと声をかけてやるよ」

「約束ですからね」

フェリックスの言葉を聞いて安心したのか、バティは応接間を出て行った。

改めて、フェリックスと二人きりになったことで、リードは顔を引き締める。

「前回、関税の話題は出なかったと思いますが……何かありましたか？」

フェリックスは、オルテンシアに戻ってくるまで海に出ていたはずだ。

何か、ハノーヴァーに動きがあったのだろうか。

「いや、そうじゃなくて……」

腕組みしたフェリックスが、なんとなく決まりが悪そうに首を傾げる。

「その……ありがとうな」

「どうしたんですか、改まって」

リードは礼を言うことが多いが、フェリックスの方から言われることはあまりない。

「バティの話、聞いただろう。あいつがこの国やこの国の人々を憎まずにいられたのは、お前のお陰だ」

「そんな……フェリックスさんが、バティのことを優しく見守ってきたからでもありますよ」

リードがそう言えば、フェリックスは小さく笑った。

「後で聞いた話なんだが、あいつが前の学校で手を上げたのは、俺が原因なんだ」

「え？」

「貴族の息子が多い学校だったからだろうな。口での暴力はひどかったが、具体的に物を壊されたり、隠したりなんてことはなかったらしい。ただ、何を言われてもあいつは愚痴一つこぼさずケロっとしてた。だから、なんだかんだでうまくやってるものなんだろうと、そう思ってた。だが、そうじゃなかった」

我慢強いバティのことだ。おそらく、フェリックスを困らせたくなくて学校での話が出来なかったのだろう。

「他の子供を殴った原因を、最後まであいつは俺に言わなかった。後で教師に聞いたら、あいつはこう言われたそうだ。『お前の父親は大貴族だけど、あちこち遊びまわってるって話だ。お前の母親だってどうせ金で買われた奴隷だろう、本当に父親の子供かどうかもわからない』ってな」

「そんな、ひどいことを……!?」

いくら子供だからといっても許されない。憤りから、リードは自身の拳を強く握った。

「自分のことはどう言われても気にしなかったあいつが、どうしても俺や母親のことに関しては我慢出来なかったんだろうな。広い世界を見せたくてオルテンシアに連れてきたが、さすがに後悔したよ。強い子に育って欲しいとは思ったが、いたずらに傷つけたかったわけじゃない」

「フェリックスさんは悪くありませんよ。悪いのは、バティを傷つけた他の子供たちです。もっと言うなら、その子供たちの周囲の大人でしょうか」

子供は、周囲の大人たちの使っていた言葉を言ったに過ぎないのだろう。

そう考えるとある意味子供も被害者ではあるのだが、それでも分別のつかない年齢でもない。

やはり、この国のユメリア大陸の人々への偏見は未だ強いのだろう。

「国交の樹立に関しても、正直俺は賛成だったが、バティがどう考えているかはわからなかった。あいつが嫌がるのなら、無理に交渉する必要はないとさえ思ってた。だけど、バティは両国が国交を結ぶことを望んでくれた。本当に、お前には感謝してもしきれない」

「そんな、大袈裟ですよ。勿論、バティがオルテンシアに対して良い印象を持ってくれていることは嬉しいですが、それだってフェリックスさんの、父親の国だからってところが大きいと思います。学校でもよく、自慢の父だって言ってました」

リードがそう言えば、フェリックスは嬉しそうに顔を綻ばせたがそれは一瞬のことで、すぐにいつも通りの顔に戻っていた。

「さっきも言ったが、言葉遣いやマナーについては申し分がない程度には身についているはずだ。衣装は勿論、他にも必要なものがあったらなんでも言ってくれ」

フェリックスの言葉からは、バティの社交界デビューを成功させたいという強い意志が感じられた。

「勿論です。だけど、大丈夫ですよ。バティは素敵な男性に成長しました。誰に文句を言われることもない、立派な社交界デビューが出来ると思います」

「ああ、頼んだ」

普段はどちらかといえば頼み事をするのはリードであるため、フェリックスから何かを頼まれるということはあまりない。

けれどだからこそ、日頃の恩に報いるためにも、バティの社交界デビューをより良いものにしたいと強く思った。

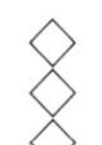

休日の朝は寝室で朝食をとることもあるが、公務がある場合はダイニングルームで食事をする。

ダイニングルームといっても、国王であるリオネルが使っているものは別にあり、他国の客人も呼べるようになっている。

そのため、王太子夫妻であるラウルとリードが使っているのはそれほど広さのない部屋だ。

それでも、大きな窓から入ってくる日差しは部屋の中を明るくしてくれるし、青い絨毯（じゅうたん）に銀の細工があちこちに施された壁紙は美しく、リードはこの部屋で食事をとるのが好きだった。

ただ、目の前に出されたバランスの良い朝食も、優雅な部屋の雰囲気を感じる余裕も、今のリードにはなかった。

「はあ……」

ため息をリードが零せば、目の前に座ったラウルのカラトリーを持つ手が止まった。

まずい、思わず声に出してしまったとラウルを見れば、予想していた通り、心配げな顔でこちらを見ている。

「大丈夫か？　リディ」

「あ、ごめん。声には出さないつもりだったんだけど……」

「いや、今朝からもう何度も出てるぞ」

どうやら無意識のうちにため息が零れてしまっていたようだ。

「もしかして……ラクシュミン女王との交渉がうまくいってないとか？」

慎重に問うてくるラウルに、すぐに首を振る。

「違うよ、まだラクシュミン女王からの手紙は戻ってきてない。無事に届けたって話はフェリックスさんから聞いたけど」

あれから一月。無事にバティの手紙はマラティアに届き、後はラクシュミンからの返答を待つだけとなっていた。

軍の改革に関しても、ラウルに事情を話し、バティは週に何度か軍の視察も行えているそうだ。

「じゃあ、何をそんなに考え込んでるんだ？」

「あ～うんそれが……。バティのダンスの練習の相手が見つからなくて……」

「ダンス？」

「社交界、パーティーに出るならダンスの時間が必ずあるだろう？　その時、女性と優雅にダンスを踊れることが、品格のある男性の象徴になると思うんだ」

別にダンスが踊れる踊れないに男性の品格は関係ないとリード自身は思っているが、オルテンシアの貴族にとってダンスが踊れることはある意味ステイタスだ。

もしかしたら、意地の悪い女性貴族がわざわざバティを誘いに来る可能性もある。

そして、女性にダンスを誘われて断るのはマナー違反にあたる。

踊れないとなれば、やはりマラティアの出だからとバティのことを笑う者も出てくるだろう。

「言葉遣いや立ち振る舞い、テーブルマナーは全く問題ないんだけど、ダンスの経験だけがないみたいで。リアーヌさんに教えてもらえないか聞いてみたんだけど、バレエと舞踏会で踊るダンスは全く違うって言われちゃうし……」

「は？　リアーヌ？　まだ交流があるのか？」

「え？　あるよ。ルイスが国内にあまりいないこともあって、アリシア姫からもリアーヌさんのことは頼まれてるし」

「アリシア姫が？」

「うん、なんだかんだでうまくいってるみたいだよ。アリシア姫とリアーヌさん」

アリシアの名前を出すと、ますますラウルは意味がわからないという顔をする。

リアーヌはルイスの側室となることを望まなかったが、子供がある程度の年齢になったら教育を受けさせたいという要望を持ち、アリシアもそれを受け入れた。

こういった女性同士の関係というか、つながりは、いまいちラウルにはわからないのかもしれない。

「話を戻すけど、とにかくバティにダンスを教えられる人がいないか探してるんだけど、思い当たる女性がいなくて。ミレーヌさんはどうかなあって思ったけど、赤ちゃんが生まれたばかりで忙しいだろうし」

エンリケの妹でマルクの妻であるミレーヌは、今年のはじめに子供を産んだばかりだった。

マルクの口から以前、素晴らしいダンスを踊ると聞いたことがあったのだが、さすがに忙しいミレーヌに頼むのは気が引けた。

「ダンスが踊れる女性か……」

ラウルも考えてくれるのか、少し首を傾げた。

「パトリシアはどうだ？」

「へ？」

「昔パーティーで踊ったことがあるが、かなりうまかったと思うぞ」

ラウルに言われ、リードは今シントラ城に滞在している隣の国の王女の顔を思い出す。

そうだ、パトリシアがいるんだった……！

セレーノに来て最初の頃は女子大学で講義を受けたりしていたが、最近はもっぱら城にいるため時間ならあるだろう。

「ありがとう。今日、一緒にお茶を飲む予定があるから、その時に聞いてみるよ。あれ？　それにしてもパトリシアとダンス？」

ラウルはパーティーに出ても滅多にダンスを踊ろうとしない。意外だったため、思わず聞いてしまったのだが、ラウルは違う意味に捉えたのか、慌てて首を振った。

「誤解するなよ！　俺がまだアローロに留学していた頃で、あいつがまだ十二かそこらの時の話だ。しかも、後でこっそり下手だのもっと練習しろだのボロクソに言われたからな？　そういった意味では、バティに厳しく言わないか心配なんだが……」

ここのところ面倒を見ていることもあり、バティの温厚な性格はラウルもわかってきたのだろう。

「まあ、大丈夫じゃないかなあ？　基本的に、マラティアの男性は女性に対して優しいし」

ただ、出来るだけ優しく教えるようパトリシアには頼んでみよう。

パトリシアは偏見を持つタイプには見えないから大丈夫だとは思うが、二人の相性が良いことを密かにリードは願った。

6

今度社交界デビューをする男性に、ダンスのレッスンをしてあげて欲しい。

フルーツ・ケーキとスコーン、タルトを用意したお茶の時間にそんな話をすれば、パトリシアは二つ返事で了承してくれた。

元々ダンスは好きで、アローロにいた頃には頻繁にパーティーにも参加していたそうだ。

オルテンシアに来てからそういった機会もないため、パトリシアとしてもありがたい話だったようだ。

そういえば、国王や王妃主催のパーティーが頻繁に開かれていたアローロに比べて、オルテンシアはそういった場が少ない。

オルテンシアもそういった機会を増やした方が……とは思ったものの。自身もラウルもパーティーがあまり得意でないことを思い出し、すぐにリードは考えを改めた。

「よかった、彼の父親とは友人でね、息子の社交界デビューを成功させて欲しいって頼まれてるから、そう言ってもらえると心強いよ」

リードはパトリシアに、バティの外見やその背景に関しては何も伝えなかった。

バティが社交界デビューすることにマラティア王国の命運がかかっていることを伝えてしまえば、パトリシアにとって大きなプレッシャーとなるだろう。

ここのところ元気がなかったパトリシアが、ダンスのレッスンの話をした途端表情が僅(わず)かに明るくなった。

難しいかもしれないが、パトリシアにもダンスのレッスンを楽しんで欲しかったのだ。

「安心して、弟たちのダンスの相手をずっとしてきているから。教えるのには慣れているわ。あ、これを機会にラウルも練習したらどうかしら。昔踊った時、何度も足を踏まれて最悪だったのよ。あの見た目で踊れないなんて信じられない」

「あはは、一応言っておくよ」

ラウルには言わない方がいいだろう。元々ダンスが嫌いなのに、ますます臍を曲げて踊らなくなるのは目に見えていた。

バティのお披露目となるパーティーは、二カ月後を予定していた。

それまでに、なんとか基本のワルツを踊れるようになってくれればいいんだけど……。

バティは軍の訓練を見学するために明日城に来る予定があった。

その際にパトリシアと顔合わせをすればいいだろう。

パトリシアは社交的な性格だし、バティも饒舌ではないものの、聞き上手だ。

昔から大人びていたバティは、教会に通っていた頃、いつの間にか周囲の女生徒たちの人気者になっていた。

たとえパトリシアが強い物言いをしたとしても、怒るようなタイプではない。

二人の相性は良いような気がしたし、あまりよくなかったとしてもダンスのレッスンが出来ないというほどではないだろう。

大丈夫だろうとは思ってたけど、パトリシアが引き受けてくれてよかった。

目の前でタルトをきれいに切っているパトリシアを見ながら、リードはホッと胸を撫でおろした。


翌日、正午に約束していたバティとの面会だったが、おそらく訓練が長引いてしまったのだろう。

約束の時間を過ぎても、バティは姿を現さなかった。

応接間で隣に座ったパトリシアの表情が、少しずつ強張っていくのを感じる。

「ごめんパトリシア、思ったよりも訓練が長引いてるみたいで……」

「彼にも事情はあるのだとは思うけど、私とのレッスンの時間にはなるべく遅れないよう言っても大丈夫かしら？」

そういえば、パトリシアは意外とこういうところがきっちりしていた。

「やる気がないってわけではないとは思うんだけど、最初が肝心だから。言いたいことは、しっかり言わせて頂くわね」

「うん、俺の方からも伝えておくよ……」

ラウルやエンリケにも、話しておこう。今回の遅刻はバティが原因ではないため、その辺りの事情もバティが来たら話さなければ。

そう思っていると、微かに足音が聞こえてきて、控えめに部屋の扉がノックされた。

リードはパトリシアを促して立ち上がり、部屋に入ってくる人物を待つ。

「悪い二人とも、思ったより剣術の訓練が長引いてしまって」

約束していた時間は随分過ぎていたため、申し訳ないと思ったのだろう。珍しく焦った様子で応接間に入って来たラウルが、二人に対して謝罪の言葉を口にした。

「バティは悪くないから、くれぐれも責めないでやってくれ」

さすがは従兄妹ともいうべきか、ラウルもパトリシアの性格はよくわかっているのだろう。

まずは、バティに非がないことを説明してくれたラウルにリードは内心感謝した。

「大丈夫、そうじゃないかなあとは思ってたし。バティ、こちらはパトリシア。アローロ王の第一王女で、今ちょうどオルテンシアに遊びに来てるんだ。パトリシア、こちらはバティック。父親はあのフェリックス・リサーケなんだよ」

バティの正式な紹介をするのは、初めてだった。マラティアの第一王子であることは、とりあえず伏せておく。

「初めまして、パトリシア姫、バティックです。皆からはバティと呼ばれておりますので、姫からもそう呼んでいただけると嬉しいです。この度は私のダンス・レッスンを引き受けてくださってありがとうございます。どうぞ、よろしくお願いいたします」

流暢なオルテンシア語で、貴族が王族に対して行う礼を見事にバティはとってくれた。

フェリックスが言っていたように、マナーに関しては完璧のようだ。

爽やかな笑顔といい、パトリシアも決して悪い印象は持たないだろう。

けれど、当のパトリシアは先ほどから何の言葉も発しようとしない。

まずい、もしかしてバティの外見に驚いているのだろうか。

バティの肌の色は生粋のマラティア人に比べれば薄い方ではあるが、ルーゼリア大陸では滅多に見ない肌の色ではある。

リードが恐る恐る隣に立っているパトリシアに視線を送れば。

え……？

パトリシアは頬を赤らめ、バティの方をじっと見つめていた。

その表情からは、不快感は全く感じられない。むしろ、それよりも。

「パトリシア？」

バティが自己紹介を行ったというのに、ぼうっとその場に立ってしまっているパトリシアに、ラウルが怪訝（けげん）そうな顔をする。

「あ、ご、ごめんなさい……！　あの、パトリシアと申します。バティ様のダンス・レッスンの相手に選んで頂きとても光栄です。一生懸命お教えいたしますので、どうかよろしくお願いいたします」

バティ、様……？

顔を赤らめながら、懸命にバティに話しかけるパトリシアの表情は、これまでリードが一度も見たことがないものだった。

「ありがとうございます。ですが姫、私に敬称は結構です。今回は特に、姫にレッスンをして頂く立場ですし……」

「それでしたら、私のことも姫ではなくパトリシアとお呼びください！　あと、その……間違っていたらごめんなさい。一月ほど前、セレーノ城下の市場にいらっしゃらなかったかしら？」

パトリシアの言葉に、バティが切れ長の瞳を細める
「ああ、やはりあの時のご令嬢だったんですね。似ていらっしゃるなあとは思ったのですが、ヴェールを被っていらっしゃいましたし確信が持てなくて」

「そ、そうです！　あの、あの時は本当にありがとうございました。せっかく髪留めを買って頂いたのに、私ったらなんのお礼も言えず……」

「貴女に似合うと思ったから贈っただけですので、気になさらないでください。それよりも、突然私のような者に話しかけられて驚いたと思いますし」

「違うんです、確かに驚きましたが、それは嬉しかったからで。お名前をお聞きしなかったことを、とても後悔したんです……！　だから、もう一度お会い出来て本当に良かった」

えっと、この状況は……。

夢見るような表情でバティに話しかけているパトリシアの視界には、おそらくリードやラウルは入っていないのだろう。

そして二人の話の内容から察するに、ここのところパトリシアがずっと浮かない表情をしていた理由もわかった。

「なんだ二人とも、知り合いだったのか？」

自分と同じように、二人の様子を見ていたラウルが口を挟む。

リードとしては、どのタイミングで声をかければいいのか迷っていたため、ラウルの言葉はありがたかった。

「はい。先日セレーノの市場でお会いしたんです」

「きれいな髪留めがあったので、買おうと思ったのですが、私お金の持ち合わせがなくて……。困っていたら、代わりにバティが買ってくださったんです」

王女であるパトリシアにお金を持ち歩くという習慣はなく、その日も確か従者に持たせていたはずだ。

けれど、リードたちと逸れてしまったため、購入出来なかったのだろう。

「そうだったんだ。それは、もう一度会えてよかったね」

リードがそう言えば、バティはにこやかに頷(うなず)いたものの、当のパトリシアはリードの声など全く聞こえていないのか、バティのことを一心に見つめている。

その表情を見れば、パトリシアがバティに向けている感情がどういったものであるかはわかる。

王女の恋、かあ……。

先日のパトリシアの話を聞く限り、おそらく初恋だろう。

応援してあげたいという思いはあるものの、二人の背景にあるものを考えると、少しばかりリードは気が重くなった。

週に二度を予定していたバティのダンス・レッスンは、パトリシアの強い希望もあって二日に一度

という頻度で行われることになった。

社交界デビューまで二カ月という時間を考えれば、練習時間が長いのに越したことがないとはいえ、パトリシアの勢いにただただリードは圧倒されていた。

バティのために張り切ってくれているのもあるのだろうが、パトリシアの本音としては、少しでもバティと一緒にいたいのだろう。

髪もメイクもドレスも、レッスンの日はこれまで以上に気合が入っているのだとこっそりルリが教えてくれた。

すごいなあ、恋する女の子って……。

ただ、パトリシアの様子を見るに、バティにしっかりとしたレッスンが出来ているのか少しばかり心配ではあった。

それこそ強く言えなくて、いつまでたっても上達しないのではないかと。

なんとなく不安になったリードは仕事の休憩時間に、こっそりと二人の様子を見に行くことにした。

二人がレッスンをしている部屋は、リードの執務室からは少し距離があるため、シモンにはある程度事情を説明しておいた。

高位貴族の出であるシモンに、バティの社交界デビューの際に後押しをしてもらえたらと思ったからだ。

バティに関しては快く受け入れてくれたが、パトリシアとバティの関係に関しては、良い顔をしなかった。

「パトリシア姫がバティックス殿に好意を……それはあまりよくないお話ですね」

「そうかな。ほんのひと時の間だけでも好きな人と過ごせるって嬉しいことだと思うけど」

「パトリシア姫の片恋であるのなら、それでいいと思いますが。ですがもし、バティックス殿もパトリシア姫に好意を持ったら？」

「あ……」

顔合わせの際の、二人の様子を思い出す。

熱心にバティを見つめるパトリシアに比べると、バティからはパトリシアに対してそこまで強い感情は感じられなった。

だから、そこまでの考えには及ばなかったのだが。

二人きりでレッスンをすることで、バティの気持ちが変わる可能性は十分にある。

「パトリシア姫には事情を説明しておいた方がいいかもしれませんね。国家間の問題に姫を巻き込むのは気が引けますが、自制をしてくださるかもしれませんし」

「いや……むしろ、逆効果じゃないかな」

リードの言葉に、シモンがその美しい片眉(かたまゆ)を上げる。

「アローロにマラティアの支配の手が伸びようとしている話をすれば、正義感の強いパトリシアのことだ。リケルメに反対して、自分がマラティアを守るとさえ言い出しかねない。それに恋って、障害があればあるほど燃え上がっていくものだろうし」

「それは、そうですね。まあ、バティックス殿は賢明な方のようですし、姫を傷つけずにうまく諦(あきら)めさせてくれるといいのですが」

「え?」

「何か?」

「いや、そうだよね……諦めるしか、ないんだよね」

パトリシアはアローロの第一王女で、既に婚約者だっている。

バティだってマラティアの第一王子ではあるが、ルーゼリアの国々がマラティアを認めていない現在では、二人の結婚が認められるとは思わない。

だけど、もしオルテンシアとマラティアの間に正式な国交が結ばれることがあれば。

いや、パトリシアはともかく、バティがパトリシアに対してそういった感情があるって決まったわけじゃないんだ。

余計なことは考えないで、今はバティの社交界デビューを成功させることだけを考えよう。


バティのレッスンには、鳥の間が使われることになった。

以前は客人を迎え入れるために使われていた部屋だが、近頃は使われていない。

パーティーに使われる花の間ほど大きな部屋ではなく、殺風景ではあるが、レッスンをするのには十分な広さがある。

ダンスはどの方向に動いてくか、その感覚を学ぶことが大事であるため、四方がわかりやすい部屋の方がいいというパトリシアの意見を聞き、この部屋を選んだのだ。

この辺りは人の通りも少ないため、わざわざ中を確認する人間はいないと思ったのだろう。

大きな扉は開かれており、部屋に入らずとも中が見られるようになっていた。

自分が姿を見せることで、二人の集中力が途切れてしまうのは良くない。

そう思い、リードはこっそりと外側から中を覗き込んでみる。

すごい……！

部屋の中では、パトリシアとバティが見事なワルツを踊っていた。

音楽はかかっていないはずなのに、その音楽が聞こえてくるほど二人のダンスは巧みで、優雅なものだった。

耳をすませば、小さな声でパトリシアがリズムをとっているのが聞こえる。

パトリシアは小柄な方だが、ヒールを履いていることもありバティとの身長のバランスもちょうどよかった。

まだ練習を始めて二週間ほどだというのに、ここまで上達するというのは、それだけ熱心に練習を行っているということだろう。

一見、男性であるバティにリードを任せながらも、所々でパトリシアが上手にカバーをしているのがわかる。

ラウルの言ったとおりだ、パトリシアのダンスはかなり上手い。

何よりも、ダンスの美しさより二人の表情だ。

どちらも、とても楽しそうにダンスを踊っているのがわかる。

そのまま部屋の四方をターンを加えながらきれいに一周すると、パトリシアが動きを止めた。

「ごめんなさい、何かミスを？」

心配げに、バティがパトリシアへと問う。

「いいえ、ステップは間違ってないわ。ただその……バティ、もう少し私の方を見て頂けないかしら？」

「え？」

「一緒に踊っているのに、時々視線を逸らしてしまうでしょう。ペアダンスは二人の息が合わなければ、ちぐはぐになってしまうわ」

言われてみれば、バティは楽しそうではあったが、時折照れたようにパトリシアから視線を逸らしていた。

「それとも、私の顔を見るのは、嫌かしら……？」

沈んだような声で、パトリシアがバティに問う。

「まさか、そんなわけありません。ただ、女性とこんな風に近づいて踊るダンスは経験したことがないので、どうも慣れなくて」

ほんのりと顔を赤らめながらバティが言う。

確かに、マラティア人はどちらかというとシャイで、人前で男女が近づくことがない、と何かの本で読んだことがあった。

「あら？　そうなの。だったら、慣れてくださいな」

「へ？　慣れるって……」

首を傾げるバティの手を、パトリシアがそっと自身の手で掴んだ。

「ちょうど休憩をしようと思っていましたの。このままお話をしましょう」

「それは、かまいませんが……」

「ほら、こちらを見て。練習にならないでしょう？」

楽しそうにパトリシアが笑えば、バティも笑みを浮かべた。

「わかりました。ええっと、お話というのは何のお話をすればいいんでしょうか？」

面白い話が出来なかったら、ごめんなさい。

そんな風にバティが言えば、そんなことはないとパトリシアが否定する。

「貴方のお話だったらなんでも聞きたいもの。そうね、御父上のフェリックス様と海に出ていらしたこともあるのでしょう？　海の外には、どんな国があるのかしら？」

「航海のお話ですね？　そうですねえ、私もずっと海に出ているわけではないのですが、最近訪れた国には……」

熱心にバティを見つめるパトリシア、そして、そんなパトリシアを優しい瞳で見つめるバティ。

声はかけないほうがいいだろう。

そう判断したリードは、踵を返し、そのまま自身の執務室へと歩き始めた。

湯浴みを終えて寝室に戻ると、ルリが気を利かせて香を焚(た)いてくれたようで、微かに花の香りがした。

リードもラウルもあまり強いにおいが得意ではないため、どちらも香水はほとんどつけない。

とはいえ、香りを纏うのは王族や貴族にとってある種のたしなみでもあるため、香水よりもにおいの強くない、オイルや香を使うようにしていた。それらもフェリックスから買った品だ。

心地よい香りに包まれながら、寝台へ身体を横たえる。

そのまま、ぼんやりと昼に見た光景を思い浮かべる。

懸命にバティへ話しかけるパトリシアの様子はいじらしくも可愛らしく、あんな風に思われて心が動かない男性はいないのではないだろうか。

そしてバティの方も、パトリシアに対して誠実に、真摯(しんし)に向き合っているのがわかった。

パトリシアのバティへの想いは一目惚(ひとめぼ)れのようなものであったし、時間が経つにつれ、そういったふわふわとした気持ちはなくなるのではないかと、どこかで思っていた。

けれど、先ほどの二人の姿を見たことにより、それは間違いだったとわかった。

パトリシアの表情を見ていればわかる。パトリシアは、真剣にバティのことを想っている。それこそ、身を焦がすように。

バティがそれを受け入れるのは時間の問題だろう。

幸せそうな二人の姿を見ると、とてもではないがパトリシアに釘を刺すことなど出来なかった。

「風邪を引くぞ、リディ」

自身の顔に影がかかり、ラウルが部屋に入ってきたことに気付く。

「あ、ごめん……」

そういえば、髪に布を巻いたまま、乾かすのをすっかり忘れていた。

起き上がろうとすれば、ラウルが身体を起こしてくれた。

「わっ」

そしてそのまま、新しい麻の布で髪を後ろから拭いてくれる。

「まったく、せっかくきれいな髪をしているのに、きちんと乾かさなければ傷むだろう?」

「ありがとう」

物ぐさなところがあるリードは、髪を拭くのが適当で、ルリに見られるといつもやんわりと苦言を呈されていた。

そのため、普段はルリに任せてしまうのだが、今日は早く部屋に下がってもらっていた。

明日から一週間ほど、ルリは娘の家族に会うためにアローロへ帰る。

自分からはなかなか言い出さないため、リード自ら提案したのだ。

隣国で、歴史的にも仲の良いアローロとオルテンシアは、それぞれの国で暮らしている家族も多い。

アローロは大国ではあるが、交易の盛んなオルテンシアには新しいものが多いため、それを求めて移住する若者が少なくないからだ。

もしアローロとオルテンシアの仲が険悪になれば、家族が引き裂かれる可能性だってあるんだよな。両国が戦争状態になることまでは考えていないが、それでも今のような自由な行き来が一時的に出来なくなる可能性がある。

リードだって、リケルメと、アローロと対立したいわけではない。出来るなら同じ考えを共有したい。

けれど、現状ではそれは難しいこともリードはわかっていた。

麻の布で残っていた水滴をふき取り、乾いてきた髪にラウルが香油をさしてくれる。

心地よい香りが、ほんのりとかおってきた。自然と、口元が緩む。

「なんだ？」

「王太子殿下に髪の手入れをしてもらえるなんて、贅沢だなあって思って」

「確かに、他の人間の髪には触りたいとも思わないな」

ラウルの髪の乾かし方はとても丁寧で、気持ちが良い。

短くても長くてもかまわない、とラウルは言ってくれるが、式典などで整えやすいよう一応ある程度の長さは残していた。

それほど自分の髪に関心を持っていなかったが、ラウルが好きだと言ってくれるから、なるべく大切にしたいと思っている。

「もしいつか俺の髪が真っ白になっても、こんな風に髪を乾かしてくれる？」

「しわのある骨ばった手でもよかったらな」

リードが年をとる頃には、自分も年をとっている。そんな風なラウルの言い回しに、笑ってしまう。

「勿論、いいよ」

香油を塗った髪に、最後にラウルは櫛を通してくれた。

ラウルが手入れをしてくれた髪は、自分でするよりもずっときれいに見えた。

この先も一緒にいられることを自然と口にされることが嬉しい。

「それから？」

「ん？」

「他にも何か話したいことがあるんだろう？」

ラウルの言葉に、リードは苦笑いを浮かべる。

「察しがいいなあ」

「お前のことに関してはな」

リードの後ろにいたラウルが、隣に座る。

「うん、今日パトリシアとバティのダンスを見てきたんだけど。二人とも、すごく楽しそうで、幸せそうでさ」

パトリシアがバティに対して好意を持っているんじゃないかという話は、二人が顔を合わせた日に話していた。

ラウルはあまりピンとこなかったようで、二人の関係に対して肯定も否定もしなかった。

「そうか。うまくいくといいな」

その言い方があまりに自然なものだったため、思わず顔を上げる。

「うまくって……」

「なんだ、リディは二人がうまくいくことに反対なのか？」

「いや、賛成だけど！　パトリシアにも、バティにも幸せになって欲しいって思うけど。だけどパトリシアは……」

「アローロの第一王女で、叔父上の娘であるあいつに自由な結婚は許されない？　それとも、マラティア王国の王子であるバティは相手として相応しくないか？」

「ラウル、怒るよ。そんなこと、思ってるわけないだろ……？」

リード自身は、そんな風に思ってなんかいない。

「そうだな、お前自身はそんな風に思ってはいない。だけど、周囲の人間たちはそう思うだろうし、そういった人々の声に二人が晒されることを恐れている。そして、この結婚は許されないだろうと思ってる」

「うん……ラクシュミン女王がどう思うかわからないし、リケルメが賛成するとは思えない」

「その通りだ。叔父上はまず反対するだろうな。だが、だからといって二人が互いへの気持ちを諦める必要はない。それこそ、マラティアとオルテンシアに正式な国交が結ばれれば、マラティアを国として認める国も出てくるだろう。そうなれば、叔父上が反対する理由だって弱くなる。だからこそ、俺たちはマラティアとの国交の樹立に尽力しよう」

呆(ほう)けたように、リードはラウルを見つめた。ここ最近、自分が頭を悩ませていたことを、なんでもないことのようにラウルは言った。

「そうだよね、それが二人のためでもあるんだよな」

「ああ」

力強いラウルの言葉に、リードも頷(うなず)く。

不思議な気分だった。

オルテンシアはマラティアと正式な国交を結ぶ。たとえ、アローロの不評を買ったとしても。

自身の頭で決めたこととはいえ、一人で考えているとどうしても迷いが生じてしまっていた。

それこそ、リケルメが途中で考えを変えてくれはしないかと。

往生際が、悪いよな……。

けれど、ラウルが言葉にしてくれたことによって明確に、はっきりとした見通しが見えてくる。

楽観的かもしれないが、全てうまくいくかもしれないと、そう思えるほどに。

生まれる前の世の知識があり、今世においても知識や教養を身に付けるよう努めてきたが、それでもこういった時の決断力や、潔さはラウルにはかなわない。

「なんだ?」

じっと見つめていたからだろう。ラウルが訝(いぶか)し気な顔をした。

「頼りになるなあって思ったんだよ」

正直な気持ちを言えば、ラウルはなんとも面映ゆそうに視線を逸らした。

「別に……大したことは言ってないだろう。ただ、少しでもそう思ってくれたなら嬉しい」

リードに頼られる男になりたい、というのはラウルの中にある漠然とした気持ちなのだろう。以前はそのプレッシャーを感じすぎるあまり独りよがりにさえなってしまっていたが、最近はそういったことがなくなった。

ラウルも、出会った頃から随分変わったなあ。

本質的な部分は変わっていないが、以前よりも物事を鷹揚に考えられるようになったと思う。

夢や理想を失わずに、それを現実にどれだけ近づけることが出来るか。

青臭いと言われてしまうかもしれないが、それがラウルをラウルたらしめるのだと思うし、リードにとってもありがたかった。

「それにしても、ダンスか。社交の場だから仕方がないとはいえ、バティもよくやるな」

「確かに、少し恥ずかしそうにしてたけど……でも、楽しそうだったよ？」

「俺は楽しいと思ったことなど一度もないけどな」

「うん、みたいだね」

ラウルの言葉に、先日のパトリシアの言葉を思い出す。

足を踏まれてって……ようは上手くないってことだよな。

士官学校での成績はトップだったという話だし、リッテラでの成績もマクシミリアンと争っていたくらいだし、とても優秀だったはずだ。

運動神経も良いのだし、真面目にやれば踊れないはずはないのだ。それだけラウルに、ダンスへの興味がないということだろう。

そういえば、以前子供の頃のバレエのレッスンが嫌でたまらなかったとも言っていた。

ラウルにも苦手なものはあるんだな。

なんとなく、ダンスもスマートにこなしそうな印象があったため、想像すると頬が緩んでしまう。

「パトリシアから何か聞いたのか？」

リードの考えていることがなんとなくわかったのだろう、ラウルの顔が引きつっている。

「ラウルも練習すればいいのにって言ってたよ。背も高いのに勿体ないって」

言い回しは少し違ったような気がするが、パトリシアが言いたかったのはこういったことだろう。

「そうか、では相手もいることだし、練習に付き合ってもらうとするか」

「え？　うわあ」

ラウルはすっくとその場に立つと、そのままリードの手を引き立ち上がらせる。

さらに右手をとり、左手を腰へとまわされる。ワルツの最初のポーズだ。

つまり、ダンスをしようということだろう。

「ちなみにラウル、何年ぶり？」

「……思い出せないな」

リードも、実は結婚式の後のパーティーでリケルメと踊ったきりだった。それを言えばラウルの機嫌を損ねそうなので、言わないでおく。

「とりあえず、基本のワルツでいい？」

「そうだな、それなら多分覚えている」

互いに頷き、記憶を手繰り寄せながら動いてみる。みようと思ったのだが。

「待ってラウル、速い！」

最初こそ、意外と覚えているものだと二人で息の合ったステップが踏めていたのだが、ターンのところで明らかにリードの方が遅れてしまった。

いや、遅れたのではなくラウルの動きが速かったのだ。

「わ、悪い」

まずいと思ったのか、ラウルの視線がリードへ向かう。

こちらの様子を注意深く見てくれているからだろう、先導する動きが随分わかりやすくなった。

踊り始めたことで、互いにステップを思い出したのだろう。

寝室の中を、二人で優雅に移動していく。

右に左に、ラウルの手に導かれてくるりとまわり、片方の手を放した後は、もう一度向き合って二人でターンをする。

一通りの動きを終わらせる頃には、既に部屋を何周もしていた。

ほんの一時の間のダンスでも、思った以上に体力を使ったみたいだ。

「思ったよりラウル、全然上手だった」

終わってすぐに正直な気持ちを言えば、ラウルも何故か意外そうな顔をしていた。

「俺もこんなにスムーズに踊れたのは初めてだった。多分、リディが相手だからだろうな」

「え？　俺そんなにうまくないと思うよ？」

むしろ最後の方はラウルの動きについていくのが精いっぱいだった。

「お前が踊りやすいように動きを見てるから、うまくいったんだろう。これまでは正直、パートナーの動きなんか見ていなかったからな」

パトリシアが聞いたら顔を真っ赤にして怒りそうなことを、さらりとラウルが言った。

「どうする？　練習すればパーティーでもお披露目出来ると思うけど」

まだ一カ月以上あるし、十分間に合うだろう。これまで何かと理由をつけて参加しなかった自分たちがダンスをするのだ。ちょっとしたデモンストレーションにはなるかもしれない。

「いや、やめておく。ダンスになんか参加したら互いに他の人間と踊らなければいけなくなるからな」

自分も踊りたくないし、リードを他の人間と踊らせたくないということなのだろう。傍から聞いていると我儘な意見ではあるが、リードは悪い気はしなかった。

「それに今回の主役はバティとパトリシアだ。俺たちは二人のフォローにまわった方がいいだろう」

「うん、そうだね」

二人なら大丈夫だとは思うが、実際のパーティーでは何が起こるかわからない。出来る限りのサポートはしたいと思う。

「あ、だけどさ」

「なんだ？」

「また、こんな風に踊らない？　なんか、楽しかったし」

リードもダンスは嗜み(たしな)として習ったものの、そこまで楽しいと思ったことはなかった。

これまでは周囲の目があるため、緊張感から楽しみきれなかったのもあるのだろう。

「ああ、勿論」

穏やかな笑みを浮かべるラウルに、リードも笑顔で頷いた。

7

客人を迎え入れるための特別室は、城の二階の少し奥まった場所にある。

一階では要人を警護する上で問題となるし、かといってあまりに遠い場所だとそこまで歩かせるのが失礼になるからだ。

長い廊下には絨毯が敷き詰められており、両壁には調度品や絵画が飾られている。

何度歩いても、リードは思わず目を留めてしまうのだが。

リードの隣を歩くパトリシアはそんなものには目もくれず、髪や自身のドレスを気にしている。

「あああ、緊張する！　お化粧、濃すぎない？　ドレスも上品なものを選んだのだけど、もう少し格式の高いものの方が良かったかしら」

そわそわと落ち着かないのは、これから向かう特別室にフェリックスがいるからだろう。

フェリックスは確かに貴族としての地位も高ければ、豪商としても名高い。

けれどパトリシアはアローロの王女なのだ。これまで各国の王族や名だたる貴族には何人も会ってきているはずだ。

それにも拘わらず、これだけ動揺しているのは、フェリックスがバティの父親というのが大きいのだろう。

好きな人のお父さんと会うんだもんなあ。緊張もするか。

「大丈夫だよ、パトリシアはそのままで十分可愛いから」

微笑ましく思いながらそう言えば、何故かパトリシアは胡乱気な瞳でリードを見つめてきた。

「リードに言われてもねえ。あ、今日座るのはリードの隣じゃなくて、ラウルの隣がいいわ」

比べられたらたまったものではない、と言うパトリシアに、リードは苦笑いを浮かべる。

年を追うごとにマリアンヌに似てきたパトリシアは十分に可愛らしい容姿をしているのだが、そういう年頃なのだろう。パトリシアは自身の容姿に少しばかりコンプレックスがあるようだ。

「本当に気にしなくていいから。それに、パトリシアは勿論可愛いけど、フェリックスさんは人を見る目がある人だ。パトリシアが明るくて気立てが良い女性だってちゃんとわかると思うよ」

パトリシアとバティのことは、フェリックスには何も話していないが、おそらく反対はしないだろう。

元々身分などを口にするような人間ではないし、それよりもバティの意思を、二人の意思を尊重してくれるはずだ。

「だといいんだけど……」

「うん、だから自信をもって。いつも通りにパトリシアらしく、堂々としている方が素敵に見えるよ」

「そうね、そうよね。頑張ってみるわ！」

リードの言葉に、ようやくパトリシアは背筋を伸ばし、歩き始めた。

数日前、アローロの王女としてではなく、バティのパートナーとしてパーティーに参加したいとパトリシアの方から申し出があった。

アローロの王女としてある程度顔が知られている自分がいれば、バティの社交界デビューにとっても有利に働くはずだというのが、パトリシアの主張だった。

その通りではあるのだが、実際のところはバティが他の女性をエスコートするのは耐えられないというのが本音だろう。

真剣な表情は、恋に一生懸命な女性といった感じで、とてもいじらしく感じた。

けれどパートナーとしてパーティーに一緒に参加してもらうからには、バティの事情を全て話さなければならない。

それをバティに伝えれば、父であるリケルメと自分との間でパトリシアが板挟みにならないかと心配していた。

わかってはいたが、パトリシアを利用しようという気が全くないバティの誠実さに、リードはホッとした。

だからこそ全て話した上で、パトリシアには参加の是非を問うことにしたのだ。

特別室の扉を開けば、ラウル、そして本日の主役の一人であるバティ、フェリックスが既に着席していた。

長方形のテーブルを囲み、それぞれ長椅子に座っている。

リードとパトリシアが部屋に入ると、おもむろにラウルが立ち上がり、それにバティとフェリックスが続いた。

「フェリックスさん、わざわざ足を運んで頂いたのにお待たせしてすみません。少し仕事が長引いてしまって」

「大して待ってないから気にするな。ところで、そちらのご令嬢は？」

フェリックスが、リードの後ろに立っているパトリシアに目配せをする。

「彼女はパトリシア、アローロの第一王女です。バティのダンスの練習の相手をしてくれています」

リードが紹介すれば、パトリシアは優雅な動作で前へ出てきた。

「初めまして、パトリシアと申します。バティとはダンスを一緒に練習しています。来月のパーティー、バティのパートナーとしてぜひ参加出来ればと思っています」

最初こそ緊張していたように見えたが、パトリシアの口ぶりはしっかりしていた。

さすがパトリシア、やっぱり肝が据わってるなあ……。

自己紹介は勿論、我こそがバティのパートナーだとこの場で宣言しているのだ。

廊下を歩いていた時の気弱さはどこへやらで、真っすぐにフェリックスを見据えている。

「アローロの……」

勘の良いフェリックスのことだ、パトリシアがバティに特別な感情を持っていることにも気づいたはずだ。

さすがのフェリックスも驚いたのだろう、呟くと、僅かに目を瞠った。

けれどそれは一瞬のことで、すぐにいつも通りの余裕のある笑みを浮かべた。

「初めましてパトリシア姫。この度は我が息子のダンスの練習に付き合ってくださってくださり、ありがとうございます。毎日のように嬉しそうに城に出かけているのは、貴女との練習を楽しみにしているからだったんですね」

「え……？」

「父上！」

パトリシアがバティに視線を向ければ、バティが顔を赤らめてフェリックスを軽く睨んだ。

そしてすぐにパトリシアの方を向き、少し恥ずかしそうな笑みを浮かべた。

微笑みかけられたパトリシアも、嬉しそうに笑みを返す。

「……自己紹介も終わったようだし、そろそろ話を始めてもいいか？」

二人の間にある甘い空気は、ラウルの一言で霧散した。

「す、すみません」

バティが小さく謝り椅子に座れば、フェリックスも笑いを堪えながら腰を下ろした。

パトリシアもラウルを一睨みした後、椅子に座った。

リードはパトリシアとラウルに挟まれる形になり、パトリシアの前にはバティが座った。

皆が座ったのを確認すると、バティがおもむろにズボンのポケットに入っていた封筒を取り出した。

「昨日、ようやく母からの手紙が戻ってきました。内容についてお話しする前に、パトリシアに話しておきたいことがあります」

バティが手紙を出して二カ月、ようやくラクシュミンからの手紙が返ってきた。

内容は気になったが、バティの様子を見ればおそらく良い返事だったはずだ。

「私に、話……？」

室内にいる皆からの視線を受け、少しばかりパトリシアが不安げな顔をする。

「何かしら？」

「実は……」

「待って」

説明をしようとするバティの言葉を遮る。すぐに、バティが戸惑ったような顔でこちらを向いた。

「バティさえよかったら、出来れば私に説明させてください」

リードがそう言えば、バティの表情が目に見えて困惑したものになる。

「パトリシアには、知る権利があると思いますから。リケルメ……アローロ王の思惑も、今回の国交樹立の意図も」

「ですが……」

おそらくバティは自分がマラティアの王子という立場と、オルテンシアと正式な国交を結ぶことに尽力しているという話をするはずだ。

確かに、それは間違ってはいない。

アローロのことは、リケルメの意向はパトリシアに伝える必要はないのかもしれない。

リードとしても、パトリシアがバティに対して恋情を持っていなければ、わざわざ伝えようとは思わなかった。

けれど、現状はそうではない。

パトリシアがバティのことを真剣に想っているからこそ、現在の状況を伝えなければいけないと思った。

全てを話せば、パトリシアが傷ついてしまうかもしれない。それは、出来れば避けたい。バティの視線はそう訴えている。

だからリードは、静かに首を振った。

「大丈夫、パトリシアはちゃんと受け入れてくれると思います」

リードが、ゆっくりと自分の隣に座るパトリシアを見つめる。

パトリシアのきれいな形の瞳が揺れ、一度だけ瞼を閉じた。

「ええ、勿論よ。それに、ここにいる皆は知っていることなんでしょう？　私だけ仲間はずれなんて嫌よ」

敢えて軽口で伝えたのは、心配そうな顔でパトリシアを見つめているバティを安心させるためなのだろう。

その表情は少女のものではなく、一人の女性ものだった。

「わかりました。リード先生、よろしくお願いします」

どこか苦し気な表情で、バティが言った。リードは頷き、口を開いた。

パトリシアは、リードの話に最後まで耳を傾け続けた。

途中、明らかに動揺しているのがわかったため、言葉を止めたのだが。そうすると、「大丈夫だから、続けて」と先を促されるのだ。

気丈にも、取り乱すことなく聞き終えたパトリシアは、やはり強い女性だった。

「お父様が……そんな……」

けれど話を聞き終えた後、小声で呟くようにそう零した。

自分の父親が、愛する人の国を支配しようと勢力を伸ばそうとしているのだ。辛くないはずがないだろう。

「パトリシア、バティは君と一緒にパーティーに参加出来たら嬉しいと思っていますが、無理はさせたくないとも思ってます。だから……」

「いいえ、出るわ。バティさえ、よかったらだけど……」

リードの言葉を遮るように、パトリシアがしっかりと口にした。

「パトリシア……」

驚いたように、バティがパトリシアの名を呼んだ。パトリシアはハッとした顔をしてバティを見つめ、苦し気に下唇を噛んだ。

「私、何も知らなくて。お父様が貴方の国にしようとしていることも、貴方の立場も何も知らずに呑気に過ごしていて……本当にごめんなさい」

「そんな、謝らないでください。謝らなければいけないのは、黙っていた私の方なんですから」

今にも泣きそうな顔のパトリシアに、バティが慰めるように言葉をかける。

「私に対して、怒りや憎しみはないの?」

パトリシアの言葉に、バティは微笑んで首を振った。

「そんなものは、全くありませんよ。貴女の父上がなさろうとしていることは止めたいと思っていますが、パトリシアを悪く思ったことなんてありません。むしろ、肌の色の違う明らかに異国の人間である私に対して何の偏見も持たず接してくれて、とてもありがたかったです」

「それじゃあ、貴方のパートナーとして、パーティーに参加してもいいかしら？」

「それはかまいませんが……ただ、パトリシアの方こそ良いんですか？」

マラティア王国の王子であるバティのパートナーとして参加することは、パトリシアもマラティア王国を国として認めていると表明するようなものだ。

それは明らかにリケルメの意思とは別のものになるだろう。

「ええ、勿論よ。私はアローロの王女で、アローロのことは勿論、なんだかんだでお父様のことも愛しているわ。だけど、だからこそお父様に他国の土地を侵略するような行為はして欲しくないの……なんてかっこつけてはいるけど、ごめんなさい。多分、バティのことを何も知らなかったら、お父様の行為を肯定はしなかったけれど、わざわざこんな風に止めようとまで思わなかったと思う。だから、貴方と出会えて本当に良かった」

バティに出会えて良かった。それが、パトリシアの心からの気持ちなのだろう。

「それから、アローロの人間が皆お父様と同じ考えを持っているとは思わないで欲しい。貴方の国を守れるんだったら、私に出来ることはなんでもする。……信じてもらえるかしら？」

気持ちが高ぶっているからなのか、元々饒舌なパトリシアではあるが、今日は特別言葉が多かった。

とにかく、バティに自分の気持ちを分かって欲しい、その一心なのだろう。

「信じてますよ、貴女の言うことなんですから。こちらこそ、どうぞよろしくお願いします」

バティが柔らかい笑みを浮かべれば、パトリシアが涙を浮かべた瞳で頷いた。

互いのことを想い合う二人の姿に胸を打たれながらも、同時にひどく居たたまれない気分にもなる。

こっそりと隣に座るラウルを見れば、おそらくリードと同じ気持ちなのだろう。

なんとも居心地の悪そうな顔で部屋にある時計の針を見つめていた。

そういえば……フェリックスさんはどう思ってるんだろう。

パトリシアのことはリードの口からは伝えていなかったが、おそらくバティが何かしら話していたはずだ。

さり気なく自分たちの前に座るフェリックスを見れば。

……笑ってる？

穏やかな表情で二人を見つめるフェリックスの姿が、そこにはあった。

その顔を見れば、二人の恋を応援こそすれ、反対することはないだろうことはわかった。

「盛り上がってるところ悪いが、そろそろラクシュミン女王の手紙について説明してもらってもいいか？」

咳払い（せきばら）と共に、ラウルがバティに声をかける。

リードとしては、どう話を切り出そうか困っていたため、ラウルの言葉はありがたかった。

バティとパトリシアも、状況に気付いたのだろう。

互いに目を合わせていた二人は、恥ずかしそうにそれぞれ視線を逸らした。

リードが予想していた通り、ラクシュミンからの手紙はオルテンシアとの国交樹立を前向きに進めたい、というものだった。

バティの話では、手紙が届いた翌日には女王が中心となって大きな会議を開き、その場で決定してくれたそうだ。

「よかった……本当によかった」

バティの表情を見れば、良い返事だとわかっていたとはいえ、胸を撫でおろす。

オルテンシア側はラウルが中心となり、マラティアとの国交に関してリオネルの承認を得て議会への根回しは既に行っているが、肝心のマラティアが了承してくれなければ何も始まらない。

これで、堂々とバティをマラティアの王子としてパーティーで紹介出来る。

「バティ、水を差すわけじゃないが……マラティア人はルーゼリア大陸の人間にはあまり良い印象は持ってないだろう？　その辺りは、大丈夫だったのか？」

「あ……」

ラウルの言葉に、リードはもう一度バティに顔を向ける。

国交を結べるということでホッとしてしまったが、そこら辺の事情は聞いておいた方がいいだろう。

何より、リード自身も気になった。

「そうですね、確かにマラティア人のルーゼリア大陸の人々への印象は、良くはありません。けれど、奴隷貿易の際にルーゼリアの人々に人を売ったのは、同じユメリア大陸の人間でもあるんです。ユメリアは政情が安定していなかったり、未発達の国が多いです。だから、そういった悲劇を生んでしまったのだと母が言っていました。母の夢はマラティアだけではなく、ユメリア大陸を発展させることでもあるんです。だからこそ、今回の申し出をとても喜んでいました」

バティの話を聞く限り、ラクシュミンは為政者としてとても優秀な女性のようだ。

ルーゼリアへの複雑な気持ちを持ちながらも、こういった冷静な判断が出来る人間は、なかなかいないだろう。

「それに、ルーゼリア大陸の人間でも、皆がユメリア大陸の人間を、マラティア人を下に見ているわけではないことも母は知っています。リード先生のことも、国に帰ってから母に何度も話しました。父以外にも、自分のことを肌の色で差別することなく、尊重してくれる人がいたって。そんなリード先生が王太子妃となった国だから、オルテンシアをもう一度信じてみたいって、母の手紙にはそう書いてありました」

「ラクシュミン女王が、そんなことを……」

マラティア人のルーゼリア大陸への、オルテンシアへの不信感は根強いはずだ。

今回の国交樹立に関しても、ラクシュミンが自身の周りの貴族を説得してくれたからこそ、前向きな返答がもらえたのだろう。

嬉しくもあったが、自分たちはそのラクシュミンの厚意に報いることが出来るのかと、緊張を強く感じた。

どうやってバティに礼を伝えようか逡巡していると、背に温かいものを感じた。

「責任重大だな」

ラウルがニッと口の端を上げてそう言った。背中に添えられたのは、ラウルの大きな手だった。

口ではそう言っているものの、あまり気負いするなという、ラウルなりのメッセージなのだろう。

「そうだね」

だから明るく、リードも答えた。そして次に、バティの方を向く。

「ありがとうバティ。私たちも、今回の国交樹立のために最善をつくしたいと思います」

リードがそう言えば、バティも破顔して頷いた。

「今回の国交樹立に向けては、オルテンシアにいる間は私に全権が委ねられています。正式な文書は改めて国に帰ってから作成したいと、母には昨日手紙で伝えました」

「え？　バティが全権を？」

「ラクシュミンも、呑気に手紙のやり取りをしている時間がないってことはわかってるんだろうな」

これまで黙って話を聞いていたフェリックスが口を開いた。

国家間のやり取りとしては異例の速さではあるが、現在の状況を鑑みてラクシュミンがそう判断したのだろう。

「あ、手紙にはパトリシアのことも書いたんですよ。すごく素敵な女性にダンスのレッスンをしてもらってるって。国に帰ったら、母に色々聞かれてしまうと思います」

にこやかにバティがそう言って、パトリシアを見つめる。

しかし、その言葉にパトリシアの表情は目に見えて曇った。

「……パトリシア？」

バティが気遣うようにパトリシアに声をかける。

「あ、ごめんなさい。ぼうっとしてしまって。そうね、もう一月もないのだしダンスのレッスンも頑張りましょうね」

「はい、よろしくお願いします」

慌てて言葉を返したパトリシアに、バティが丁寧に答える。

けれど、笑みこそ浮かべたものの、パトリシアが取り繕っていることはリードにはすぐにわかった。

おそらく、国に帰るという言葉を改めてバティの口から聞き、ショックを受けたのだろう。

バティもパトリシアに対して好意を持ってると思ったんだけどな……。

パトリシアとバティは、今後のレッスンについての話を楽しそうに続けている。

オルテンシアとマラティアの関係はうまくいきそうなのだ。この二人の関係も、そうなればいいのだが。

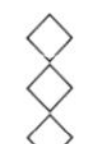

部屋の中を明るく照らすシャンデリアの光。

耳に心地よく響いてくるのは、王立管弦楽団による生演奏。

部屋の中央には、城の料理人たちが腕を振るった御馳走がずらりと並んでいる。

久方ぶりに開催された国王主催のパーティーに、花の間にはたくさんの人々が集まっていた。

王や王太子の側近をはじめ、高位貴族が皆出席しているし、ダンスパーティーがあることもどこかで聞きつけたのだろう。

年頃の女性が皆着飾って参加していることもあり、いつも以上に華やかな場となっていた。

「相変わらずリード様は輝くような美しさですわ。しかも、博学でいらっしゃるんでしょう？　娘が大学に行きたいと言い出した時には私大反対したのですが、リード様が王太子殿下の心を射止めたのはその博識ぶりだと聞いて、渋々ながら許可したんですよ。だけど、今は良かったと思いますわ。あの子、毎日とても楽しそうなんです」

「はい、アネッタ嬢はとても勉強熱心ですし、大変優秀なんですよ。彼女に学ぶ機会を与えてくださってよかったです」

王の側近の一人である、カルバント公爵夫人の娘であるアネッタは、昨年から女子大学に入学している。

レオノーラが学長となったこと、さらに保守的なカルバント家の令嬢が入学したということで、女子大学の入学希望者は目に見えて増加した。

普段はレオノーラがフエントにいることもあり、代理としてリードが女子大学に視察に訪れることが多いのだが、アネッタは教師も舌を巻くほど能力が高いと評判だった。

「それに社交的なので、人気もあるんですよ」

言いながらリードが視線を動かせば、公爵夫人も自然とそちらの方を向く。

二人の視線の先では、アネッタと同じ女子大学の学生、さらに若い貴族の男性が談笑していた。

皆名家の子息と令嬢ということもあり、会場の中でも殊更注目が集まっていた。

中心にいるのは、バティとパトリシアだ。

フェリックスの一人息子、そしてラウルの友人、さらにマラティア王国の王子として紹介されたバティは、まさにこのパーティーの主役といえた。

肌の色こそルーゼリア大陸の人々とは違うものの、明るい金色の髪にフェリックスに似た青い瞳、整った顔立ちはオルテンシアの青年貴族と比べてもなんら遜色(そんしょく)がなかった。

纏(まと)っている衣装はマラティア王国の王族の伝統衣装にオルテンシアの貴族の正装を取り入れたもので、フェリックスが懇意にしている仕立て屋に特別に依頼したものだ。

外見だけではなく、流暢(りゅうちょう)なオルテンシア語に洗練された身のこなしは、見慣れているリードでさえハッとするほど品格が感じられた。

さらに、バティの隣に立つパトリシアの存在だ。

さすがパトリシアとでもいうべきか、社交好きの貴族たちはパトリシアが姿を現すとすぐにアローロの王女だと気づき、その話はさざ波のように広がっていった。

貴族たちが興味を持つのは自然なことで、最初は二人を紹介するため隣にいたラウルがいなくなった今でも、入れかわり立ち代わり二人のところに貴族たちが足を運んでいる。

リードはアネッタと顔見知りだったこともあり、事前にマラティア王国の王子が来賓することは話していた。

若い貴族たちの間で人気のあるアネッタが二人に話しかけてくれれば、自然と他の令嬢や子息も続くと思った。リードの予想は的中し、今二人を囲んでいるのは同じ世代の若者たちだ。

元々異国文化に興味が強いアネッタはマラティア王国の名に瞳を輝かせ、ぜひお話ししてみたいと言ってくれたのだが、思った以上に話が弾んでいるようだ。

「正直、ユメリア大陸なんて野蛮なイメージしかなかったのだけど、あんなに素敵な王子がいらっしゃるのねえ……」

呟くように、公爵夫人が言った。

噂好きの公爵夫人のことだ、バティの美男子ぶりは、本日出席していない貴族たちの間にあっという間に広がるだろう。

そうしている間に音楽がワルツに変わり、食事を置いてあったテーブルが片づけられたスペースで人々が踊り始める。

パトリシアがこっそりとバティに視線を送ると、バティが膝をついてパトリシアをダンスへ誘った。

そのまま中央に出ていく二人に、会場の人々の視線が集まっていく。ちょうどその時、少し離れた場所にいるラウルと目が合った。

リードは公爵夫人に声をかけると、さり気なくその場を離れる。

「挨拶は終わった？」

「大方な。もう、聞かれるのはバティのことばかりだ。まあ、中には粗探しをしようと躍起になってる人間もいるが、さすがに俺の手前大っぴらに暴言を吐くような馬鹿はいないからな」

「ラウル、声が大きいよ」

「どうせ俺のことなんて見てないだろう。皆、二人を見てるさ」

面白そうにラウルが笑って言った。

その通りだ、リードとラウルは勿論、会場の視線は皆中央で踊っているバティとパトリシアに注がれている。

すごい二人とも……息があってる。

以前練習している姿を見た時よりも、バティの動きはさらに良いものになっていて、堂々とパトリシアをリードしていた。

パトリシアのピンク色のドレスには宝石がちりばめられており、ターンをする度にそれが煌めいている。

おそらくパトリシアがバティに聞いていたのだろう、銀を基調としたバティの衣装ともよく似合っていた。

足の動きも軽やかで、優雅な二人のダンスにため息をついている人さえいる。

練習とは違い、実際のパーティーには多くの人々の目がある。

緊張しないかとリードは少し心配していたのだが、まったくの杞憂だったようだ。

二人とも、お互いのことしか見えていないって感じだしなあ。

微笑ましい気持ちになると同時に、二人のこれからを考えると少し気が沈む。

「リディ」

ラウルに呼ばれ、視線を上げる。

「外に出ないか、もう、俺たちの役割は終わったことだし」

ラウルの表情に、僅かではあるが疲れが見える。いや、疲れと言うよりは苛立ちか。

社交辞令の応酬を必要とされるパーティーを、ラウルが苦手なことはリードもよく知っていた。

「うん、そうだね」

リードが頷けば、ラウルがリードの手をすぐさま引いてくれた。

初夏のオルテンシアの夜はまだ涼しく、爽やかな新緑のかおりが鼻をくすぐった。

たくさんの人がいた花の間は暑いくらいだったため、冷たい外気が心地良い。

誰もいない中庭はシンと静まり返っており、ようやく身体が休まるような気がした。

「ようやく静かになった」

ラウルも同じ気持ちだったのだろう、ため息をつくと、交互に肩を上下に動かした。

同じように、リードも思い切り腕を伸ばす。

今日のために新調したのは、絹を使った丈の長い水色の衣装だった。

露出は少ないが、すっきりとした身体のラインはわかるし、袖にはレースが、裾には刺繍が施されている。

女性のドレスほどの派手さはないとはいえ、光沢のある正装の美しさは多くの招待客に褒められた。

そうはいっても、正装は着ているだけで気疲れする。

腕だけでなく、首を伸ばしていると、ちょうどこちらを見ていたラウルと視線が合った。

「何？」

「いや……今日の衣装は、特別お前に似合ってるな」

「そう？　ありがとう。ラウルもかっこいいよ」

女性のようにコルセットを締める大変さはないとはいえ、この衣装はデザイン上、一つ一つの動きにひどく気を使った。

「出来るなら、他の人間には見せたくなかったな」

ぽつりと呟かれたラウルの本音に、リードはきょとんとする。

「あはは、大丈夫だよ。今日のゲストはバティとパトリシアのことしか見てなかったと思うし」

リードはそう言ったのだが、ラウルはいまいち納得出来ないという表情をしている。

愛されているのは嬉しかったが、少しだけこそばゆい。

「本当だって。……想像していた以上に色々なことがうまくいって、よかったよな」

「そうだな。最初はどうなることやらと思ったが、バティもパトリシアも、それぞれの役割を全うしてくれた」

パーティーでの二人の姿を思い出す。

気品のあるバティの立ち振る舞いと、それをパートナーとして支えるパトリシアの身のこなし方。

さすがは、一国の王子と王女だと皆が魅了されていた。

最初はバティのことを遠巻きに見ていた一部の貴族たちでさえ、その魅力に最後には声をかけずにいられなくなっていた。

「パトリシアがパートナーとして参加してくれたのも、良い方に作用したよな。仲睦まじげな二人を見たらアローロ王、リケルメもマラティアを国家として認めてるんだろうって誰もが思うだろうし」

オルテンシア貴族の中には、アローロとの友好関係を重視する保守的な人間が少なくない。

それこそ、フェルディナンドが存命だった頃からラウルを次期国王にと押していた人々だ。

マラティアを正式に国家として認めることで、アローロ王の、リケルメの機嫌を損ねるのではないかと考えるのではと思っていたが、パトリシアのお陰でそういった疑念を持たれずにすんだ。

「確かに、パトリシアを利用したような形になってしまったが、結果的にはよかっただろう。パトリシア自身は、自分の影響が大きいことに気付いていやしないだろうけどな」

「いや……そんなことはないんじゃないかな」

リードがそう言えば、ラウルが怪訝そうにこちらを見る。

「パトリシアは、ちゃんと自分の影響力をわかってたと思う。それがわかっているからこそ、あの場でバティのパートナーとしてパーティーに参加することを強く希望した。バティと……マラティアのために」

リケルメがそれを知った時、どう考えるか。考えると少しひやりとしたが、それをも承知で、パトリシアは自身の行動を選んだのだろう。

「そう考えると、バティの奴なかなかやるな……いや、二人を引き合わせたリディの手腕がすごいんだろうな」

「へ？」

「アローロの王女を途上国のマラティアの王子と引き合わせて夢中にさせたんだ、叔父上が全てを知ったら激憤ものだろうな」

「やっぱりそうなっちゃうよなあ……まあ確かに、そうなったらいいなあって気持ちがなかったわけでもないんだけど」

「そうなのか!?」

よほど意外だったのか、ラウルの声色からは驚きが感じられた。

「パトリシアは勝気な性格だし、穏やかで聞き上手なバティとなら相性がいいんじゃないかと思ったんだ。少なくとも、友達にはなれるんじゃないかなって。ただ、俺が引き合わせる前から二人は惹かれ合っていたみたいだし、俺はきっかけを作ったに過ぎないよ」

「それはそうだな。感情、特に恋愛感情なんて誰かに命じられて芽生えるようなものじゃない。相手の立場や自身の状況なんて関係ない、そんな理論や冷静な判断が通用しないのが、恋愛なんだろうな」

「実際、生まれる前にいた世界では恋愛によって脳の機能が低下することもあるって説も出てたよ。まあ、俗説って話もあるけど」

思い出したように、リードは言う。勿論、この世界の人々に当てはまるかどうかはわからないが。

「ああ、それはそうかもな……お前が関わると、時折冷静さをなくしそうになるし……」

「待ってラウルの気持ちは嬉しいけど、王太子殿下としてそれは言って欲しくないやつ！」

冗談交じりにリードが言い返せば、ふっとラウルの表情が真剣なものになる。

「だからこそ、俺にはお前が必要なんだろう？」

この状況で、これを言うのはずるい。

「うん、それは……そうかな」

互いに視線が合い、ゆっくりと高い位置にあるラウルの顔がリードへと近づいてくる。

けれど目を閉じたところで、がさりと物音が聞こえてきた。

ラウルも気づいたのだろう、目を開け、周囲の音に耳を澄ます。

微かに聞こえてきたのは、男性と女性の声だった。おそらく、自分たちと同じようにパーティーを抜け出してきたのだろう。

「俺たちも、そろそろ戻るか」

邪魔をするのは、野暮だろう。声を潜めたラウルの言葉に、リードも頷く。

足を踏み出したところで、二人が近い場所まで来たのか。女性の声がよく聞こえてきた。

「本当に、こんなに素敵な夜を過ごしたのは生まれて初めてだわ。この夜のこと、私は絶対に忘れないと思います」

パトリシア……！

聞き覚えのある声に、リードはすぐさま動きを止めた。ラウルに視線を向ければ、同じようにラウルもこちらを見ていた。

聞き耳を立てることに抵抗がなかったわけではないが、張りつめたようなパトリシアの声になんとなく嫌な予感を覚え、こっそりと二人の声に耳を傾ける。

「私もですパトリシア。貴女と過ごしたこの夜の美しさを、私は生涯忘れることはないと思います」

バティの声色も、いつもよりも感情的に感じた。

「あの……バティ……。こんなこと、言われても困るかもしれないけど。私、貴方とこのままずっと一緒にいたいの。アローロに帰りたくない、貴方のいる場所が、私にとっての生きる場所だから」

パトリシアの言葉に、リードも、そしてラウルも息を呑む。

この言葉はただの愛の告白ではない、事実上の結婚の申し込みであることがわかったからだ。

「……ごめんなさい、パトリシア」

しばらく時間があいた後、聞こえてきたバティの声は沈んだものだった。

バティだってパトリシアのことは憎からず思っているはずだ。けれど、沈着冷静なバティだからこそ、二人の間にある障壁の多さもわかっているはずだ。

どちらも一国の王子と王女なのだ。単純な恋愛感情だけでは、すまされない。

理性的なバティの行動に納得しつつも、それでもパトリシアの気持ちを考えると胸が痛んだ。

「そう、よね……ごめんなさい私ったら勝手に舞い上がって勘違いしてしまって……」

今にも泣き出しそうなパトリシアの声に、聞いているだけで胸が締め付けられる。

「先に、会場に戻るわね」

「あ、違いますパトリシア。そういう意味ではないんです」

その場を去ろうとするパトリシアを、バティが止める。

「私の国では、結婚の申し込みは男性からするというしきたりがあるんです」

「じゃあ……」

「私も貴女と同じ気持ちです。私の国の神に誓います。生涯、貴女に愛を捧げることを。どうか私の妃となり、共に生きてください、パトリシア」

バティらしい、穏やかで優しい、けれど情熱的なプロポーズだった。

「喜んで……」

感極まってしまったのだろう。長い沈黙の末、嗚咽混じりにパトリシアが呟いた。

良かったね、パトリシア……！

リードの心にも、喜びが満ちてくる。これから、二人はたくさんのものを乗り越えていかなければならない。

けれどそれを承知で、二人は互いの手を取ることを決めたのだろう。

リードとしても、出来る限りのことはしてあげたい。そう思い、ラウルに視線をうつした時だった。

「だけどバティ、お父様はこの結婚に絶対反対なさると思うわ。説得をしにアローロに戻った日には、二度と国から出られなくなってしまうかもしれない。だからバティ、どうか貴方の船に乗せて、私をマラティア王国へと連れて行ってちょうだい」

「パトリシア、さすがにそれは……」

「ダメなの？」

「貴女のことは勿論マラティアへ連れて行きたいと思います。ただ、それはきちんと正規の手順を踏んで、アローロ王にもご挨拶がしたいですし……」

「そんなの無理よ！　お父様が私の言うことなんて聞いてくれるはずがないわ。もう貴方と片時も離れたくないの、だからどうか……」

「ダメだよ！　パトリシア！」

気が付けば、考えるよりも先に身体が動いていた。様子を窺っていた木陰を飛び出し、二人の前に姿を現していた。

「あ、おいリディ……」

慌てたようにラウルも、自分を追いかけてくる。

「リード先生に、ラウル殿下……？」

呆けたように、バティが呟いた。

その声を聞きながら、リードはパトリシアに、そしてパトリシアはリードに、互いに強い視線を向け続けた。

8

初めてパトリシアに会ったのは、彼女の二歳の誕生日会だった。

誕生日会といっても国王や王妃のために開かれるような大々的なものではなく、マリアンヌが主催しているお茶会を少し豪華にしたようなものだった。

後宮でのお茶会は定期的にマリアンヌが開いており、リードも時折招待されていたが、年数が経つにつれそれはなくなった。

リードが男性であること、さらにリケルメの寵愛を最も受けていることは明白だったため、他の側室たちの嫉妬による嫌がらせを受けないよう、マリアンヌが配慮したのだろう。

パトリシアの誕生日会は、リードが後宮に入ってすぐのことだったこともあり、よく覚えている。

リードに他の側室たちを紹介するという意図もあったのだろう。

あの頃はまだ、男性で初めて後宮に入ったことや、年齢的にも一番若かったこともあり、他の側室たちからも嫉妬より何より物珍しい目で見られていた。

そのため、パーティーの最初は会話の輪に入れてもらっていたものの、いつの間にやらリードへの関心はなくなっていった。

年端のいかない少年だったリードにとって、年上の美女たちの香水やドレスの話題に入っていくのは少しばかり難しかったのもあり、助かった。

ただ、退屈させてはまずいと思ったのか、同じ年代だったマクシミリアンが気を使い、色々と話しかけてくれた。

利発だったマクシミリアンは、同じ少年という立場でありながら父の側室となったリードに対しても優しく接してくれた。

たくさんの女性たちに囲まれていることに居心地の悪さを感じていたのは、マクシミリアンも一緒だったのだろう。

何を話したかよく覚えてはいないが、リードにとっても楽しい時間だった。

そして、そんな二人の間に入って来たのが、主役であるパトリシアだった。

「だれ？　あたらしいにいたま？」

ちょうど、マリアンヌの目が離れていたのだろう。

可愛らしい水色のドレスを着たパトリシアは低い椅子を降り、ちょこちょことリードのところまでやってきた。

自己紹介はマリアンヌがしてくれていたのだが、二歳のパトリシアには難しかったのだろう。

ルリが気を使ってくれたのか、今日のリードは珍しくズボンにブラウスという少年らしい服装をしていた。

兄と同じ年代の少年がこの場にいれば、そう考えるのも無理はない。

「パトリシア……！」

少し焦ったようにマクシミリアンが名前を呼ぶ。

「初めましてパトリシア姫。私の名前はリードです」

「リード……」

名前を覚えようとしてくれているのだろう、パトリシアは何度かリードという言葉を呟いた。

けれど結局覚えられなかったのか、その後もパトリシアはしばらくの間リードを『にいたま』と呼んでいた。

その当時からおしゃべりが好きだったのだろう、あどけない言葉でパトリシアは自分が好きなお菓子やお人形の話をしてくれた。

マリアンヌが戻ってくると、謝られ、慌ててパトリシアは自分の席に戻って行ったのだが。

下に兄弟のいないリードにとって、パトリシアから呼ばれた『にいたま』の言葉はひどくくすぐったく感じた。


とりあえず、話は後だ。

ラウルの一言で、その場は収まり、話はそれぞれ湯浴みを終えてから場を改めることにした。

申し訳なさそうに肩を落とすバティの肩を、ラウルが気遣うように何度か叩いていた。

ラウルが側近をはじめ軍隊内でも人気があるのは、こういったところにあるのだろう。

そんなことを思いながら花の間に戻り、まだ会場に残っていた人々に挨拶を終えると、そのまま皆自分の部屋へ戻った。

そして夜衣に薄手のカーディガンを纏ったリードとラウル、そしてパトリシアはリードの寝室に集まった。

三人分のお茶を淹れ、ルリが隣の自室に戻ると、部屋の中はシンと静まり返る。

おそらく、これからリードに何を言われるかはパトリシアもわかっているのだろう。

淹れてもらった茶には手も付けず、背筋をピンと伸ばして長椅子に座ったパトリシアの表情は、厳しいままだった。

元々、リードの部屋はそれほど広さはない。

小さなテーブルの向かい側にリードが座ると、ラウルは腕組みをしたままその横に立った。

「夜遅くにごめんね、パトリシア。だけど、これに関しては早く話をしておいた方がいいと思ったから」

「そうね、それに関しては私も同感よ」

よかった、会話をしてくれる気はあるようだ。

「じゃあ……」

「言っておくけど、貴方に反対されても私はバティとの結婚は諦めないわよ」

リードの言葉を遮るように、パトリシアが言った。

これまでよりも強気に見えるのは、バティの気持ちが自分にあると確信が持てているからだろう。

この恋を絶対に諦めない、そんな強固な意志が感じられた。

強い眼差しでこちらを見る姿は、どことなくリケルメを彷彿とさせる。

「誤解しないでパトリシア。俺も……俺とラウルも、二人の結婚に反対してるわけじゃないんだ。むしろ、出来る限り協力したいと思ってる」

リードの言葉に、パトリシアの表情が目に見えて変わる。どうやら、結婚そのものを反対されると思っていたようだ。

「じゃあ……！」

「だけど、だからこそこのままバティと一緒に船に乗ってマラティアに行くことは賛成出来ない。バティとの結婚を望むなら、アローロに一度帰国して、リケルメにそのことを話そう」

明るくなったパトリシアの顔が、再び厳しいものになる。

「お父様に話す？　そんなの……無理に決まってるわ。話したところで、反対されるだろうし」

「確かにすぐに聞き入れてくれるとは思えない。だけど、パトリシアもバティもお互いを真剣に想い合ってるんだろう？　パトリシアの口で、それをリケルメに伝えてみたらいいんじゃないかな？　そうすれば、リケルメだって……」

「聞いてくれるわけないでしょう！　お父様よ!?　どうせ、私のことなんて政治の道具の一つにしか思ってないわ」

「パトリシア、それは違う、誤解……」

すぐさま否定しようとしたが、眉間(みけん)に皺(しわ)を寄せ、唇を震わせているパトリシアの表情を見て言葉を止める。

気持ちが高ぶっているだけだ、リケルメはパトリシアのことをとても可愛がっているし、その幸せを考えていることはパトリシアにだってわかってる。

しかし今ここで、リケルメがパトリシアのことを大切にしていると説いたところで聞く耳はもたないだろう。

売り言葉に買い言葉になっちゃダメだ。まずは、パトリシアに冷静になって話を聞いてもらわないと。

「パトリシア、もしこのままアローロに戻らず、マラティアに行けば君は必ず後悔すると思う。好きな人が、結婚したい人が出来たのなら、それをリケルメに伝えよう。君はアローロの王女で、リケルメの娘なんだ。それを捨てて、逃げるようなことをしちゃダメだ」

パトリシアを真っすぐに見つめ、ゆっくりと、けれどはっきりとした言葉で伝える。

リードの言葉に、俯（うつむ）いていたパトリシアがその顔を上げる。

けれどその瞳（ひとみ）は鋭く、刺すようにリードに向けられた。

「勝手なことを言わないでよ！　逃げずに話し合え!?　何も言わずにお父様の下から逃げ出した貴方がそれを言うの!?」

心臓が、ヒュッと縮まるような心地がした。

隣に立つラウルの雰囲気が変わったのがわかり、片手をあげて制止する。

過去の出奔に関しては、リードにも言い分はある。逃げたつもりはなかったとはいえ、結果的にはそう見えるのだろう。

パトリシアがどこまで事情を知っているかはわからないが、責められるのも仕方ないとは思っていた。

「そうだよ。俺自身がとても後悔したから、パトリシアには同じ思いをして欲しくないんだ。だから……」

「自分が出来なかったことを私にしろって言うの!?　そりゃあリードはいいわよね。お父様から逃げ出してもお咎めもなく許されて、オルテンシアでは皆に慕われる王太子妃になって！　そんなリードに、私の気持ちなんてわかるわけが……」

バンッという、強打音が部屋中に響きわたった。

リードの横に立っていたラウルが、二人の間にあった机に思い切り自身の手を叩きつけたのだ。

大きな音に驚いたのだろう、パトリシアが息を呑んだのがわかる。

「甘ったれるな！　今リディの話は関係ないだろう」

大きな声を出されたパトリシアが、呆然とラウルを見つめる。

けれどそれは一瞬のことで、すぐに眦が上がっていく。

「怒鳴らないでよ！　ラウルには関係ないでしょ！」

負けじとパトリシアがラウルを睨みつければ、ラウルがその口の端を上げた。

「は？　関係ない？」

小さく噴き出し、すぐにパトリシアを睨めつける。

「馬鹿か！」

吐き捨てるようにそう言うと、パトリシアとの距離を詰める。

「関係大ありなんだよ。悲劇のお姫様ごっこがしたいお前に教えてやる。もしお前がバティと共に勝手にマラティアに行ったらどうなると思う？　自国の姫が攫われたんだ。お前の保護と救出を目的に、叔父上は大手を振ってマラティアに進出出来る。バティもとんだ厄災を引き込んだと、自国での立場は最悪なものになるだろうな。アローロはマラティアに侵攻、マラティア人は誇り高い、最後の一人まで戦うと抵抗し、多くのマラティア人が死ぬだろうな。マラティア人だけじゃない、抵抗にあったアローロ側にも多くの戦死者が出るだろう。マラティアは植民地となり、王族だってただではすまない。自分勝手なお前の行動のせいで、リディが懸命に築こうとしてるオルテンシアとマラティアの国交なんて全て吹き飛ぶ。それをわかってやってるなら……」

「もうやめて！」

さらに続けようとするラウルに、パトリシアが金切り声をあげた。

「わかったわよ、私の行動が間違ってるって。だけど、そこまで言うことないじゃない……ラウルはいつも意地悪だわ」

肩を震わせ膝（ひざ）の上でギュっと拳（こぶし）を握りしめたパトリシアの瞳から、大粒の涙がぽろぽろと零れ落ちる。

「パトリシア……」

リードは立ち上がり、パトリシアの隣へ座る。

肩に手を回そうとすれば、わあっとリードの胸に泣きついた。

腕を回して背を撫（な）でていると、ようやく嗚咽（おえつ）がおさまっていく。

「意地悪って……泣けばなんとかなるってもんでもないだろう。少しは王族としての自覚が出てきたかと思えば、やっぱりまだガキのままだな」

小さい頃から見慣れているのだろう。

パトリシアの涙を見ても、ラウルは顔色一つ変えなかった。

「ラウルの気持ちはわかるけど、もう少しこう、優しく……」

「男だったら殴ってる。手が出なかっただけありがたく思え」

忘れていた、ラウルはこういったことに対してはとても厳しい。

あと……俺を庇ってくれたっていうのもあるんだろうなあ。

その気持ちは嬉しくはあったが、泣いているパトリシアを見ると少し複雑だった。

「じゃあ、どうすればいいのよ……」

リードの胸に顔を埋めたまま、パトリシアが呟く。

「うーん、パトリシアはリケルメを説得出来ないって思ってるかもしれないけど、俺はそうでもないと思うんだ。さっきパトリシアは、自分は政治の道具でしかないって言っただろう？　勿論それだけじゃないけど、確かに王族の結婚にはそういった要素もある。だから、それを理由に説得すればいいんじゃないかな？」

「え……？」

リードの話に、パトリシアが顔を上げた。

「どういう意味？」

「リディがさっき言っただろう。協力してやるって。俺とリディが、お前が叔父上を説得するだけの材料を揃えてやるって言ってるんだよ」

ラウルの言葉に、パトリシアが大きく目を瞠る。

「……どうすればいいの？」

静かにラウルを見つめて、パトリシアが言った。

覚悟は決まっているのだろう。涙はもう、止まっていた。

「ごきげんよう、王太子妃殿下」

「お久しぶりですね、リード様」

久しぶりに足を運んだ女子大学は、ちょうどお昼の休憩時間だったようで、中庭ではたくさんの学生がお昼を楽しんでいた。

目ざとくリードを見つけた学生たちに、次々に声をかけられる。

「ありがとう。皆も勉学に励んでください」

速足で歩いていたリードが足を止めてそう言えば、黄色い声が聞こえてきた。

元気でいいなあ……。

微笑んでその場を後にすれば、ますます女子学生たちの声が大きくなる。

昨年作られた女子大学は、セレーノの中心部にあり、教員や警備の兵などの一部の者を除き、基本的に男子禁制だ。

そのため、トビアスには門のところで待ってもらうことになった。

王都にはいないレオノーラの仕事を代理でするために時折足を運んでいるため、既に学生たちもリードの姿は見慣れている。

必要な書類を持ったリードは、学舎に入るとそのまま二階の奥にある学長室へ向かう。

光沢のある絨毯（じゅうたん）の上を歩き、大きな扉を音を立ててノックすれば、中から声が聞こえてた。

リードは片手で、ゆっくりと扉を開く。

「遅くなってすみません、レオノーラ様。思った以上に会議が長引いてしまって……」

学長室の椅子に座ったレオノーラが、顔を上げる。

「気にしないで、わざわざ悪かったわね」

リードが差し出した書類を、レオノーラが受け取る。

そのまま椅子に座ることなくテーブルの前に立っていると、レオノーラが小さく噴き出した。

「アローロで何があったかはちゃんと話すから、とりあえず座っていてちょうだい。あと少しで、一段落着きそうなの」

「あ、すみません！」

レオノーラにはリードの考えなど全てお見通しだったようで、恥ずかしくなる。

とりあえず、言われたように部屋の隅に置かれた椅子に腰かける。

一カ月前、アローロに帰るパトリシアに、レオノーラも帯同した。

リケルメを説得することを決めたとはいえ、パトリシアが一人ではどうしても心細そうな様子だったため、事情を話してレオノーラに同伴してもらうよう頼んだのだ。

レオノーラは、快く了承してくれた。

それから半月が経った頃、アローロに滞在しているレオノーラから手紙が届いた。

待ちわびたその手紙をリードはしばらく開けなかったが、痺れをきらしたラウルが瞬く間に開けてしまった。

手紙の中には、パトリシアとバティの結婚の許可が得られたこと、そして自身が近いうちに帰国することが書かれていた。

そして昨晩、ようやくレオノーラがセレーノに戻ってきた。

そのままフエントに帰るのかと思えば、せっかくだからと女子大学での仕事を行うことにしたようで。

朝、一緒に食事をとった際、午後に女子大学まで書類を持ってきて欲しいと言われたのだ。

学長の椅子に座ったレオノーラは、リードが渡した書類を次から次へと確認し、羽根ペンをすらすらと動かしている。

もうすぐ大学の前期の授業が終わるため、レオノーラが学生一人一人にメッセージを書いているのだ。

やっぱり、レオノーラ様に頼んでよかったなあ……。

女王陛下からのメッセージは学生たちにも大変好評で、学業への意欲も高まっているそうだ。

「お待たせリード。せっかくだから、お茶にしましょう」

仕事の手を止めたレオノーラが立ち上がり、部屋の片隅に立つ侍女に声をかける。

フエントの離宮でも常にレオノーラの傍にいる初老の侍女はすぐさま部屋を出ていき、戻って来た時には手にトレイを持っていた。

「レオノーラ様、この度は本当にありがとうございました」

侍女に淹れてもらったお茶を口にし、一息つくと、まずはレオノーラにお礼を伝える。

優雅にティーカップを持っていたレオノーラは、リードの言葉に小さく笑った。

「どうしたの突然、改まって」

「いいえ、レオノーラ様にお願いしたとはいえ、正直リケルメを説得出来るかは半信半疑だったので……。本当に、レオノーラ様のお陰です」

最初は、リード自らパトリシアと共にアローロへ行くことも考えた。

リケルメの真意も聞けるし、自分の口で説得したいという気持ちもあったからだ。

けれど、おそらく感情的になってしまうだろうし、冷静な話し合いが出来るとは思えなかった。

だからこそ、レオノーラにその役目を頼んだのだ。

「別に、大したことはしてないわ。貴方に言われたことを、そのままリケルメに伝えただけよ。まあ、ちょっと意地悪な伝え方はしたかもしれないけど」

「え……？」

一体、どういう伝え方をしたのだろうか。

レオノーラがリケルメと一緒に話していたのを見たのは、自分たちの結婚式が最後だ。

これといって険悪には見えなかったが、かといって仲睦（なかむつ）まじい姉弟にも見えなかった。

それ以後、レオノーラはパーティーに参加していないし、それこそアローロへの帰国も十年ぶりだったそうだ。

「最初はね、なかなか説得に応じなかったの。パトリシアが婚姻を結ぶまでもない。マラティアがそれなりに発展していて、軍事力が多少あったとしてもアローロに対抗出来るほどではないって。私たちが思っていた以上に、ユメリア大陸への進出に興味を持っていたみたいね」

「そう、だったんですか……」

わかっていたこととはいえ、自然と落胆の声が出てしまう。

「だから言ってやったのよ。覇道を進みたいならどうぞお好きになさいって。ユメリア大陸に侵攻し、領土を広げ、数多（あまた）の民を殺してアローロを発展させる。貴方に逆らえる者は誰もいなくなるでしょうね。リードは二度と、貴方に心を開くことはなくなるでしょうけどって」

可笑（おか）しそうに言うレオノーラに、リードの顔が引きつる。

確かにレオノーラの言う通りではあるが、まさかそのままリケルメに伝えるとは思いもしなかった。

「そうしたら、それまで腹立たしいほど余裕のある顔をしていたリケルメが、苦虫（にがむし）を噛（か）み潰（つぶ）したような顔になったのよ。今思い出しても愉快」

実際に思い出したのだろう。レオノーラはカップをソーサーへ置くと、口元に手を当てて微笑んだ。品のある美しい笑顔だが、笑っている内容が内容だけに、リードの頬はますます引きつっていく。

「結局リケルメも、貴方には嫌われたくないってことね。それに、パトリシアもよく頑張ったわ。貴方とラウルの入れ知恵だとは思うけど、リケルメの前であそこまで意見出来る人間はなかなかいないでしょうね」

「はい、強くなりましたよね。パトリシア」

あの後、リードとラウルの話を聞いたパトリシアはすぐにそれを理解し、さらに説得の材料を見つけようと努めた。

それでも、頭では理解したとはいえ、リケルメを前に自身の考えをしっかり伝えるのは決して簡単ではなかったはずだ。

バティへの想いが、それだけパトリシアを強くしたのだろう。

「そういえば、パトリシアから貴方に手紙を預かってるんだったわ」

レオノーラがおもむろに席を立つと、机の隅に置いてあった白い封筒をリードに渡す。

「ありがとうございます」

封筒には、『リードへ』と可愛らしい、パトリシアらしい文字で書かれていた。

ペーパーナイフを借り、手紙を取り出す。

花の文様がついた便箋(びんせん)には、リケルメから結婚の承諾を得た喜びと、リードへのお礼、そして謝罪が記されていた。

リードはもう気にしていないのだが、あの日の夜の言葉を、パトリシアはひどく反省していたようだ。

そして最後に、こう書かれていた。

『もう一人のお兄様へ　愛をこめて　パトリシアより』

その一文を見た途端、リードの目が大きくなった。

え……？　まさかパトリシア、覚えて……？

あどけない可愛らしいパトリシアの『にいたま』という声を思い出す。

気が付けば、自身の頬が緩んでいた。

「何か嬉しいことが書いてあったみたいね？」

レオノーラに問われ、リードは頷(うなず)く。

「はい。すごく嬉しいことが、書いてありました」

リードは手紙をきれいに畳むと、丁寧に封筒の中に戻した。

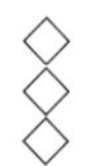

「リディ」

トビアスに手を引かれ、馬車から降りて城の庭に足を踏み入れたところで、聞き覚えのある声が耳へ入ってきた。

声もそうだが、この愛称で自分を呼ぶのは、一人しかいない。

声のした方へ視線を向ければ思っていた通り、ラウルの姿がそこにはあった。

「ラウル？　どうしたの……？」

ラウルの姿が見えたことにより、トビアスが深く礼をして、その場を離れていく。礼を言えば、少しだけ振り返って頷いた。

「そろそろお前が戻る頃だと思ったからな」

確かに、大学からは二刻ほどで戻るとラウルには伝えてあった。

リードは自分の目の前に立つラウルの姿を上から下までじっと見つめる。

「それもあるけど、どうせ兵に交じって剣を振ってたんだろう？」

ラウルは一瞬決まりが悪そうな顔をして、さり気なく捲っていたブラウスの袖を元に戻す。

公務が忙しい時にはさすがに執務室に籠っているが、時間が出来るとすぐに軍の訓練に加わりたがる。

相変わらずだなあ、ラウルは……。

頭の方もすこぶる良いのだが、おそらく身体を動かす方がもっと好きなのだろう。

「一応聞いておくけど、外に出ることはマルクにはちゃんと言ってあるんだよね？」

「ああ、少し休憩に出ると伝えてある」

腕を捲るということは、かなり身体が熱くなったということだ。つまり、それくらい長い時間剣を振るっていたのだろう。

マルクならもうラウルの行動はわかっているとは思うが、少しばかり側近たちに同情した。

「それよりリディ、少し時間はあるか？」

「え？」

「よかったら、庭を散歩しないか？」

「ああ、勿論（もちろん）」

散歩の誘いが、そのままの意味ではないことはなんとなくリードもわかった。

リードも、ラウルとすぐにでも話したい気分だったため、申し出はありがたかった。

シントラ城の中庭はアローロの宮殿の中庭に比べれば広くはないが、それでも歩くとなるとそれなりに時間はかかる。

今月に入り、ますます気温が高くなったが、今日の日差しは殊更に強かった。

春に比べると花の数は減ってしまったが、夏の強い日の光に負けない、鮮やかな花が咲き誇っているだろう。

最近は忙しかったこともあり、こんな風にラウルと中庭を散歩をする機会もなかったため、少し気持ちが華やいだ。

ただ……それにしても暑いなあ。

「傘を持ってくればよかったな」

眩（まぶ）しそうに空を見つめていると、隣にいたラウルが呟くように言った。

「うん。はやくガゼボに入りたいな」

中庭の真ん中にある小さな建物は、日除（ひよ）けも出来るしちょっとした話をするのにもちょうどよかった。

「リディ」

そのまま歩きだそうとすれば、その前にラウルから声をかけられる。

「気休めにしかならないかもしれないが、何もつけないよりはいいだろう」

そう言って、自身がつけていたスカーフでリードの髪を覆ってくれた。

「ありがとう……」

出会ったばかりの頃から変わらず、ラウルはリードのことを気遣ってくれる。

時間が経っても変わらないそういった部分が、たまらなく嬉しい。

「行こう、ラウル」

「ああ」

リードが自分から手を伸ばせば、ラウルがすぐさまその手を取ってくれた。


ガゼボは少し高い位置にあり、座ったままでも中庭の草花を一望出来るようになっている。

屋根があるとはいえ、暑さは感じたが、それでも日光の下にいるよりは随分涼しかった。

昼の時間帯であれば、時折セドリックと友人たちが庭に出ているのだが、今日は人の姿は見当たらない。

花を摘みに来た侍女が、どの花を持って行って良いのか庭師に相談している姿が見える。

「それで……どうだった？」

問われたリードは、視線を庭からラウルに移す。

「母上から、色々聞いたんだろう」

「うん、パトリシアが頑張ってくれたみたい。感情的にならず、根気強く説明したって言ってた」

レオノーラの手紙からは、結婚の了承は得られたことは読み取れたが、詳しい内容までは書かれていなかった。

「一応聞いておくが、結婚は対等な関係で行われるんだよな？」

ラウルもやはり、リードと同じ部分を気にしていたようだ。

「うん、今のところは。まだマラティア側から返答は返ってきていないけど、アローロもマラティアと正式な国交を結ぶことになると思う」

一週間前、レオノーラからの手紙で結婚が許可されたことを知ったバティは、マラティアへと帰って行った。

バティの方も、ラクシュミンに結婚の承諾を得るのだと嬉しそうに言っていた。

両国の王の許しが出れば、二人の結婚は急速に進んでいくはずだ。

「それにしても、叔父上がこんなに早く承諾するとは思わなかったな」

「そうだね……実際リケルメの狙いは、マラティアとの結びつきよりも、フェリックスさんと縁戚関係になることなんだと思う。フェリックス・リサーケとのつながりを昔からリケルメは探していたからら」

「フェリックス商会が味方になるのとならないのとじゃ、大きな差があるからな」

「パトリシアにもその点を伝えるように言ったからね」

リケルメを説得する材料としてリードとラウルがパトリシアに助言したのは、この結婚がいかにアローロにとって利益があるものかを伝えるということだった。

マラティア王国は資源が豊富なだけでなく、ユメリア大陸では群を抜いて発展している国であること。

これまで他国の侵略を一度も受けたことがないというだけのことはあり、軍事力の備えもあり、侵攻すればアローロ側にも被害が出ること。

この点は、バティが定期的にオルテンシア軍の視察をしていたため、ラウルもマラティア軍の現状を聞いていたのが大いに役立った。

だから侵攻するよりも、貿易を行った方が利益が出るという試算も一応伝えた。

さらにフェリックス・リサーケとの関係の強化が出来るとなれば、リケルメにとっても悪い話ではないだろう。

リケルメが、合理的な判断が出来る人でよかった……。

リードはバティの人柄を知っているが、何も知らないリケルメにとっては娘を遠い大陸の国に嫁がせるというのはなかなか勇気がいっただろう。

もしかしたら、それだけパトリシアの人を見る目を信頼しているのかもしれない。

「それにしても、さすがリディだな。叔父上も、出し抜かれたと悔しがってるんじゃないか？」

「いや、そうでもないよ……」

愉快そうに言うラウルに、リードは苦い笑いを浮かべる。

「バティと結婚するってことは、パトリシアがマラティアへ行くということでもある。アローロの王女が輿入れするんだ、マラティアでのパトリシアの安全のため、リケルメは警護の兵を同伴するって

「それに何か問題が……もしかして、その警護の兵に人数をかけるということか？　それこそ、一個中隊とか」

さすがは察しが良いというべきか、リードの言葉にすぐにラウルもピンときたようだ。

一個中隊は、二百人から三百人ほどの人数になる。

「そう。十人程度なら問題ないんだけど、それだけでは不安だとリケルメが言い出したら、たくさんの兵をマラティアに送り込もうとすると思う。それこそ、それがパトリシアだけでなくマラティアを守ることにもなるって大義名分にもなるし」

「他国の軍隊が自国に駐留するなんて、聞いたことがないし、マラティア人にとっては屈辱だろうな」

「うん、バティにも話してあるし、軍の体制を整えるとは言っていたけど……出来れば、オルテンシアからも人を出せないかな。それが両国のためになると思うし」

「ああ、エンリケに相談してみる」

前向きな回答を出してくれたラウルに、笑顔で頷いた。

けれど、その笑顔もすぐに自身の表情から消えていく。

「なるほど、二人の結婚が許されたというのにどこかお前が気落ちしているのは、そういった理由か」

「そうなんだ。パトリシアから、今回のことに関するお礼の手紙をもらって、最初はすごく嬉しかったんだけど。当面のところのマラティアの植民地化は防げたけど、これからどうなるかはわからないし。なんか……もっと他に良い方法があったんじゃないかって、そればっかり考えちゃって」

「いや、十分だろう?」

ラウルが、あっけらかんと言った。

「お前が何も行動をしなければ、確実にマラティアはアローロとハノーヴァーの板挟みになっていた。一歩間違えれば、マラティアを舞台に両国の武力衝突さえ起こったかもしれない。それが防げただけで、御の字だろう」

「それは、そうなんだけど……」

「リディ、確かにお前は知識も豊富で、能力も高い。おまけに、生まれる前に生きた記憶もある。だけど、お前は神ではなく人間だ。出来ることには限界がある。今回お前がとった行動は、マラティアだけではなく、この世界の国々のためになったと思うぞ」

お前は神ではなく人間。それは、以前もラウルに言われた言葉でもあった。

リードを励ますためなのだろう。穏やかなラウルの言葉に、胸の中に残ったわだかまりが解されていく。

「そうだね、本当にその通りだね」

口にすると、ますます心が軽くなっていくような気がした。

そろそろ戻ろうか、とリードが話しかけようと隣を向く。

けれど先ほどまで自分を見つめていたラウルの瞳はガゼボの外、庭へと向けられていた。

「それに、マラティアとの国交が出来たことに影響を受けるのは、何も国に限ったことじゃない」

「え?」

リードもラウルと同様に、庭に視線を向けてみる。

するとリードの視界に、数人の子供たちの姿が映った。

セドリックと、そしてセドリックと共に学んでいる子供たちで、楽しそうに会話をしながらこちらへ向かってきている。

「叔父上、リード先生！　よかった、ようやく見つかった」

ガゼボにいる二人の存在に気付いたセドリックが、嬉しそうに話しかけてきた。

「こんにちは、何か私たちに用がありましたか？」

リードがセドリックと子供たちに挨拶をすれば、皆が口々に挨拶を返してくる。

皆には専門の家庭教師がついているが、時折リードもそれに加わっているため、皆顔見知りだった。

「叔父上、もしかしてリード先生に話してくださっていないんですか？」

セドリックが、胡乱気な瞳でラウルを見る。

「悪い、今の今まですっかり忘れていた……」

悪びれることなくラウルが言えば、セドリックはわざとらしくため息をつき、周りの子供たちからはクスクスと小さな笑いが起こった。

「私に何か用事が？」

いまいち状況はわからなかったが、とりあえずセドリックに問うてみる。

「バティさんが国に帰る前、僕たちに手紙を書いてくれたので、僕たちもそのお返事を書きたいと思ってるんです。出来るなら、オルテンシア語ではなくマラティア語で書きたくて。リード先生、マラティア語が少しわかるって聞いていたので、お願い出来ますか？」

バティが城へ滞在している間、セドリックたちとも何度か一緒に過ごす時間があった。年齢的にはセドリックたちの方が七つほど年下であるし、最初は緊張していたようだが、すぐに打ち解けていた。一緒に勉強をしたり、互いの国の話をしたりと、とても良い交流が出来ていた。

彼らの中に、バティに対する差別感情は、全くない。

「はい、勿論（もちろん）喜んで」

彼らが大人になる頃には、オルテンシアとマラティアの関係は、もっとよくなるかもしれない。いや、そうなると信じたい。

子供たちが持っていた羊皮紙と羽根ペンを借り、リードは大きく丁寧にマラティア文字を書いていく。

隣のラウルが、優しい眼差しでこちらを見ているのを感じた。

9

本格的な夏がやってきたオルテンシアは、日の出前の時間でも明るい。

日中に比べるとまだ気温は低かったが、それでも歩いていると着ているブラウスがしっとりと肌に張り付いていく。

こっそりと隣を歩くラウルの様子を見れば、普段から硬質な表情はますます硬くなっていた。

……やっぱり、どれだけ時間が経ってもラウルの心が晴れることはないんだろうな。

王都・セレーノの中心にあるサンモルテはオルテンシアで最も長い歴史を持つ教会だ。

外観はまるでちょっとした城のように大きく、当時の技術が集められて作られた大聖堂の美しさは大陸でも有名だった。

ナトレサ教を信じるものであれば、生涯で一度は足を運んだ方が良いと言われるくらい、宗教的にも重要な意味を持つ場所でもあった。

シントラ城からも、馬車を使えば半刻ほどで着くという立地の良さで、昔から多族とのつながりも強い。

建立されて数百年以上の時が経つ建物も定期的に改修工事が行われ、当時の面影を残しながら美麗な外観を保っているのもそのためだ。

セレーノの人々の心の拠り所でもあり、賑やかなサンモルテだが、建物の裏側にある広い緑地は静かな空間が広がっている。

一見すると公園のような緑あふれるその場所の奥には、オルテンシアの歴代の王族が眠る霊園があった。

「俺は一年ぶりだけど、ラウルはよく来てるんだっけ」

控えめにリードが声をかければ、ラウルが相槌を打った。

「いや……出来れば毎月通いたいんだが、最近はなかなか時間がとれなかったからな」

サンモルテの人々によりきれいに整えられた緑地を抜けると、オルガンのような形をした墓石がずらりと並ぶ。

リードとラウルは、霊園の端にある墓石へ足を進めた。

どうか安らかな眠りを、と墓石には刻まれている。

リードが朝一番に城の敷地で摘んできた花を手向けようとすれば、既に花束が置かれていることに気付く。

「あれ……？　この花……」

青色の花束には見覚えがあった。

確か、以前ラウルと共に来た時にもあったような気がする。

「また、先を越されてしまったか」

「え？」

「月命日の日は、朝一番にここへ来るんだが、俺が着く頃には毎回いつもこの花が置かれている」

この花も、朝摘まれたものなのだろう。青色の花弁も茎も、まだ瑞々しかった。

淡い青色の花は、時間が経っても乾燥させればドライフラワーとしても楽しめるジプソフィアで、とても人気がある。

「毎回って、すごいな。ラウルだって、毎月のように足を運んでるのに」

リードがサンモルテにいる間も、ラウルはフェルディナンドの墓へ通っていた。

普段どちらかといえば表情がなく、冷ややかにさえ見えるラウルが、その時は張りつめたような顔をしていたため、よく覚えている。

当時ラウルのことをあまりよく思っていなかったリードでさえ、胸が痛くなるような雰囲気だった。

「兄上は、友人も多かったからな。最初の頃は、溢（あふ）れんばかりの花が贈られていた。まあ、それも年を追うごとに少なくなっていったが。それでも、この人物だけは忘れず手向けてくれている」

言いながら、ラウルは元々あったその花束の横に、自身が持つ花束を置いた。

そのまま二人で胸の前で両手の指を交互に組み、目を閉じて祈りを捧（ささ）げる。

目を開いたのはリードの方が早かったため、こっそりと隣に立つラウルを見つめる。

雄弁な目は閉じられ、静かに祈りを捧げるその横顔は、一枚の絵画のようだった。


マザーに見送られ、待たせていた馬車に乗り、城へ戻る。

元々口数が多くないラウルが、今日はさらに口が重かった。

ラウルとは一緒にいても沈黙が気にならなかったし、そっとしておいた方が良い空気の時もある。

けれど今日は違う気がしたため、リードは口を開いた。

「ラウル」

「今日、どうして誘ってくれたんだ？」

口に出した声は、小さいものだったが、窓の外に向けられていたラウルの視線はこちらを向いた。

これまでも定期的に、ラウルがフェルディナンドの墓に足を運んでいることは知っていた。

朝に強いラウルは、いつもだいたいリードより先に目覚めるのだが、目覚めた後も隣にいてくれる。

そんなラウルがフェルディナンドの下に行く時だけは、寝室からいなくなっているからだ。

結婚したばかりの頃、リードも一度だけラウルと共にフェルディナンドの墓へ行ったことがある。

だから、自分も一緒に行きたいと声をかけようかと思ったこともあったが、やめておいた。

リード自身はフェルディナンドのことを直接知っているわけではないし、なんとなく自分が立ち入ってはいけない領域のように感じられたからだ。

ただ今日は珍しく、フェルディナンドの墓へ行く際にリードも一緒に行かないかと声をかけてくれた。

「退屈だったか？」

「まさか、一緒に来れてよかったよ。ただ、これまではいつも一人で行ってたから……」

何か心境の変化でもあったのだろうか。

「ああ、そういうことか。兄上の墓には、兄上に祈りに行くというよりは、話をするために毎回行っているんだ。これまでは、お前を連れて行くのは、兄上に申し訳ないような気がしていた。どこかで、俺だけ幸せになっていいのかという気持ちもあったし」

フェルディナンドが亡くなったのは、殺されそうになったラウルを庇（かば）ったのが原因だった。

普段は表に出すことはないが、兄の命を犠牲にして生きていることに対する罪の意識がラウルの中にはあるのだろう。

「フェルディナンド様は、ラウルが幸せになることを願ってくれていると思うよ」

自分の身を挺(てい)してラウルを守ったくらいだ。むしろ、誰よりラウルの幸せを願っているのではないだろうか。

「ああ、エレナ様……兄上の母君からもそう言われた。貴方を守って亡くなったのだから、兄上も本望だった。だから兄上の分も、幸せになって欲しいと。……頭ではわかっているんだけどな。今まではどうしても、感情が追い付かなかった」

ラウルが幼い頃から、エレナは実の子であるフェルディナンドと分け隔てなく可愛がっていたという。

実の子を失ってなお、それだけの言葉をかけられるのはすごいことだ。

「だけど、少し心境が変わったんだ？」

リードが問いかければ、ラウルがゆっくりと頷(うなず)いた。

「先月、正式にマラティアとの国交が結ばれただろう？　それに続くようにアローロや他の国もマラティアとの国交を結ぶ動きが出来てきている。まだわからないが、当面の間はマラティアの植民地化は防げるだろう。リディの知恵のお陰だが、結果的にたくさんの人を救うことが出来た。それを、兄上に報告しに行ったんだ。兄上に助けられた命は、これからたくさんのことが出来るから、見ていて欲しいと。ある意味決意表明みたいなもので、だからリディにも付いてきて欲しいと思った」

「そうだよ、ラウルに出来ることはたくさんあるよ。それにしても、随分長い時間祈ってると思ってたけど、そういうことを話してたんだね」

「そういえば、お前は？」

「え？」

「お前も熱心に祈っていただろう。何か伝えたいことがあったんじゃないのか？」

「あー、うん。そうだね」

どうしよう、いざ言葉に出すとなると少しばかり恥ずかしい。

「前回もそうだったんだけど、ラウルを助けてくれてありがとうございますっていうのと。あとは……ラウルは俺が幸せにするので、安心してくださいって」

にっこりと笑ってそう言えば、ラウルは驚いたような顔をする。さらに頬に朱色が散った。

あ、照れてる。

リードが笑みを深めたことにより、こちらの心境がわかったのだろう。

「幸せにって、いや、普通は逆じゃないか？」

「なんで？　ラウルは俺と一緒にいて幸せじゃないの？」

「そんなの、幸せに決まってるだろ？」

「だよね、俺も一緒。どちらか一方が相手を幸せにするんじゃなくて、お互いに相手を幸せに出来た方がいいだろう？」

「……そうだな」

しばらく見つめ合った末、隣に座るラウルの顔がゆっくりとこちらに近づいてくる。

目を閉じ、あと少しで互いの唇が重なろうとした時。

「王太子殿下、あと少しで到着します」

明るい御者の声が中にまで聞こえてきて、慌てて二人は距離をとる。

「ああ、わかった」

咳払(せきばら)いをして、何ともなかったようなふりをしてラウルが言った。

「……続きは、また後だな」

ぼそりと呟(つぶや)かれた言葉に、笑ってリードは頷いた。

城に戻れば、侍女や使用人たちが慌ただしく働いていた。

朝、城を出たのはまだ早かったため人が少なかったが、この時間帯となると皆仕事を始めているはずだ。

特に朝は仕事が多いため、皆忙しいのはいつものことではあった。

けれど、今日は何となくいつもの朝とは違う気がした。

慌ただしいっていうよりも、なんか落ち着きがないっていうか……。

怪訝(けげん)そうにリードがラウルの方を向けば、おそらくラウルも同じ気持ちなのだろう。

訝しげな顔で腕組みをしている。

そもそも、王太子と王太子妃が城に戻ったというのに、誰も出迎えないというのもおかしな話ではあった。

「今日って、特別な来賓の訪問が予定に入ってたっけ？」

「いや、そんな予定はなかったと思うが……」

それでは、この城内の落ち着きのなさはなんなのか。

とりあえず誰かに聞いてみようと手が空いてそうな人間を探していると、

「殿下！　リード様！」

自分たちを呼ぶ、聞き覚えのある大きな声に少し驚きながら、反射的に声が聞こえてきた方を向く。

「マルク……」

予想していた通り、二人の下に速足でやってきたのはラウルの側近で、幼馴染でもあるマルクだった。

「良かった、二人ともはやく戻ってくださって。もう少し遅かったら、サンモルテへ使いの者を出そうと思ってたんですよ」

その言葉からも、何かしらの事態が起こっていることが分かる。

「何があったんだ？」

ラウルが問えば、マルクの表情に悲壮感が漂う。

「陛下が……朝の会議の最中にお倒れになりました……」

ラウルの表情が、がらりと変わった。

「父上の容態は？　意識はあるのか？」

マルクの肩を摑まんばかりに、ラウルが問いかける。

「と、とりあえず殿下が戻ったら陛下の寝室へ呼ぶように言われています。陛下の部屋へ向かいましょう。リード様も一緒に」

一瞬、自分は遠慮した方が良いのではないかと思ったが、マルクに促されたこともあり、リードも二人の後をついて行く。

リオネル陛下が……。

数日前に元気な姿を見ていたが、確かに少し疲れているようにも見えた。

もしかしたら、何かの病気の前触れだったのだろうか。

どうか、何事もありませんように。

祈りながら、リードも二人の後ろに続いて歩いた。


「まあラウルにリード、二人とも来てくださったのね」

リオネルの寝室まで行くと、ちょうど中からエレナが出てくるところだった。

側室であるエレナは、日頃からリオネルの世話をかいがいしく焼いている。

エレナの表情は明るくはなかったが、決して暗くもなかった。

最悪の事態にはなっていないことに、安堵する。

「エレナ様、父上は……！」

「先ほどまで眠っていらしたのですが、今ちょうどお目覚めになったんですよ。お二人の顔を見たら、喜ぶと思います。どうかお顔を見せてあげてください」

「はい、勿論です」

ラウルは頷き、エレナと入れ替わるように寝室に入っていく。

エレナはレオノーラに手紙を書くため、自室に戻るところだったそうだ。

リオネルの寝室に入るのは、初めてだった。

国王の私室ということはあり中は広く、上品な空間が広がっていたが、決して豪奢な感じはしなかった。

壁紙や絨毯に赤色が使われているのは、赤がオルテンシアの色だからだろう。

書籍が並べられた本棚があるところなど、とてもリオネルらしい。

部屋の奥の天蓋付きのベッドの周りを取り囲むように白い服を着た医師たちが立っていた。

王族付きの医師たちが、総出でやってきたのだろう。

大きな声でないためよくは聞こえないが、中心に立つ初老の男性が、ベッドの中にいるリオネルにぼそぼそと話しかけている。

リオネルはベッドの中にこそいるものの、上半身は起こしているようだ。

「父上」

話が途切れたところでラウルが控えめに呼べば、リオネルがゆっくりとこちらに顔を向けた。

「ラウル、来てくれたのか」

リオネルが、皺の多い顔で笑みを深めた。

周りにいた医師たちもラウルとリードの存在に気付き、さり気なく場所をあけてくれる。

「当たり前じゃないですか！　お倒れになったと聞き、居てもたってもいられませんでした」

「少し疲れが溜まっていただけだ。大したことはない」

ラウルに心配させぬよう言っているのか、それとも本当に大したことではないのか、穏やかな表情からはわからない。

善良で、それこそ人の良さばかりが印象に残るリオネルではあるが、決してそれだけの人物ではない。

リードがラウルとの結婚を決意した際に背を押してくれたのもリオネルであったし、こちらの事情も全て知ってのことだった。

それもそのはずで、ただ優しい初老の男性では長い間オルテンシアの国王は務まらないだろう。

「リードも、よく来てくれたね」

ラウルの後ろに立つリードのことも、忘れずに気にかけてくれる。

「遅くなってしまってすみません、殿下と一緒にフェルディナンド様の墓所に行っておりまして……」

「そういえば、今日はフェルディナンドの月命日だったな。出来れば私も足を運びたいところなんだが、最近どうも疲れが溜まりやすくてな」

そういえば、結婚した当初はリオネルは休日となればエレナと共にあちこち出かけていたが、最近は城で過ごすことが多くなったように思う。

「父上はお忙しい立場なのですから、お気になさらないでください。メルヴィス、父上の容態は？」

リオネルのベッドを挟んで、ちょうど自身の目の前に立つ初老の医師に、ラウルが聞く。

ラウルの側近であるアデリーノの父親のメルヴィスのことは、ラウルもよく知っていた。

医師団の中では比較的若いメルヴィスがリオネルの担当医になったのは、ラウルの推薦も大きかったそうだ。

「幸いなことに、これといった病は見つかっておりません。ただ、最近仕事を忙しくしていらっしゃいましたので、過労からくるものだと思います。先ほど、薬を飲んで頂きました」

「病ではないのなら良かった。確かに、最近の父上は夜遅くまで城に残って仕事をされていたからな……」

マラティア王国との国交樹立に際して主だって動いていたのはラウルとリードだが、それでも最終的な確認は全てリオネルが行い、承認してくれていた。

膨大な書類や資料の隅々まで目を通すのは、なかなかの重労働だったはずだ。

「それから、貧血気味でいらっしゃるようで……」

「貧血か、それならワインを用意した方がいいか？」

すぐさまラウルが口にしたが、メルヴィスは首を振った。

「いいえ、お身体が弱っているためワインはあまり取らない方がいいと思います。他に、何か栄養価の高いものを料理長に出すように伝えようと思うのですが……」

「貧血でしたら、鉄分がたくさん含まれている豚や鶏の肝臓はどうでしょうか。今の時期は傷みやすいですが、すぐに火を通して調理をすれば問題がないですし」

反射的に答えれば、ラウルやリオネルをはじめ、室内にいた人間の視線が自分に注がれる。ここまでの注目を浴びるとは思わず、慌ててリードは自身の口に手を伸ばす。

余計なことを言ってしまっただろうか。

いや、だけど肝臓って確かサンモルテにいた時にはよく出てきたし一般的に使われる食材だよね……？

「肝臓に鉄分、ですか。街の食堂で私も食べたことはありますが、少し独特な食感なので、あまり宮廷料理に使われることはないのですが……」

リードをフォローするように、やんわりとメルヴィスは言ってくれたが、ようは庶民の食べ物で、貴族や王族はあまり口にしない食材だということなのだろう。

確かに、リードもアローロにいた頃は一度も口にしたことはなかった。

「農民や商人たちが食べているのなら、王族が食べても問題ないだろう。後で俺から料理長に言っておく」

リードが提案したことで、おそらくリオネルにとって必要な栄養素だとラウルはわかってくれたのだろう。

鉄分の存在はこの世界でも知られているため、ワインに鉄をつけて溶かして摂取するという方法はとられている。

ただ、身体が弱っているリオネルにワインを大量に摂取させるというのは酷だろう。

ラウルの一声により、メルヴィスをはじめとする医師たちも皆納得してくれたようだ。

「相変わらず、リードは色々なことを知っているね」

感心したようなリオネルの言葉に、リードは誤魔化すように笑みを浮かべる。

何も知らないはずのリオネルであるが、その穏やかな目で見つめられると、時折この人には何もかも、全てを見透かされているのではないかという心境になる。

決して大きな国ではないオルテンシアが大国のアローロと渡り合い、他の国々から一目置かれてきたのはリオネルの手腕だ。

リケルメのような派手さやカリスマ性はないが、この人格と徳の高さも国民に尊敬されている所以だろう。

「栄養をとって、後はとにかく身体を休めて頂くのが一番ですね。出来ましたら公務は、少し控えて頂いた方が……」

「ああ、その点は問題ない。この国には優秀な王太子と王太子妃がいるからな」

リオネルの言葉に、ラウルの頬が緩む。

実際の年齢より落ち着いていると言われるラウルだが、リオネルから褒められる時にはまるで子供のように嬉（うれ）しそうな顔で笑う。

それだけ、ラウルがリオネルのことを敬愛しているということだろう。

「ところでメルヴィス、ラウルとリードと話したいことがある。皆には席を外してもらってもいいかな？」

「はい、勿論です陛下」

命じれば彼らを下がらせることなど簡単に出来るのに、リオネルの物言いは丁寧だった。

これだけたくさんの医師がリオネルのために集まってくるのも、純粋にリオネルの身体を心配してのことなのだろう。

医師たちがいなくなったことにより、元々広々としていた室内がより広くなる。さらに、ドア付近に立っている従者にも、リオネルは少しの間部屋の外で待機するようにと伝えた。

従者は最初こそ渋面をしていたが、ラウルとリードであるため問題ないと思ったのだろう。

部屋の中はリオネルとラウル、そしてリードの三人になる。


アローロの王宮においては、国王とその子の距離は近くはなかった。

王の子は後宮で育てられるため、多くの時間を母とたくさんの侍女たちと過ごし、父であるリケルメと過ごすのは特別な行事の日か、晩餐(ばんさん)の時くらいだった。

嫡子であり、おそらくリケルメが最も期待していたマクシミリアンでさえ、公務につくことになりようやくリケルメと過ごす時間が増えたと言っていた。

おそらくこれが、この世界における一般的な王とその子供の関係なのだろう。

けれど、オルテンシアにおいてそれは当てはまらなかったようだ。

ラウルが幼い頃はリオネルやエレナ、そしてフェルディナンドと一緒に食事をしていたという話だし、リードが妃となる前も定期的にリオネルと晩餐を共にしていたという。

レオノーラがラウルと距離をとっていたため、それを補うようにリオネルが時間をとっていたようにも感じる。

最近ではレオノーラとのわだかまりはなくなってきたとはいえ、以前はラウルの口から出るのは父であるリオネルの名前ばかりだった。

「お話って、どうしたんですかいったい？　何か心配なことでも？」

リオネルの従者がベッドの傍に置いてくれた椅子に、ラウルとリードは座る。

なんとなく、簡単には終わらないことは従者もわかっていたようだ。

「改めて言うのもなんだが、マラティアとの国交樹立は見事だった。私が幼い頃は、だいぶ数は減っていたとはいえマラティアとも貿易を行っていてね。城にも時折マラティアの王からの使いが来ていたよ。美しい絹織物や見たこともない動物が描かれた絵画、料理に使われる香辛料と、子供ながらにわくわくしたよ。あの頃はオルテンシア人もマラティアのことを見下してなどいなかったんだが……奴隷貿易は、ユメリアの人々にとって本当に災難だった。だからこそ、今回マラティアと正式なつながりが出来たことを嬉しく思う。ラウルもリードも、本当によくやってくれた……」

昔を懐かしむように、リオネルが嬉しそうに話した。

「いえ、確かに案を出してくれたのはリディで、実行したのは俺ですが、最後に承認してくれたのは父上です。俺たちの自由にさせてくれて、ありがとうございました」

ラウルの言う通りだった。もしリオネルがアローロの顔色を窺（うかが）ったり、他のルーゼリア大陸の人間のようにユメリア大陸に対して差別意識のある人間だったら、今回の二国間の国交は成立しなかった。

勿論、リオネルがラウルの好きにさせているのは、それだけの信頼があるということでもあるのだろうが。

「そうだな、ここ数年は本当に面白かった。ラウルはオルテンシアをよくしたいという強い気持ちがあるものの、気持ちばかり先走り、からまわってしまっていた。それらがうまくいき始めたのも、リードが側近となってからだったな。これからも、ラウルのことをよろしく頼むよ」

「あ、はい。勿論です……」

返答しながらも、どうもリオネルの言い回しに含みを感じる。それはラウルも一緒だったのだろう。

「面白かったって、過去形になさらないでください。これからも父上には……」

「ラウル」

リオネルが名前を呼んだことにより、ラウルの言葉は途中で遮られた。

戸惑ったように父を見つめるラウルへ注がれるリオネルの眼差しは、どこまでも優しい。

「私の役目は、もう終わった。そろそろ次代に、お前に王位を譲りたいと思っている」

王位を譲る、つまり、譲位をするということだ。

リオネルの口ぶりから、なんとなく予想はしていたが、いざ口にされるとやはり強い衝撃を受けた。

ラウルも同じだったようで、すぐに言葉を返すことが出来ないようだった。

「王位を譲るって……何を仰るんですか父上。先ほどメルヴィスも言っていたように、身体には何の問題もなかったじゃありませんか。ここのところは確かにお忙しかったですし、父上も弱気になっていらっしゃるのかもしれませんが。今後は父上の負担にならないよう私の仕事の量を増やしてもいいですし、どうか」

このまま王位についていて欲しい、そう、乞うようにラウルは言った。

それに対し、リオネルはゆっくりと首を振る。

「もう、決めたことなんだ」

「父上が王位について、見守ってくださっているから私は自分の思う通りに仕事が出来るんです。父上の存在が、この国を支えているんです。私はまだ若輩者です」

「お前の気持ちは、とても嬉しいよ。だが、もう私がお前に教えられることは何もない。さっきも言ったように、以前のお前には危うさがあって、王位を譲るにはまだ早いと思っていた。だが、この数年でお前は大きく成長した」

「身に余るお言葉ですが、私はまだ父上から学びたいことがたくさんあります。父上がまだ十分にお元気でいらっしゃるんだから……」

「そう、だからだよ」

言葉を途中で遮られたラウルが、困惑したように口籠る。

そしてそんなラウルを励ますようにリオネルは笑いかけ、その背に手をまわした。

「まだ私に僅かながら余力が残っているからこそ、お前に王位を譲りたい。それは、お前の治世を見てみたいという、私の我儘だと思ってくれていい。本当に、楽しみなんだ。お前が王となった姿を見るのが」

心から、そう思っているのだろう。

王位を譲ろうとしているリオネルの瞳に後悔や不安は何もなく、むしろ自身の仕事はやりつくしたという達成感すら感じられた。

「少し、考えさせてください……」

ここまでリオネルに言われてしまえば、ラウルもこれ以上反対することが出来ないのだろう。

絞り出すようにラウルが言えば、リオネルは励ますようにラウルの背を撫でた。

「どの時点で退位をするかは、側近たちにもこれから相談しようと思う。だが、それほど先ではないはずだ。ラウルもどうか、覚悟をしておいて欲しい」

ラウルはゆっくりと、頷いた。頷いたものの、その表情にはまだ迷いがあるのが、リードにはわかった。


リオネルの部屋を出ると、言葉少なにリードとラウルは歩き始めた。

心ここにあらずという感じでも、歩調は合わせてくれるのがラウルらしかったが、リードとしてもどう言葉をかけてよいのかわからなかった。

ラウルがオルテンシアのことを何より大切に想っていることは、誰よりわかっているつもりだ。

自身の側近としてリードを招いたのだって、オルテンシアをより良い国にしたいという純粋な思いからだった。

そしてその気持ちは、今も変わっていないはずだ。

だけど考えてみれば、ラウルの口から自分が王となってからの話を聞いたことがなかったな……。

王太子ではありながら、リオネルから多くの権限を委託されていることもあるのだろう。

仕事をする上で、不自由さを感じたことはなかった。

だからこそ、ラウルはわざわざ王位を狙う必要はなかったのだろう。

息子である王太子が父である王の政策に反発する場合は、確かに王が息災であってもその地位を追うことはあった。

王がまだ存命でありながら退位するのは、そういった場合がほとんどだ。

とはいえ、王太子となった日から、自分が次期王となることは、いつかその日が来ることはラウルだってわかっていたはずだ。

それなのに……。

「リディ」

自分たちの執務室のある階に到着したところで、ラウルが声をかけてきた。

「あ、何……？」

ラウルが話そうとしているのは、おそらく先ほどリオネルが話していた内容に関してだろう。

さり気なく周囲に目を配れば、廊下には人の姿はない。

「俺は、本当に王になって良いのだろうか？」

何を言ってるんだよ、当たり前じゃないか。

普段のリードであれば、そう笑い飛ばすところだった。けれど、出来なかった。

ラウルの表情が、滅多に見ないほど悲痛で、苦し気なものだったからだ。

「当たり前だろう、陛下も言っていたけど、俺はラウルなら良い王になると思ってるよ」

だからなるべく丁寧に、けれど硬くなりすぎないようにリードは言った。

リードの言葉にラウルは僅かに嬉しさを滲ませたが、それでもその表情は晴れなかった。

「ラウルは？　どうしてそう思うんだよ？」

だから、ラウルが即位をためらう理由を問うてみる。

「……かもしれない」

「え？」

いつもはっきりとした物言いをするラウルにしては珍しく、言葉を聞き取ることが出来なかった。

だからもう一度問い返せば、ラウルは小さいながらも、はっきりとした言葉で言った。

「俺は、父上の本当の子供ではないかもしれない」

ラウルの言葉に、リードは翠色の目を大きく瞠った。

どうして……。

そう思ったのだろう。ラウルの疑問は、リード自身もずっと抱いていたものだった。

しかし、だからこそここで自分が動揺を見せるわけにはいかない。

「何言ってるんだよ、そんなわけないだろう」

何でもないことのように笑みを作り、リードは言った。

「もう、突然何を言い出すかと思えば……リオネル様に言ったら笑われちゃうよ」

不思議と、すらすらと軽口が出てきた。口に出してみると、本当にそんな気持ちになってくる。

実際、リオネルのラウルへの愛情深い対応は、我が子であると疑いようのないものだ。

そう、俺の思い違いの可能性だってあるんだ。ラウルは、リオネル様のお子の可能性だってある。

「俺もびっくりしたけど、ラウルも驚いたんだろうな。さっきの話は一旦忘れて、仕事に戻ろう」

言いながら、腕を伸ばして高い位置にあるラウルの肩をポンと叩く。

「ああ、そうだな……。変なことを言って、悪かった」

ラウルが力なく笑ったが、その表情が全く晴れていないことはリードもわかっていた。

10

たくさんの薬草と、かすかにかおるアルコールと、古い木のにおい。

建物自体は年季が入っているが、清掃が行き届いているため、どこもかしこも清潔だった。

そういえば、以前訪れた時には患者が誰もいない時間帯だったこともあり、ジャスパーが黙々と掃除をしていた。

さすがに今は人を雇っているようだが、それだけ医師としての仕事にプライドを持っているのだろう。

まだ公衆衛生という考え方は存在していないはずなのに、きれいな空気を保つために頻繁に窓の開け閉めも行われている。

元々医療技術の高さもあり、ここ数年で瞬く間にこの診療所は評判になった。

アデリーノの話では、医学専門学校や大学で医療を学んだ学生たちはこれまでは研修場所として大病院を希望していたのに、最近はこの診療所を希望する者が一番多いのだそうだ。

そんなジャスパーが、フエントをはじめ近隣の都市にも巡回に向かっているのだ。

城の専属医たちが、レオノーラの主治医に、と推薦するのもごく自然な流れだろう。

まあ、ジャスパーさんは経歴からしてすごいからな……。

ジャスパーの素性を知らぬ者からすれば、一介の町医者に過ぎないが、実際はアローロの名門医学専門学校を首席で卒業し、さらに軍歴まであるのだ。

人も物も何もかもが少ない戦場で、多くの人間の治療をするのがどれだけ大変か、想像に難くない。

その後も地方都市を転々としながら医師を続けていたようだ。戦場ほどではないとはいえ、人の少ない土地は医療器具も足りていない。そんな中でも、治療を続けてきたのだ。その経験も、他の医師よりも群を抜いているはずだ。

ジャスパーの技術をもってすれば、その気があるなら城で専属医となることだって容易いだろう。まあ、勿論ジャスパーさんにそんな気はないだろうけど……。

「それでは、ありがとうございました」

ドアの向こうから聞こえた話し声に、視線を向ける。

古い木のドアはギギッという音を立てて開き、中からは女性と、そしてジャスパーが出てきた。

小ぎれいな恰好をしているが、従者をつけていないため貴族ではなさそうだ。

女性のお腹は、きれいに膨らんでいた。

「大丈夫か？　また腹が張ってきたか？」

幸せそうにお腹を撫でている女性に、心配げにジャスパーが聞く。

「いえ、すみません癖になってしまっていて……」

恥ずかしそうに、けれど嬉しそうに女性は答える。お腹の子供が愛おしくてたまらないという表情だ。

「だったらいいが、とにかく安静にな。もう、いつ産まれてもおかしくない状況なんだ。この診療所には俺かじいさんがいるはずだから、何かあったら夜中でもすぐに呼びに来てくれ」

「はい、ありがとうございます先生」

女性は、心底ジャスパーに感謝しているという顔で頷いた。

長く見つめてしまっていたからだろうか、視線に気が付いた若い女性がこちらを向いた。

なんとなく気まずくて、作り笑いを浮かべると、女性がゆっくりと近づいて来た。

「あの……思い違いでしたら申し訳ありません。もしかして、王太子妃殿下ですか……？」

控えめな女性の言葉に、ドキリとする。

街に出る時には目立たぬような服装はしているが、冬場ではないこともあり、フードも被っていないため、顔を知っている者ならばリードだとわかるだろう。

「はい、そうです」

普段のリードであれば誤魔化すところなのだが、女性の瞳には全く悪意がなかったし、何より身重の立場で何かするようには思えなかった。

だから、素直に答えることにした。

女性の後ろにいたジャスパーが心配そうにこちらを見ているが、大丈夫だと目線で合図を送る。

「やっぱり……！　私、王太子殿下と妃殿下の結婚式のパレードを最前列で見ることが出来たんです。もうあまりの美しさに、息が止まるかと思いました。勿論、今でも大変にお美しいです」

興奮したように、女性が言う
「あ、ありがとうございます……」

容姿を褒められるのはリードにとっては頻繁にあることとはいえ、未だ反応に困ってしまう。特に、こういった若い女性を相手にした場合は。

「実はあの時のパレードを一緒に見に行ったのが、今の夫なんです。夜の花火を二人で見ていたら、その時に結婚を申し込まれて。私たちも、王太子殿下たちみたいに幸せになろうって、誓いあったんです。もう、お会い出来て本当に光栄です……！」

そういえば、自分たちの結婚式の後、結婚する人間が増えたとジョアンが言っていた。

その時は話半分に聞いていたのだが、当事者を目にすると感慨深いものはあった。

「こちらこそ、あの時には一緒にお祝いをしてくださってありがとうございます」

リードがそう言えば、女性はとんでもないと首を振り、さらに言葉を続けた。

「あの、大変に図々しいお願いをして申し訳ないのですが……もしよかったら、お腹に触れて頂けませんか？」

「え？」

思ってもみなかった女性の要望に、思わず首を傾げる。

「出来れば生まれた子供を抱いて頂きたいんですが、それは難しいと思いますので。だけど生まれてきた子供に伝えてやりたいんです。あんたが生まれる前に、王太子妃殿下にお会い出来たんだよって」

「触らせて頂くのは、かまわないんですが……」

大丈夫だろうかと、ジャスパーへ視線を送る。

「優しく、そっと触るだけなら大丈夫です。勿論、妃殿下さえよろしければ、ですが」

女性がいるからだろう、珍しく畏まった口調だった。

「わかりました。それでは、失礼いたします」

リードは手を伸ばし、女性の大きな腹に優しく触れる。服の上からでも、女性のお腹は温かかった。

「貴方のお母様もお父様も、貴方が生まれてくるのを楽しみにしていますよ。安心して、生まれてきてくださいね」

こっそりと、穏やかな声のトーンで話しかけた時だった。

「あ……！　動いた！」

女性が、嬉しそうに声を上げた。

おそらく偶然だろうが、リードにもわかるくらい、元気にお腹の中の子供が動いた。

「ありがとうございます！　触れて頂くだけじゃなく、優しい言葉までかけて頂いて……！　必ず、国に貢献出来る子を育てます」

感極まってしまったのか、女性の瞳にはうっすら涙が浮かんでいた。

「こちらこそ、貴重な経験をさせて頂きました。どうかお身体を大切に、元気な子を産んでくださいね」

何度も礼を言いながら、女性は診療所から帰って行った。

女性の姿が見えなくなると、すかさずジャスパーが外にある『診療中』と書かれた札を下げに行く。

「悪かったなリード、思ったよりも診療が長引いてしまって。あーその……大丈夫だったか？」

「へ？」

「悪気は全くないんだろうけどな、まさかお前に腹を触ってくれなんて言い出すとは思わなくて……」

ジャスパーが、なんとも言えない顔をする。

どうやら、気を使われているようだとその表情からわかる。

「全然、気にしていませんよ。幸せそうな妊婦さんを見て、私も嬉しくなりました」

アローロの後宮を出た経緯も全て知っているジャスパーからすると、妊娠している女性を見てリードが複雑な心境にならないか心配してくれたのだろう。

確かに、自分たちと同じ時期に結婚したという話だし、もしリードが女性であれば子を授かっていてもおかしくない。

とはいえ、リードとしては、自分は男性で子を産めぬことはとうに承知しているし、それに引け目を感じているわけでもない。

「そうか、ならいいが……」

「ただ、ラウルに自分の子を抱かせてあげられないのは、少しだけ申し訳ないとは思います」

リードがそう言えば、途端にジャスパーの表情が曇る。

「お前の気持ちはわかるが……あいつの前でそれは言わないでやってくれ。多分、お前がそんな風に思ってることを知った方があいつは悲しむ」

「ですよね」

「あいつの顔を見ていればわかる。あいつにとっては、お前が傍にいてくれるだけで十分幸せなんだよ」

穏やかに、慈愛に満ちた表情でジャスパーが言う。時に厳しいことも言うが、ジャスパーのラウルを見つめる目はいつも優しい。

だからこそ、ラウルもジャスパーのことを信頼し、何かあるとすぐに相談しているのだろう。

あと、やっぱり似てるんだよなあ……。

金髪に青色の瞳というのはアローロやオルテンシアの貴族や王族にはよく見られる特徴で、実際にリオネルはくすんだ金の髪を持っているし、瞳の色も青い。

ラウルとリオネルも決して似ていないわけではないのだが、ただジャスパーの方がより近い髪色であることも確かだ。

髪の色だけではない、背格好も顔立ちも、よく見ればジャスパーはラウルによく似ている。

だからって……聞くわけにはいかないよなあ。貴方はラウルの父親ですか、なんて。

実際そうであっても、はいそうですとジャスパーが答えるとも思えない。

「とりあえず、中に入ってくれ。待合だと、いつ誰が入ってくるかわからなくてどうも落ち着かない」

「あ、はい。お邪魔します」

診察室に入ると、薬草やアルコールのにおいが強くなる。ただ、決して嫌なにおいではなかった。

手持無沙汰(てもちぶさた)に立っていれば、患者用の椅子に座るよう促される。

特に悪いところはないというのに、椅子に座るのはなんとも不思議な感覚だった。

「ほら」

専門書が並ぶ本棚を見ていると、ティーカップを差し出された。

「ありがとうございます」

おそらく、ハーブティーか何かなのだろう。カップからは、清涼感のあるにおいがした。

「それで、妃殿下の件はどうなった？」

ジャスパーはレオノーラを名前ではなく、妃殿下と呼んだ。

今のジャスパーの立場からすると当たり前のことではあるのだが、かつての恋人を名前で呼ぶことが許されないことに、胸が痛んだ。

「あ……その……」

ラウルがジャスパーをフエントにいるレオノーラの主治医にと推薦した際、城の専門医たちは誰も反対しなかったという。

ラウルにしてみれば、信頼出来る医師であるジャスパーがレオノーラを診てくれたらそれに越したことはないと思ったのだろう。

二人に面識があることは、ラウルも知っている。

前回リードがフエントに行った際は、レオノーラに意思を確認してきて欲しいと、ラウルとそしてジャスパーからも頼まれていた。

ラウルは反対するはずがないと思っていたようだが、レオノーラの返事は芳しくなかった。

「妃殿下は、俺を主治医にとは望まなかったか」

言葉に詰まったリードに対し、ジャスパーがふっと鼻で息を吐くように笑った。

あらかじめ、答えはわかっていたかのようだった。

「レオノーラ様にも、色々と思うところはあるんだと思います。ただ、週末にまたフエントに足を運ぶ予定があるので……その時にお話し出来ればと思っています」

レオノーラがジャスパーを厭うはずはなく、むしろその逆の感情を持っているはずだ。
それでも主治医として受け入れられないのは、おそらくレオノーラが自分自身を律しているからだろう。

「出来れば俺が診られたらとは思うが、それが叶わないならしっかりした医師をつけてやってくれ」

「え？」

「ああ見えて、あまり身体が強くないんだ。幼い頃は、よく風邪を拗らせてベッドに寝込んでいた」

そういえば、レオノーラがフエントで過ごしているのもセレーノに比べて空気がきれいだからという話を聞いたことがあった。

昔の話をする時のジャスパーは、いつも以上にその瞳は穏やかになる。

その瞳を見れば、今もジャスパーにとってレオノーラは大切な存在だということがわかる。

「もしかして、ジャスパーさんが医師を目指したのって……」

リードの問いに、ジャスパーは何も答えなかった。ただ、寂しげに笑った。

「それにしても意外でした。レオノーラ様、いつもお元気にしていらっしゃるので」

「それだけ、フエントの空気が身体にあってるんだろうな。元々は子供も望めないんじゃないかと言われてたんだ。ラウルを産むのだって、おそらく命がけだったろうな」

医療が未発達のこの世界において出産には危険が伴う。元来身体の強くないレオノーラなら、なおさらだろう。

それでも、レオノーラ様は子を産むことを選んだ。それはやっぱり、子の父親がジャスパーさんだったから……。

二人の心境を考えると、リードの胸が強く痛んだ。

「やっぱり、レオノーラ様の主治医にはジャスパーさんになって頂いた方がいいと思います。なんとか、説得してみますね」

リードの予想が当たっているとしたら、ジャスパーが主治医となることをレオノーラが拒んでいる理由もわかる。

それでも、レオノーラはやはりジャスパーに定期的に診てもらった方が良いだろう。

「気持ちは嬉しいが、あんまり無理はしてくれるなよ」

こういう言い回しが出来るジャスパーは、やはり大人だ。

「はい、勿論です」

だからリードも、笑顔で大きく頷いた。


アローロ内にある医科専門学校を卒業後、ルーゼリア大陸の各地を医師として訪問……こんな感じでいいかな。

昨日診療所で相談しながら作成した、ジャスパーの経歴書類を確認しながら見つめる。

レオノーラを説得するため、というよりは城の専属医の報告も兼ねて作ったものだ。

ジャスパーの腕が確かなものであることは皆知ってるとはいえ、それでも経歴が不明瞭な人間を王妃の主治医にするわけにはいかないのだろう。

ジャスパーの話では、記述した医科専門学校はアローロ内に過去に存在していたが、現在は廃校となっているし、卒業生も多数いるため調べられることはないそうだ。

自身の過去のこともあるため、これまで表舞台に出ることに消極的だったジャスパーが、レオノーラのために方針を変えようとしている。それだけ、ジャスパーにとって、レオノーラは特別な存在だということだろう。

レオノーラ様だけじゃない、ラウルも、ジャスパーさんにとっては……。

そこまで考えたところで、自然と眉間(みけん)に皺(しわ)が寄った。

いっそジャスパーの口から、ラウルに全てを話してもらった方がいいのだろうか。ジャスパーの口から直接聞いたわけではないが、過去のレオノーラとジャスパーの関係や、その振る舞いを見ればジャスパーがラウルの父であることは明らかだ。

いや、やっぱりそれは出来ない……。

婚姻後に二人が関係を持ったとは考えられないが、自身が不義の子であると知れば苦しむのはラウルだ。それをわかっているジャスパーがラウルに伝えることはまずないだろう。

そもそも、どうしてラウルは自分がリオネルの子ではないという発想が出てきたのだろうか。

リオネルはラウルをとても大切にしているし、自身の出生に疑いを持つきっかけが見つからない。

ジャスパーの過去や、レオノーラとの関係をラウルは全く知らないし、今後も知らせる必要はないと思っている。

ただ、ラウルの中に王位を継ぐという考え方がなかったことは、これまでの言葉の端々から感じられた。

それこそ少し前にセドリックと話していた際、十年後にはセドリックも王になれるという話をさり気なく口にしていたのだ。

十年後はリオネルもまだ健在であろうし、ラウルの中では自分は即位せず、リオネルからそのままセドリックに王位を譲渡するという考えがあったのかもしれない。

けれど、それはあくまで本来王位を継ぐはずだったフェルディナンドの血筋に王位を戻したいという考えがあるからだと思っていた。

まさか、ラウルが自身とリオネルの血のつながりに疑問を持っているとは思いもしなかった。

やっぱり、ラウル本人に聞いてみるしかないのかな……。

ため息をつき、羊皮紙に羽根ペンをはしらせようとする。けれど。

「あっ」

ぼうっとしてしまったからだろう、ペン先から出たインクが滲(にじ)んでしまった。

ああ、また貴重な紙が……。

今日、既に同じミスを二度やってしまっている。

「……何か心配事ですか？」

「へ!?」

羊皮紙を交換しようとしたところで、隣から声が聞こえ、慌てて顔を上げれば。

気づかうような眼差しで、シモンがこちらを見つめていた。

「差し出がましい発言かもしれませんが、今日のリード様はどこか調子が悪そうです」

言い方こそ淡々としているが、最も身近な側近であるシモンが気を遣ってくれていることはわかっている。

ちょっと、相談してみようかな……。

幸い、マラティアとの国交樹立という大仕事を終えた後だということもあり、今日の外交部は人が少ない。

今は昼の休憩中ということもあり、室内にはリードとシモンしかいなかった。

シモンは今でこそリードの側近であるが元々はラウルの側近で、ラウルに対して深い敬愛の情を持っていることも知っている。

譲位のことを話したところで、シモンならラウルの立場が悪くなるような行為はしないはずだ。

「このことは……まだ他言して欲しくないんだけど」

「はい」

それだけで、何かしらの機密を口にすることがわかったのだろう。

周囲の様子を窺い、シモンの声が潜められた。

リードは先日リオネルが倒れた際、近いうちに譲位をする意志があるという旨をリオネルがラウルに伝えたことを話した。

自身の出生に関してラウルが疑問を持っていることは、全て伏せた。

「そうですか、陛下がそんなことを……」

予想通り、シモンは驚きこそ見せたものの、その表情はどちらかといえば喜びの方が大きかった。

学生時代から、ラウルに憧れ続けたシモンなのだ。ラウルの即位というのは、いよいよという気持ちなのだろう。

「喜ばしいことだと思いますが、リード様はどうしてお悩みに？」

「俺もラウルの即位は嬉しいんだけど、他の貴族たちの反応が気になってさ」

まさかラウル自身が即位に対して消極的な姿勢だと伝えるわけにもいかないため、誤魔化すようにリードは言う。

実際、貴族たちの動向が気がかりだということもある。

オルテンシアの貴族、特に議会に出るような名のある家の者たちは決して一枚岩ではない。

対外的な姿勢一つとっても、アローロとの円満な関係を望み、追従しようとする者もいれば、ある程度の距離を置いて一切の干渉を受けぬようにすべきだという独立派の者もいる。

後者の独立派の貴族たちにとって、アローロの王女を母に持つラウルよりも、本来王位を継ぐはずだったフェルディナンドの子であるセドリックが次の王に相応しいというのがもっぱらの意見だったはずだ。

「仰る通り、貴族の中には王位はセドリック様に、と考えている人間も少なくはありません。しかし、だからといって王太子殿下の即位に反対する者はおそらく少数でしょう。セドリック殿下は、まだ幼いですし」

「確かに、十歳になったばかりのセドリックを即位させようとはさすがに考えないよな」

他に王子がいない場合、年端もいかない少年王が誕生することも稀にあるが、多くの場合は宰相やその母や義祖父による傀儡政治の材料にされるだけだ。

幸い、セドリックの母のナターリアにはそういった欲はないし、ラウルとの間に信頼関係もある。

「王太子殿下も次代はセドリック殿下だと公の場で何度も明言されていますからね。我が娘をぜひ側室に、と蛙そっくりの自分に似た娘を図々しく王太子殿下に申し出る貴族がいなくなって喜ばしい限りです」

あ、相変わらず厳しいなあ……。

親しい間柄のリードだけではなく、実際に本人を前にしても言ってのけてしまうのがシモンの怖いところだ。

名家の出で、さらに女性よりも美しいと言われる容姿を持つシモンに言われてしまえば相手は顔を真っ赤にしてその場を去ることしか出来ないだろう。

「……なんですか？」

「いや、きれいな顔から出てくるあまりきれいじゃない言葉にちょっと引いてるだけ。シモン目当てに外交部に入りたがる人間は多いけど、だいたい研修の段階でみんな来なくなっちゃうもんな」

仕事に関してもシモンは厳格で、名家の出でも能力が低かったり、やる気がない者には次から次に辛辣な暴言を浴びせていく。

そのため、リードが外交部で働き始めて二年になるが、新しい人間が入ってきてもなかなか定着しない。

「私ではなく、リード様目当てですよ。リード様はお優しいですからね、勘違いする愚か者が出てこないとも限らないので、私がしっかりお守りしなければと思っております」

「ど、どうもありがとう……」

否定したところで言い返されるだけだろうし、とりあえず礼を言っておく。

「話を戻しますと、元々王太子殿下は人気がありましたが、ここ数年の活躍は殿下に対し懐疑的だった人間もさすがに認めざるを得なくなっています。譲位というのはオルテンシアの歴史上珍しいことではありますが、前例がないわけではありません。慣例としては、現国王であるリオネル陛下が王太子殿下を次期国王にと貴族たちの前で指名を行うのですが、多数の反対がない場合を除き、承認されるでしょう」

ラウルが貴族は勿論、国民から慕われているのは、なんとなくリードも肌で感じていた。

「そうか、よかった……」

フェルディナンドが亡くなった後、ラウルが良き王太子となるようどれだけ努力してきたのかは、ここ数年一緒に過ごしたリードでも十分わかっている。

他の貴族たちにもそんなラウルの頑張りが認められるのは、やはり嬉しい。

「それにしても、ようやくマラティアの件が落ち着いたと思ったのに、また忙しくなりそうですね。即位式は大々的に行いたいですし……まあ、こういった忙しさなら歓迎ですが」

よほどラウルの即位が嬉しいのだろう、冷静なシモンがここまで表情に出すことは珍しい。

シモンだけじゃなくて、みんな喜んでくれるだろうな。ラウルはたくさんの人に慕われているし。

皆がラウルの即位を望んでくれていることを話せば、ラウルの気分も変わるだろうか。

ふと思ったが、すぐさま頭の中で否定する。おそらく、ラウルの気にかかっている点はそこではないからだ。

レオノーラ様に聞くのは、酷かな……。

ただ、レオノーラ自身がラウルの即位に関してどう思っているのかは気になった。

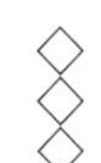

レオノーラはあまり身体が強くない、というジャスパーの言葉を、フエントを訪れたことでリードは実感した。

数日前に熱を出してしまったレオノーラは、リードが離宮を訪れる前日までベッドで臥せっていたそうだ。

体調が悪いのならば出直そうかと提案したのだが、侍女からはレオノーラはリードと話をしたがっているから残って欲しいと頼まれた。

侍女に案内されて入ったレオノーラの寝室は、執務室と同じように絵画があちこちに飾られたセンスの良い上品な部屋だった。

大きな窓からは柔らかな光が入ってきており、微かに花のかおりもした。

「悪いわね、せっかく貴方に来てもらったのにこんな状態で出迎えることになってしまって」

寝台の上に上半身だけ起き上がったレオノーラが、申し訳なさそうに言った。

思ったより元気そうな声で、内心リードはホッとする。

「もう熱も下がっているし食欲も戻っているのだけど、アガタから今日はベッドの上にいるよう言われてしまったの。気にせずに話して」

アガタというのは、レオノーラの侍女の名前だ。よく気が付く女性で、今もリードのために椅子をわざわざ持ってきてくれた。

礼を言って、用意された椅子へ座る。

「いえ、なんだかタイミングが悪くてすみません。その、本当に大丈夫ですか？」

リードの言葉に、レオノーラが小さく頷く。

「陛下がお倒れになったってエレナ様からの手紙で知って、すぐにでもセレーノに戻りたかったのだけど、今度は私が調子を崩してしまって……」

情けないわね、と自嘲（じちょう）するようにレオノーラは言った。

アガタの話では、どうやら夏風邪を拗（こじ）らせてしまったそうだ。

美しいドレスを纏（まと）い、背筋をピンと伸ばしている印象の強いレオノーラだが、今は柔らかい色の夜衣姿だ。

そのせいか、普段よりも随分儚（はかな）げに見えた。

日頃から強気な言動が多いため、レオノーラに関しては強い女性という印象を持っていたが、それはレオノーラの一面に過ぎなかったのかもしれない。

「ジャスパーさんから聞きました。レオノーラ様は、元々あまりお身体が強くないことを」

ジャスパーの名前に、レオノーラの瞳(ひとみ)が揺れた。

傍にいた侍女にさり気なく下がるように伝え、部屋の中はリードとレオノーラの二人きりになる。

「私が言わずともわかっているとは思いますが、医師としてのジャスパーさんの腕は確かです。だからどうか、ジャスパーさんを主治医として受け入れてください」

「前にも言ったでしょ。必要ないって……勿論(もちろん)、彼が腕の良い医師だということは知ってるけど」

この話は、パトリシアがフエントに来ていた際にも一度していた。

当初はレオノーラが乗り気ではないのなら、無理にジャスパーに主治医を任せる必要はないと思っていた。

けれど前回レオノーラに断られたものの、リードはとりあえず少し考えてみて欲しいとだけ伝え、結論を出さなかった。

考えが変わったのは、執務室に飾られているラウルやフェルディナンドの肖像画を見てからだった。

家族の肖像画でありながら、あの絵の中にレオノーラはいなかった。考えれば考えるほど、それはとてつもなく寂しく、悲しいことのように感じた。

このことに関しては、自分が触れても良い部分なのか未だにわからない。

レオノーラが頑なに隠し続けている秘密だ。レオノーラとしては、そっとして欲しいということなのかもしれない。

だけど、リードにはそれが出来なかった。

だって、それじゃああまりにもレオノーラ様が悲しすぎる……！

リードは息を吐き、真っすぐにレオノーラを見つめて言った。

「レオノーラ様がジャスパーさんを主治医として受け入れられないのは、ジャスパーさんがラウルの本当の父親だからですか？」

目の前にいるレオノーラが、息を呑んだのがわかった。

次に、まるで信じられないものを見るような瞳で、リードを見つめた。

「な、なにを言っているの……そんなわけ……」

組まれたレオノーラの手は、小さく震えている。美しい顔は強張り、俯いてしまった。

「先日陛下が譲位をしたいと、ラウルに伝えました。けれどラウルは、戸惑っていました。陛下の血を引いていないかもしれない自分が、本当に王位を継いでいいのかと」

「そんな、どうしてそれを……！」

反射的にレオノーラが顔を上げた。その表情は、明らかに動揺が見てとれた。

けれどそう言った後、しまったとばかりにレオノーラは口元を押さえた。

「ラウルがどうしてそう思っているのかはわかりません。ただ、ラウルは苦しんでいます。私からラウルに話すつもりはありません。どうか、私にだけは本当のことを話して頂けませんか？」

ラウルが知りたがっているのは、おそらく真実だ。けれど、それを伝える権利はリードにはない。

けれど、秘密を隠し通すにしても事実がうやむやなままでは難しい。だから、レオノーラ自身に聞くことにしたのだ。

レオノーラにもまだ迷いがあるのだろう。俯き、口を閉ざしてしまった。リードはそれ以上は何も言わず、レオノーラの気持ちが決まるのを静かに待ち続けた。

そして、小さな机の上に置いてあったティーカップから湯気が出なくなった頃、ようやくレオノーラはその口を開いた。

「貴方の言う通りよ、ラウルはリオネル様の子ではなくガスパール、ジャスパーの子よ」

予想をしていたとはいえ、レオノーラから話された真実に、咄嗟にリードは言葉を返すことが出来なかった。

「リオネル様は……それを……」

なんとか、絞り出すように問う。

「全て、知っているわ。お腹に子供がいることがわかったのは、オルテンシアに嫁いでしばらくしてからのことだった。当時の私は、望まぬ結婚と、それを決めたリケルメへの怒りから全てに投げやりになっていた。そんな私の心境が、リオネル様にはなんとなくわかったのでしょうね。リオネル様は私を責めることなく、優しく見守っていてくれた。そんなリオネル様の優しさに、少しずつ私の心も解れていった。男性として愛すことは難しいかもしれないけれど、妃として一生懸命に仕えようと思えるくらい、リオネル様に対して敬愛の心を持ち始めていた。だけど、そんな時に自分が妊娠していることがわかったの」

「リオネル様のお子という、可能性は……」

「ないわ。元々私の身体が強くないことはリオネル様も知っていたようだし、無理強いをするような方ではなかったから」

二人の間にそういった行為は一度もなかったのだろう。

リオネルの性格を考えれば、わからない話でもなかった。

「妊娠がわかった時には、嬉しくてたまらなかった。二度と会えないと思っていたガスパールの子が自分のお腹の中にいる、それだけで幸せな気分になれたわ。だけど、それは一瞬のことだった。すぐに怖くなったの、自分はこの子を本当に産んでよいのかと」

王妃が国王以外の男の子を妊娠しているのだ。しかも、嫁いでくる以前から。それこそ場合によっては、国際問題に発展しかねない。

「だけど……リオネル様は受け入れてくれたんですよね」

レオノーラが、ゆっくりと頷いた。

「当時の私は、恥ずかしいほどに動揺してしまって。泣きながら妊娠したことを話し、離縁を申し出たの。だけどリオネル様は何も聞かず、こう言ってくれた。貴女は私の妃で、そんな貴女の産んだ子は、私の子でもある。身体を大事に、元気な子を産んで欲しいって」

リオネルは最初から、レオノーラと一緒にお腹の子も受け入れるつもりだったのだろう。

血のつながりなど関係ない、リオネルにとってラウルは自らの子に変わりはないのだ。

さらに今は、そんなラウルに譲位したいとまで言っている。

すごいな、リオネル様……。

その懐の広さと、愛情深さに感嘆を覚える。

「そして、ラウルが生まれた」

「ええ、そうよ。今でこそあんなに大きく成長したけれど、生まれたばかりの頃はとても小さくて、弱い子でね。夜泣きもひどかったし、ちゃんと大きくなれるのか心配で……大変だったけど、可愛くてたまらなかった」

そう言ったレオノーラの表情は、先日ジャスパーの診療所で出会った妊婦と同じものだった。

「だけど、成長するにつれて怖くなっていった。日に日にガスパールに似てくるラウルに、いつか真実が明るみに出るのではないかと。そうして初めて、自分が犯した罪に気づいたの」

一呼吸を起き、レオノーラは言葉を続けた。

「ある日、その罪の重さに耐えられず、ラウルを殺めて、自ら命を絶とうとしたことがあった。今考えれば信じられない話なんだけど、それほど追い詰められていたのね。だけど、あの子の首に手をかけようとした時、ラウルが私を呼んだの、ははうえって。殺すことなんて、とても出来なかった。同時に、この子の傍を離れなきゃって、そう思った」

「だからラウルのことはエレナ様に任せて、傍を離れたんですね」

リードの言葉に、悲痛な表情でレオノーラが頷いた。

ラウルの話では、レオノーラの記憶と言えば幼い頃のものしかなく、物心がついてからは自分の世話をしてくれたのは乳母とエレナなのだという。

「あの子には、可哀そうなことをしてしまったと思う。だけど、何も知らぬ顔をしてラウルやリオネル様の傍にいることは、どうしても出来なかった」

誰よりも愛した人の子ではあるが、意図せず不義の子となってしまったラウル。

公然と愛情を注ぎ続ければ、その容姿を含めてリオネルの子ではないのではないかという疑いをかけられる可能性もあった。

リオネルやエレナに愛されているラウルの姿を見せれば、そういった虚言もたてられないと思ったのだろう。

レオノーラがラウルから距離をとったのは、ラウルを守るためでもあったのだ。

誰よりも愛する、我が子の傍を離れることによって。

「あの、レオノーラ様……」

レオノーラが、何も言わずにリードに視線を向ける。

「そろそろ、ご自分を許して差し上げてはいかがでしょうか」

「何を、言って……」

「レオノーラ様は、もう十分罪は償ったと思います。いえ、そもそもレオノーラ様は罪なんて背負っていない。ただ、あまりにも状況が悪かっただけなんです」

元々レオノーラはジャスパーの下に嫁ぎ、二人は婚姻を結ぶはずだった。

それが出来なくなったのはジャスパーの生家の事情と、アローロの政治的な思惑があったからだ。

肖像画を見ていたレオノーラの、幼いラウルを見つめる眼差しはどこまでも優しいものだった。

本当は、誰より一番近くでラウルの成長を見守りたかったのは、レオノーラのはずだ。

「レオノーラ様がジャスパーさんが主治医になることを拒んでいるのは、ほんの一時でもジャスパーさんと同じ時間を過ごして、自分が幸せになるのを避けているからですよね。そんなことは、自分には許されないと思っている」

「そうよ……私に、そんな資格は」

「幸せになる資格のない人なんて、いません」

レオノーラの言葉を遮るように、はっきりとリードは言い切った。

「レオノーラ様が自らを犠牲にして秘密を守り続けたことにより、ラウルは王になることが出来ます。リオネル様も、それを望んでいます。もう十分じゃないですか」

これからは、レオノーラ自身が幸せになることを考えて欲しい。

願うような気持ちで、リードは言った。

レオノーラは、何の言葉も発しなかった。

「ジャスパーさんが言っていました。もし自分が主治医となることをレオノーラ様が拒むなら、しっかりとした良い主治医をつけて欲しいって。だけど、ジャスパーさんだって本当は自分が主治医になりたいはずなんです。だって、ジャスパーさんが医師になったのは……」

「わかってる」

今度は、リードの言葉が途中で遮られた。

「知ってるわ。子供の頃、よく風邪を引いて寝ている私のところに、ガスパールが見舞いに来てくれたの。そして、苦しむ私を見て言ったの。大人になったら医者になって、私のことも治してやるって」

レオノーラの瞳には、涙が浮かんでいた。けれど、その表情はとても穏やかで、嬉しそうだった。

「ジャスパーを主治医として受け入れます。どうか、よろしく伝えてください」

レオノーラの中で、何かしら踏ん切りがついたのだろう。畏まって言ったその言葉は、少し震えているように聞こえた。

「わかりました」

良かった、これでジャスパーさんに良い返事が出来る。自身の頬が、微かに緩むのを感じた。

けれどすぐに我に返り、レオノーラへ視線を戻す。

「もしラウルに聞かれたら、自身の出生に関して話されますか？」

レオノーラは逡巡し、そしてゆっくりと首を振った。

「リオネル様が、ラウルは自分の子だと認めてくださっている。だから、私の口からは、話さないわ」

「そうですね、私も、その方が良いと思います」

全ての事情を知ったところで、ラウルはレオノーラを責めることはないだろう。

ただ、場合によっては自らが王になることに迷いが生じるかもしれない。

ラウルに全てを話さないことに、抵抗がないわけではなかった。

けれど、時として優しい嘘も、生きていく上では必要なことをリードは知っていた。

11

城の空気が、浮ついている。

浮ついているといっても、軽薄な感じは全くなく、浮つくというよりも華やぐという表現の方が相応しいかもしれない。

年の終わりにあるナトレサ教の祭りの前の賑(にぎ)やかな雰囲気や、新年が明ける前の特別な雰囲気ともまた違う。

近いとすれば、二年前に行われた自分たちの結婚式だろうか。

「いや、結婚式よりもおめでたいのかな」

「は?」

考えていたことが、いつの間にか口に出ていたのだろう。テーブルの向かい側に座るラウルが、怪(け)訝(げん)そうにこちらを見てきた。

普段はそれぞれの側近と昼食をとることが多いのだが、今日は直前まで仕事が一緒だったこともあり、ラウルと食事を共にしていた。

「城の雰囲気だよ、みんな機嫌が良くて。いつもピリピリしてる財務総監にまでさっき笑顔で挨拶(あいさつ)されたた」

国の国庫、財務や財政を監督する財務総監の仕事は重要で、多大なプレッシャーのかかる仕事でもある。

特にラウルが改革を行って以降、細部に至るまで経費の提出が求められるようになったため、取りまとめを行う財務総監の仕事はさらに増えた。

決して悪い人間ではないのだが、いつも青白い顔をして仕事に追われているため、何か頼みごとをすると眉間に深い皺が寄ると有名だった。

そんな財務総監が、今日は爽やかな笑顔で、

「こんにちは、王太子妃殿下」

と声をかけてきたのだ。

さらに続けて、

「ああ、もうすぐ妃殿下になられるようですが」

と茶目っ気たっぷりに言われた日には、あまりの出来事に明日の天候を心配してしまった。

常に笑顔を見せることがない財務総監でもそんな感じなのだ。

城中が浮き立つのも、致し方ない話なのかもしれない。

「それだけみんな、ラウルの即位を楽しみにしてるんだろうな」

リードがそう言えば、ラウルの表情が目に見えて曇った。

曇ったというよりは、嫌いなものでも口にしてしまったような、けれど飲み込まなければいけない、そんな表情だった。

あの後無事に公務を再開させたリオネルは、自らの側近たちに近いうちに譲位する話を伝えた。

来月には、議会においてもリオネル自ら発表するつもりのようだ。

高齢と言われるほどではないが、先日倒れたことによりリオネルの身体を心配する声もあったため、

側近たちにもラウルへの譲位は好意的に受け取られたようだ。

当面の間はなるべく内密に、とリオネルは伝えたそうだが、箝口令が敷かれたわけではない。あれよあれよという間にリオネルの退位とラウルの即位は城中に広まってしまった。

「そうとも限らないんじゃないか」

感情が込められていない淡々とした口ぶりで、ラウルが言った。

「え？」

「多くの場合、王が即位するのは前国王が身罷ってからだ。新しい王が立つことにより、皆が気持ちを切り替えるとはいえ、笑顔で戴冠式を迎えるのは難しい。今回、戴冠式が行われるとしたら、父上が健在な状況だ。その状況をめでたがっているだけだろう」

「勿論それもあるだろうけど、ラウルが即位することを喜んでる人はたくさんいるよ。シモンなんて、今から招待状を書くの楽しみにしてるし」

「……だといいが」

明るく言ってはみたものの、ラウルの表情は晴れない。

やはり、気持ちの整理が未だについていないようだ。

リオネル様も、珍しく事を急いでるよな……。

普段のリオネルであれば、もう少しラウルの気持ちを確認してから周囲に退位を宣言したはずだ。

外堀を埋め、ラウルが即位から逃れられないようにしているようにも見えるが、リオネルの性格を考えればラウルを追い詰める意図があるとは思えない。

そもそも、王位を巡って父子対立するのは古今東西の王朝で頻繁に見られる話だが、こんな風に王位に対し後ろ向きな方が珍しい。

しかもラウルは、気弱で自信がないタイプでもない。自信過剰とまではいかないが、確かな努力に裏付けされた自信を持っている。

だから周囲も皆、ラウルが王位に対して未だ迷いがあるとは思いもしないだろう。

ラウル自身も元々周囲の期待には応えたい方ではあるし、周囲には即位を戸惑う様子は見せていない。

リオネルとしては、そんな周囲の様子を見せることにより、ラウルに自身の状況を自覚させたいのかもしれない。

まあ……他に納得させる方法がなかったのかもしれないけど。

自身が納得出来ることであれば、すぐに受け入れる強さをラウルは持っているが、納得出来ないことに関してはなかなか首を縦に振らない。

ラウルもたいがい、頑固だからなあ。

柔らかい羊肉を口にしながらラウルを眺めてみれば、やはり表情はいつもよりも沈んでいる。

「だったら、断る？」

「……は？」

「リオネル様からの、譲位を」

ラウルが眉間に皺を寄せ、ムッとした顔をする。

「そんなの、出来るわけ……」

「出来るよ。ラウルが王位継承権を放棄すればいいんだ。前例はないけど、出来ないわけじゃない」

思ってもみない提案だったのだろう、ラウルが一瞬、呆けたような顔をした。

「父上が譲位を決めてしまっているのにか？」

「その場合は、セドリックに即位してもらえばいいよ。ラウルはセドリックの後見人でもあるんだし、表面上はセドリックを立てながら、実権だって握ることが出来る。今まで通り、ラウルは公務も出来るよ」

まあ、王太子の地位はなくなっちゃうけど。

「そんな政治の道具のように、セドリックを使いたくはない」

「だけど、ラウルが王位を継がないってことはそういうことだ」

苦々しい表情を、ラウルがする。

「後見人といっても、セドリックが成人するまでの話だろうし、その後はセドリックに任せてしまってもいい。もし本当に、ラウルが即位したくないなら俺は協力するよ」

「別に……」

ラウルが、手に持っていたナイフとフォークを皿の上に置いた。

「別に、即位を望んでいないわけじゃない。父上に何かあった際には俺が王位につく覚悟は出来ていた。だが……」

「こんなにも早くその日が来るとは思わなかった？」

リードの言葉に、ラウルは無言で頷く。

わかっている。別にラウルは王位から逃げたいわけではない。第二王子だった時から、王の子として育てられてきたのだ。

その責任は果たすべきだと、ラウル自身も思っているのだろう。

ただ、その踏ん切りがまだついていないだけなのだ。

そもそも、どうしてラウルは自分がリオネルの子ではないと思ったのか。

先日ラウルが零した言葉に関しては、あれ以来一度も触れていなかった。

真実を話すことは出来ないとはいえ、リードもなるべくならラウルに嘘はつきたくなかった。

「それにしても」

再びカラトリーを手に取ったラウルが、リードに話しかける。

「譲位を断ってもいい、なんてお前から言われるとは思わなかったぞ」

「え？　そう？」

「リディは、俺が王にならなくてもいいのか？」

ラウルからの質問の意図がわからず、少し考える。けれどなんとなく言わんとしてることがわかり、小さく噴き出した。

「いいよ。別に、王妃になりたいからラウルと結婚したわけじゃないからね。勿論、ラウルなら立派な王様になるとは思うけど」

笑ってそう言えば、何故かラウルは複雑そうな顔をする。

「……王位から、自身に課せられた義務から、逃げるつもりはない。ただ、少し気持ちの整理をする時間が欲しいだけだ。それに」

そこで、一旦ラウルが言葉を区切る。

「王にならなければ、いつまでたっても叔父上から半人前扱いだからな」

それは大変に不本意だと、ラウルが心底嫌そうな顔をして言う。

「別に、そこは気にしなくていいと思うけど……」

笑いを堪えながら呟けば、ぎろりとラウルに睨まれてしまった。

気持ちの整理、か……。

出来ればラウルには、周囲の期待からではなく、自ら納得して王になって欲しかった。

けれど、どうすればラウルは納得出来るのか。リードにはわからなかった。

外交部の人間は、基本的に政争や権力争いに関して興味がない。

ラウルの側近をはじめ、城で働く多くの人間がラウルの即位に関して話題にしている時でさえ、それについて話している人間はいなかった。

「別に王が誰になろうと、私たちがする仕事は変わりませんので」

「そもそも、王太子殿下なんだからいつかは王になるのは当たり前じゃないですか」

シモンが疑問に思って聞けば、そんな答えが返って来た。

いかにも彼ららしい返答だとリードは思ったが、シモンは気に入らなかったのだろう。一人、無礼だと憤慨していた。

それでもここ最近はずっと機嫌が良かったシモンだが、リードが昼食をとり終えて執務室に戻ると、厳しい表情で机の前に立っていた。

「シモン？　どうかした？」

「お話ししたいことがあります。出来れば、人がいない場所で」

リードより少し上背のあるシモンから、こっそりと耳打ちされる。

ラウルと食事をとることは事前に伝えていたはずだし、緊急であれば知らせに来ただろう。

つまり、ラウルの耳には入れたくない話だということだ。

「戻って早々に悪いけど、シモンと一緒に資料の整理をしてくるよ」

踵を返し、他の外交部の面々へ声をかける。

聞いているのか聞いていないのかわからない生返事が、それぞれの口から出る。

元々、リードがシモンと共に行動をすることが多いのは皆知っているし、それに対して意見をしてくるような人間もいない。

無関心というよりは、そういったものだという認識になっているようだ。

とりあえず、シモンの話の内容が気になったため、リードは執務室から近い場所にある資料室へと急いだ。

資料室は人の出入りが少ないため、清掃をしてもすぐに埃が溜まってしまう。

窓の外から入ってくる柔らかな光に埃が照らされると、まるで光の粒のように美しく見えた。

「ラウルの即位に、反対している貴族がいる……？」

鍵をかけた資料室に人が入ってくることはないとはいえ、声を潜めてリードが問う。

「はい。先日、王太子殿下の即位に反対する貴族はいないだろうと言った手前、リード様の耳には入れておいた方がいいと思いまして」

「いや、さすがに皆が賛成するとは思わなかったから、それはいいんだけど……」

とはいえ、ラウルの即位がほぼ決まっている今、わざわざ反対の意を示す貴族がいるとは思わなかった。

本音のところはわからないが、ラウルが王となった後のことを考え、表面的には賛成する貴族がほとんどだったからだ。

「ちなみに、反対している者の名前は？」

「アルベルト・シュタイナー、数年前に父に代わって爵位を継いだ公爵家の人間です」

「シュタイナー家か……それは、少しばかりやっかいな相手だな」

シュタイナー家はオルテンシア建国以来の忠臣で、長い間歴代の王の側近も務めていた。

「確か、先代の公爵は陛下の側近も務めていたんだっけ？」

「はい。一度病を患ったことにより、今は息子に爵位を譲り、領地で療養をしているそうですが」

「即位に反対しているのは、その息子の方か……」

現当主であるアルベルトは、中央で重要な役職にはついていない。

シュタイナー家の人間であれば、望めばラウルの側近になることも出来たはずだ。

ただ、ラウルからそういった話は一度も聞いたことがないし、おそらくアルベルト自身が希望しなかったのだろう。

「うーん、シュタイナー家は名家ではあるけど、今は中央で地位を得ているわけじゃないし、反対されたところでそこまで問題にはならないと思うんだけど」

反対する理由が気になりはしたが、その経歴を聞くに変わり者のようだ。

これといって理由はないが、なんとなく反対しているだけなのかもしれない。

だから、深く考える必要はないと思ったのだが。

「確かに、中央の政治には関わっていないのですが、シュタイナー家には少し気になる噂があって……」

「噂?」

「はい。どうやら西方の国々と交易を行っているそうなんです。そのため、中央で役職につかずとも領地の方には潤沢な資金があるらしく」

「西方の国々と、交易……」

西方の国々と言えば、少し前までハノーヴァーの息がかかっていた国々だ。

「もしかしたら、ラウルの即位に反対しているのもコンラートの意向が入っている可能性が?」

「さすがにその可能性は少ないと思いますが、全くないとは言い切れません」

「それは……まずいな。なんだかんだで、シュタイナー家は名家だ。もしアルベルトがラウルの即位に反対の姿勢を示せば、賛同する人間が出てこないとも限らない」

勿論即位が覆されるほど多くの貴族が反対派にまわるとは考えられないが、悪い芽は早々に摘み取っておいた方がいい。

何より、ただでさえ即位に関してナーバスになっているラウルを、これ以上動揺させたくはなかった。

「シモン、アルベルトを城に呼ぶことは出来ると思う?」

「アルベルトが応じるかはどうかはわかりませんが、王太子妃として登城を命じることは出来ます」

「命令、かあ……」

仕方ないとはいえ、その言葉に少し引っかかりを覚える。元々貴族として身分がそれほど高くなかったこともあり、誰かに命ずるのは苦手だった。

けれど、背に腹は代えられない。

「わかった。西方の国々と交易を行っているという話だし、そのことに関して聞きたいことがあるという体で、城に来るよう手紙を出してもらえるかな」

「はい、勿論です」

「ありがとう、シモンはやっぱり頼りになるな」

元々がオルテンシアの出ではないリードは、貴族同士の関係や、権力争いにもいまいち疎い。

大貴族の子息であるシモンには、そういった点でも助けられている。

けれど笑顔でリードがそう言えば、シモンは何故かわざとらしくため息をついた。

「密室で二人きりだというのに、無防備にそんな顔をなさらないでください。私でなかったら、勘違いされてしまいますよ」

そろそろ戻りましょうと、シモンが資料室の入口へ向かう。

「シモン相手だから、無防備になれるんだよ」

さり気なくリードがそう言えば、シモンがぴたりと足を止め、こちらを振り返った。

「……リード様に限ってないとは思いますが、殿下への忠誠心を、試されているわけではないですよね？」

「は？」

胡乱(うろん)気なシモンに対し、リードは首を傾げる。

「とりあえず、次にリード様とお話しする時には密室はやめておきます。自分で自分を信じられなくなりそうなので」

ぼそりと呟くと、今度こそシモンは部屋の入口へと歩いて行った。

リードも慌ててその後を追う。心なし、シモンの顔が赤く見えた。

普段はどちらからといえば服装に関しては機能性、動きやすさを重視しているリードだが、特別な客人が来る際にはその限りではない。
特に基本的に身分が高い者ほど、ドレスコードを気にする傾向がある。

正装をすることにより、自分の存在が尊重されていると感じる貴族は多い。

薄い青色の、ふわりと裾が広がるズボンにブラウスという服装は、中性的で貴族たちからの評判も良いため、客人が来る際のリードの定番の服装だった。

「リード様、シュタイナー公爵がいらっしゃいました」

伝令からの報告を聞いたシモンが、リードに伝えに来る。

部屋の時計を見れば、予定していた時間よりも幾分早かった。

時間をしっかり守るタイプなのかもしれない。

「わかった、ありがとう」

リードは立ち上がり、シモンと共に応接室へ向かう。

シモンが手紙を出した数日後、意外なことに、すぐにアルベルトから返事が返って来た。

アルベルトの領地が、セレーノからそれほど離れていないということもあるのだろう。

日付と時間を指定してさえくれれば、いつでも登城するという旨が手紙には書かれていた。

そしてその翌週、アルベルトはシントラ城へやってきた。

応接室の扉を開けた瞬間、まず目に入ったのは印象的な短髪の黒髪だった。

元々オルテンシアやアローロの人間は髪の色が明るく、特に王族や貴族は金や銀の髪色を持つ人間が多い。

さらに、ラウルの髪は短いがそれは珍しい方で、多くの貴族は男性であっても髪を伸ばしている。

美しく髪を伸ばすことは、貴族男性にとってある種のステイタスでもあるからだ。

だからこそ、アルベルトの漆黒の短髪はリードの印象に強く残った。

髪色だけではない。アルベルトは服装から靴まで全て黒色のものを着用していた。

「お待たせしました、シュタイナー公爵」

リードが声をかければ、窓の外に視線を預けていたアルベルトがこちらを向いた。

あ、瞳の色は紫色なんだ……。

アルベルトは立ち上がると、にこりともせずにリードと、そしてシモンに挨拶を行った。

身長はリードよりも頭一つ分ほど高く、近くで見ると体軀もがっしりしていた。

「初めましてシュタイナー公爵、リードと申します」

「お招きに与り、光栄です。お初にお目にかかります、アルベルト・シュタイナーです」

低く、よくとおる声だった。言葉こそ丁寧だったが、感情が籠っていないその声は、この場所へ来るのが不本意だったという表れでもあった。

「……何か？」

思わず凝視してしまったからだろう。怪訝そうにアルベルトが問うてきた。

「いえ……シュタイナー公爵の黒髪に、思わず見入ってしまいました。とても理知的に見えますね、黒髪は」

リードがそう言えば、何故かアルベルトは鼻で笑った。

「それは自画自賛ですか？」

皮肉めいた口調に、ハッとする。そういえば、リード自身も黒髪だった。

シュタイナー公爵の言葉に、隣に立っていたシモンが気色ばむ。

誤魔化すようにリードは微笑み、アルベルトに長椅子に座るよう促した。

「今日はわざわざ城へ来て頂き、ありがとうございました。今回、シュタイナー公爵にお聞きしたかったのは……」

「アルベルト」

アルベルトが途中で言葉を遮った。

「アルベルトでお願いします、王太子妃殿下。俺には爵位や地位を自慢気に呼称に付ける趣味はありませんから」

元々の性格がそうであるのか、それともリードに対してだけなのか。

どちらかはわからないが、アルベルトは皮肉屋で、さらに自分に好感を持っていないことがよくわかった。

どうやら、一筋縄でどうにかなる相手ではないようだ。

「わかりました。ではアルベルトさんと呼ばせて頂きますね。私のことは、リードとお呼びください」

にっこりと笑みを浮かべ、アルベルトに宣言する。

「リード様……」

横に座るシモンが心配げにこちらを見たが、さり気なく手で制止する。

「なるほど、噂には聞いていたが、王太子妃殿下は頭の回転が速い方のようだ。小賢しいくらいに」

「恐れ入ります。アルベルトさんもとても優秀な方だと聞いております。ただ、そんなアルベルトさんでも私の名前を覚えるのは難しかったでしょうか？」

そんなに難しい名前ではないと思うのですが、もう一度教えて差し上げましょうか？

付け加えるようにそう言えば、アルベルトの頬が僅かに引きつった。

隣に座るシモンが、唖然としているのが見える。

「上等だリード様。御託はいい、俺をここに呼んだ理由を話せ」

長い脚を組み、腕組みしたアルベルトがリードに言った。

なるほど、こっちが本性か……。

先ほどまでとは違い、口調こそ荒かったが本音で話そうとしてくれているのはわかった。

だからリードも、率直に聞くことにした。

「アルベルトさんは王太子殿下の即位に反対だと聞いています。その理由を聞いても？」

「反対に理由も何もないだろう。ただ、王太子殿下の即位に反対しているだけだ。他国の人間の入れ知恵があるわけでもない」

バッサリと、切り捨てるようにアルベルトは言った。そして、その一言でアルベルトがハノーヴァーとのつながりがないこともわかった。

考えてみれば、元々シュタイナー家は忠臣として有名な家系だった。

いくらアルベルトが中央での役職に就いていないとはいえ、簡単にそれが揺らぐわけはないだろう。

「わかりました。質問を変えます。アルベルトさんは、王太子殿下が王に相応しくないとお考えですか？」

「別に、そうは思わないな。リッテラでの学業成績は優秀だったようだし、士官学校も首席で卒業。王太子になってからも、数々の改革を成功させている。十分、優秀な部類なんじゃないのか？」

意外だった。

言い方こそ淡々としているものの、アルベルトはラウルの実績に詳しく、評価に関してもフェアだった。

「じゃあ、どうして……」

「俺が、反対だからだ」

話が振り出しに戻ってしまった。

ラウルを評価しながら、どうして即位には反対するのか。アルベルトの考え方がわからない。

「言っておくが、あくまで俺が反対しているだけで、それを他の貴族たちに押し付けるつもりは毛頭ない。俺が一人反対したところで、王太子殿下は問題なく即位出来るはずだ」

その通りだった。いくらシュタイナー家が名家でも、一人で即位を覆すほどの力はない。

だけど……それならなんで……。

「他に聞きたいことがないなら、俺はもう帰らせてもらう。即位には反対するが、即位後も変わらずシュタイナー家は王家に仕え続ける」

それだけ言うと立ち上がり、アルベルトはすたすたと速足で歩きだしてしまった。

まさに、取りつく島もなかった。

けれど、アルベルトの大きな広い背中は、どこか物悲しく見えた。

後ろ姿だけではない。相対している時から、アルベルトは言い様のない悲しみを纏っていた。

「リード様、大丈夫ですか？」

アルベルトを見送りながら、黙り込んでしまったリードにシモンが話しかけてくる。

「あ、うん大丈夫……。なんか、よくわからない人だったね」

「とんでもなく無礼な人間ですよ。ただ、さすがに元軍属というだけのことはあり、迫力がありましたね」

「え？　軍属？」

初めて聞く話だった。

「はい。それこそ彼も士官学校を首席で卒業しているはずですよ。その次の期の首席は、エンリケ将軍でした」

「元ってことは、今は違うんだ？」

「退役したわけではないのですが、今は軍属ではなかったと思います。次期将軍とまで言われていたのですが、数年前に突然休職を申し出たそうです」

元軍属……数年前……。

なんだろう、何かが引っかかる。けれど、それが何なのかはわからない。

「だけど、無礼ではありましたが話のわかる男でよかったですね」

「え？」

「他の貴族を焚きつけるようなことはなさそうですし、本当にただ反対しているだけだったのは拍子抜けしてしまいましたが。こちらの不利になるような動きはしないですし、問題ないでしょう」

「ああ、うん。そうだな……」

シモンが言うように、アルベルトは懸念していたハノーヴァーとのつながりもなければ、他の貴族を扇動するつもりもなさそうだった。

そもそも、あの性格では他の貴族たちと仲良くしているとも考え辛い。

だから、もうこれ以上の追及は必要ないはずなのだが。けれどそれでも、いやだからこそ。

頑なにアルベルトがラウルの即位を反対する理由が、リードは気になった。

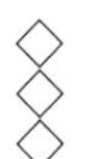

城の中庭を、ぼんやりとリードは歩いていた。

今日はラウルが忙しく、一人で昼食をとったのだが、食べた後の眠気に耐えられず、少し外を歩くことにしたのだ。

眠気を感じる理由には、思い当たる節がある。ここ数日の間、どうもリードは寝つきが悪く、しっかりとした睡眠がとれていなかった。

どうして、こんなに気になるんだろう……。

シモンと共に面会を終えた日の夜、さり気なくリードはアルベルトの名前をラウルに聞いてみたのだが、名前こそ知っていたが面識はないようだった。

士官学校ではエンリケよりも期別が上だという話だし、ラウルが軍に入った頃にはアルベルトは既に軍を離れていたはずだ。

二人の間に、つながりがあるとは思えない。かといって、アルベルトの口ぶりからしてラウルに特段遺恨があるわけでもなさそうだ。

けれど、それなら何故、あそこまでアルベルトはラウルの即位に反対するのだろうか。

アルベルトが中央から離れたことと も、何か関係があるのだろうか。

ダメだ……！　さっぱりわからない！

思わず、大きなため息が出てしまう。

「……王太子妃殿下？」

聞こえてきた声に、がばりと後ろを向く。

そこにいたのは、先ほどまでちょうどリードの頭の中にいた人物だった。

「エンリケ将軍？」

「ここは軍の管轄地なのですが……何か御用ですか？」

エンリケに指摘され、慌ててリードは辺りを見渡す。

そうだ、ここはオルテンシア軍の人間が、日頃訓練を行っている場所だ。

普段は剣を振るったり、馬の世話をしているのを見かけるのだが。珍しく、今日はそういった兵士たちの姿が見えない。

お昼時だから、昼食をとりに行っているのだろうか。

「本日は、皆外に演習に出かけています」

リードが疑問に思っていることがわかったのか、エンリケが補足するように教えてくれた。

そうだった、ラウルが城にいないのもマルクと一緒に演習に出かけたからだ。

「エンリケ将軍は？」

「私は、他の仕事がありますので……もしかして、トビアスを護衛につけたかったとか？」

もしその場合は私が付きますが、と言うエンリケに慌てて首を振る。

「昼食後に外を歩いてたら、いつの間にかここに足を運んでしまっていたんです……あ、そうだ」

せっかくの機会なのだ。アルベルトのことを聞いてみようと、エンリケに視線を向ける。

「どうかされましたか？」

リードの期待の眼差しに気付いたのか、エンリケが苦笑いを浮かべた。

過去にエンリケには何度か無理難題を押し付けていることもあり、少し警戒されているのかもしれない。

「いえ、もし知っていたら教えて欲しいんですが。アルベルト・シュタイナーという者を知っていますか？」

アルベルトの名前を出した途端、エンリケが苦虫（にがむし）を噛（か）み潰（つぶ）したような、なんとも言えない顔をした。

「アルベルトさんですか……士官学校時代の先輩ですから、まあ、それなりに……」

男気のあるエンリケの性格は、部下に大変人気があるが、同時に任務に対し厳しいことでも有名だ。

そんなエンリケにこんな顔をさせるのだ。アルベルトがどれだけ周りに恐れられていたか、それだけでもなんとなくわかった。

「どういう方でしたか？」

「そうですね、かなり優秀な男でした。他人にも自分にも厳しく、合理的で。だけど、不思議と部下からは人気がありました。彼の所属は海軍でしたので、それほど関わりはなかったのですが。あ、確かフェルディナンド殿下とはリッテラ時代のルームメイトで、親友だったという話を聞いたことがあります。お二人は仲が良く、フェルディナンド殿下が演習の視察に来た際に話しているのを見たことがあります」

「フェルディナンド殿下の、親友……？」

エンリケの口から出たフェルディナンドの名前に、リードは目を丸くする。

ラウルとフェルディナンドは八つほど年齢差があったはずだ。アルベルトの年齢差とも重なる。

そうか……フェルディナンド様の親友……。じゃあもしかして、アルベルトが軍を離れたのも。

欠けていたピースが見つかったことにより、頭の中にパズルが完成されていく。

「ありがとうございました、エンリケ将軍。大変参考になりました」

「は、はあ……それならよかったですが。王太子妃殿下、ご自分の立場を考えて、振る舞いにはくれぐれも気を付けてくださいね」

ようは、勝手な行動をとるなということなのだろう。

何か、嫌な予感でもしたのだろうか。エンリケ将軍が口を酸っぱくして言った。

「最善を尽くします」

笑顔でそう言えば、エンリケの顔が思い切り引きつったのが見えた。

エンリケは何か言いたそうな顔をしたが、敢えて気付かぬふりをしてリードは踵（きびす）を返して歩き続けた。

執務室に戻ったリードは、少し席を離れると部屋にいた人間へ伝え、再び部屋を出た。

シモンがいなかったのは、幸運だった。

リードがアルベルトを気にすることを、シモンはよく思っていなかった。

もう、これ以上関わりになって欲しくないと、やんわりと言われたこともある。

確かに、アルベルトのことは放っておいてもラウルの即位に支障を来すことはないだろう。

それでも、あのアルベルトの深い悲しみを纏（まと）った雰囲気は気になったし、何より彼にもラウルの即位を認めて欲しかった。

「あら、リード様」

リードが向かったのは、セドリックの部屋だった。

ノックをすると、中から出てきたナターリアはリードの顔を確認すると、嬉（うれ）しそうに頬を緩めた。

王太子妃となる前はラウルの側近をする傍ら、セドリックの家庭教師もしていたため、ナターリアとは今でも懇意にしていて、時折セドリックのことを相談されたりもする。

「こんにちは、ナターリア様。少し、お話しさせて頂いても良いですか？」

「勿論です。少し早いですが、お茶の時間に致しましょう」

良いお菓子があるんです、と楽しそうにナターリアが言った。

久しぶりに入ったセドリックの部屋は、以前訪れた時よりもだいぶ様子が変わっていた。

リードが家庭教師を始めた頃はたくさんあった玩具も随分減り、その代わりに大きな本棚が設置され、たくさんの本が並べられていた。

出会った頃は、まだ七歳だったセドリックも、もうすぐ十歳になる。

以前は線の細い、優しく繊細な少年といった印象だったが、最近は同年代の子供たちと一緒に過ごすことが多くなったため、体力も随分ついてきているようだ。

「ごめんなさいリード様。今の時間、セドリックは他の子供たちと一緒に授業を受けていて……」

侍女が用意してくれた紅茶を前にしたナターリアが、少し申し訳なさそうに言った。

「承知しております。今日は、ナターリア様に聞きたいことがあってお邪魔したので」

「私に、ですか……？」

なんでしょう、とナターリアが首を傾げる。

「はい、ナターリア様は、アルベルト・シュタイナーという名前に、聞き覚えはありますか？」

今の時点では、ナターリアがアルベルトについてよい印象を持っているのか、それとも悪印象を持っているのかわからない。

ただ、ナターリアとフェルディナンドは幼馴染だったという話だし、アルベルトのことは知っているはずだ。

「アルベルト……勿論です。彼は私にとって、ライバルみたいな存在でしたから」

「ラ、ライバル？」

茶目っ気たっぷりに言うナターリアに、今度はリードが首を傾げた。

「はい。アルベルトはフェルディナンド様と本当に仲が良くて、リッテラ時代はいつも二人で一緒にいたそうです。長期休暇でせっかく城に戻ってきても、すぐにアルベルトがフェルディナンド様を誘いに来て、連れて行ってしまうんです。その時のアルベルトのしたり顔が、また腹が立って……！

もう、一時期は大嫌いでした」

大嫌い、と言いながらもナターリアの表情は笑っていた。

面白くなかったのは本音であろうが、おそらく二人のことを微笑ましく見守っていた部分もあるのだろう。

「でも……フェルディナンド様が亡くなった時、一番親身になってくれたのもアルベルトでした。何か困ったことがあったら相談してくれって。一見冷たく見えますが、根は優しい方なんですよね」

ナターリアが懐かしそうに言った。

話を聞く限り、やはりアルベルトとフェルディナンドはかなり親密な関係だったのだろう。

親密なだけではない、アルベルトのフェルディナンドへの感情は、友情の枠ではおさまりきらない、それ以上のものを感じる。

「だけど……どうしてアルベルトのお話が？」

今度はナターリアに問われ、リードはあらかじめ用意していた返答を口にする。

「はい。最近、オルテンシア海軍で色々もめごとが多くて。皆優秀なのですが、だからこそ纏める人間が必要みたいなんです。その時に、エンリケ将軍からアルベルトさんの話を聞いて……」

多少の罪悪感はあったが、決して嘘はついていなかった。ナターリアも納得したのだろう。

「そういうことだったんですね。確かに、アルベルトは軍人としても素晴らしい素質を持っていたと思います。ただ、フェルディナンド様が亡くなってすぐに、軍にも休職を申し出たみたいで。それくらい、アルベルトにとってもフェルディナンド様の死はショックだったんだと思います」

やはり、アルベルトが軍を辞めたのはフェルディナンドの死がきっかけだったようだ。

単純に、精神的なショックだけが原因だったのだろうか。もしかしたら、フェルディナンドの死により、アルベルトは軍人として生きる道すら失ってしまったのではないだろうか。

いや、さすがにそれは考えすぎかな……。

ただ、アルベルトが悪い人間ではないことは十分にわかった。それこそ、陰でラウルの即位を阻むような真似をすることはしないだろう。

「そうですか、じゃあアルベルトさんが軍に戻られる可能性は……」

「難しいと思います」

ナターリアの返答に、相槌を打つ。

「だけど、まさかリード様の口からアルベルトの名前を聞くとは思いませんでした。それこそ最近、セドリックにアルベルトの話をしたばかりなので」

「え……？　セドリックに、ですか」

「はい、実は……」

ナターリアが続きを話そうとしたところで、部屋の扉が開き、元気な声が聞こえてきた。

「お母様聞いてください！　今日の算術のテスト、私が一番だったんですよ！」

どうやらセドリックが帰ってきたようだ。

「セドリック、嬉しい気持ちはわかりますが、少し声を抑えてちょうだい」

苦笑いを浮かべて、ナターリアがそれとなく注意する。

リードがゆっくりと振り返れば、セドリックが大きな瞳(ひとみ)をますます大きくした。

「リード先生！」

「こんにちは、セドリック」

表情を明るくしたセドリックが、リードの方へと駆け寄ってくる。

「こんにちは。お母様とお話ししていたんですか？」

「うん、そうだよ」

にこにこと可愛らしい笑顔を向けてくるセドリックに、自然とリードの頬も緩む。

そこでふと、セドリックのブラウスの胸元にある緑色の宝石の存在に気付く。

「これ……もしかして賢者の石？」

「はい！　お父様の形見だって、先日お母様から頂きました」

特徴的な緑色の石は、アローロとオルテンシアのリッテラにおいて、最も優秀な生徒が手にすることが出来る名誉ある宝石だ。

賢者の石、と巷では呼ばれるそれを、リードは昔マクシミリアンから贈られていた。

「賢者の石を授与されるなんて、さすがフェルディナンド様ですね」

ラウルからも、フェルディナンドはとても頭がよく、学業面も優秀だったと聞いていたが、改めて目の当たりにすると感心してしまう。

「それが……残念ながら違うんですよリード様」

「え？」

「その石は、フェルディナンド様に授与されたものではないんです」

「そうなんですか？」

それなら、どうしてこの石がフェルディナンドの形見としてセドリックが持っているのか。

そんなリードの疑問の答えは、すぐにナターリアの口から語られた。

「フェルディナンド様もとても優秀だったのですが、アルベルトはさらにその上をいっていたようで。その石は、アルベルトからフェルディナンド様に贈られたものなんです」

アルベルトから、フェルディナンド様に……。

賢者の石は、授与された者が最も大切に想う相手に渡すのが慣例となっている。

婚約者に渡す者もいれば、両親をはじめとする家族に贈る者もいる。

フェルディナンドにとって、アルベルトは大切な親友だったのだろう。けれど、おそらくアルベルトにとってのフェルディナンドは、それだけの存在ではなかった。

アルベルトと、もう一度話をしてみよう。
セドリックの胸に光る美しい緑色の石を見つめながら、リードは決意する。

12

シュタイナー家の領地は、セレーノから馬車で一刻ほどの場所にあった。

オルテンシアの国土は元々それほど大きくはないが、それでも貴族が所有する領地までは王都から二刻ほどの時間はかかる。

各領地の管理を任されている貴族たちが反乱を起こした際に、鎮圧するためにはある程度の時間が必要だ。

シュタイナー家の領地が王家直属領の隣にあるのは、それだけのシュタイナー家への信頼からだろう。


三日前、リードはアルベルトに領地への訪問を行うという旨の手紙を送った。

今回はシモンへの代筆は頼まず、自分自身の手で綴った。

アルベルトからの返信は来ていなかったが、届く前にリードは出かけてしまうことにした。

内容を考えても、領地への訪問は何かしらの事情をつけて断られるはずだ。

それならば、返答が来ていなかったという言い訳が通る時期に訪問してしまえばいい。

思った以上に、発展してる……。

シュタイナー家の領地であるジェノアは港を有していることもあり、交易が盛んだ。

かといって、富を独占するわけではなく、基本的には国の管理の下で行っている。

港にはたくさんの船が泊まっていたが、その中でもひときわ目立っていたのが海軍のガリオン船だ。

補給のために停泊しているのだろう。

ジェノアの港は大きいとはいえ、以前はセレーノからそれほど距離がないこともあり、軍の船は泊まらなかった。

巨大なガレオン船を受け入れるためには大規模な工事も必要だったからだ。

しかし、軍艦が入港出来るのがセレーノの港だけだったら、外敵から一番に狙われるのもセレーノになってしまう。

それ以前のジェノアで足止め出来るように、ジェノアを軍港として開放することを提言したのが、アルベルトだった。

見事な忠誠心だ、さすがシュタイナー家の人間だと皆の心を打ったという話だが、それだけが理由ではないだろう。

「王太子妃殿下、そろそろシュタイナー公爵の屋敷に着きます」

馬車の外から、トビアスの声が聞こえてくる。

今回、アルベルトの屋敷へ向かうという話は、エンリケにだけ伝えておいた。

――やっぱり反対ですか？

――反対したところで、俺の話を聞く王太子妃殿下ではないでしょう。

額に手をあてて言ったエンリケが、わざとらしくため息をついた。

申し訳ない気持ちもしたが、確かにその通りなので言い訳は出来ない。

そして、護衛としてトビアスを連れていくことを条件に、目を瞑(つぶ)ってくれることになったのだ。

馬車から降りると、微かに花のかおりがした。

港の近くを通った時には潮のにおいがしたが、アルベルトの屋敷は港からは少し離れた場所にあるため、さすがに海風は届かないようだ。

さすがは公爵家とでもいうべきか。広い敷地に建つ大きな屋敷は、さながら一国の城のようでもあった。

屋敷の門には二人の兵士が立っており、トビアスが話をしに行けば、もう一人の兵士が屋敷の中へ走って行った。

小走りで戻って来た若い兵士が、リードとトビアスを屋敷の敷地内に入れてくれる。

「よかったです、すぐに入れてもらうことが出来て」

リードの少し後ろを歩くトビアスが、小声で言った。

普段は表情の起伏がないトビアスだが、どことなく緊張して見えるのはアルベルトのことをエンリケから聞いているからだろう。

リードは詳しくないが、軍隊内の上下関係は基本的に厳しいようだ。

「正直、こんなにスムーズに入れてもらえるとは思わなかった」

リードも相槌を打つ。

門前払いを食らわなかったのはありがたかった。

屋敷の途中にある庭は、それほど広くはなかったがきれいに整えられており、季節の花々がそこかしこに咲いていた。

初老の庭師が、熱心に手入れを行っているのが見えた。

屋敷の前に着くと、そこには腕組みしたアルベルトが不機嫌そうに立っていた。

ウエストコートこそ着ていないものの、ブラウスは紺色だったし、下に穿(は)いているブリーチズは前回会った時同様に黒色だった。

「訪問はお断りするという手紙は出したはずですが？」

「そうだったんですね？　まだ届いていなかったので存じませんでした。どうやら行き違いになってしまったみたいです」

怯(ひる)むことなくにっこりと答えれば、アルベルトは思い切り顔を顰(しか)めた。

「全く、いい性格をしてるなリード様。中へどうぞ、茶くらいは淹れてやる」

「いいんですか？」

「どうせ断ったところで、エンリケの使いで来ただのもっともらしい理由を用意してるんだろう？」

エンリケの名前が出たことに驚く。実際、訪問を断られた際にはエンリケの代理という立場を利用するはずだった。

勿論(もちろん)、エンリケには事前に許可をとってある。

「バレましたか」

手の内がバレているなら仕方がない。白状すれば、アルベルトは鼻で笑った。

「王太子妃殿下がエンリケと懇意にしているってのは軍内部じゃ有名な話なんだよ。たまには海軍にも顔を出した方が良いぞ。陸軍ばっか贔屓(ひいき)されてるって、ぼやいてる奴らもいるからな」

人気者だな、リード様。

敬称こそつけられているが、全く尊敬されている感じがしない。しかし、不思議と不快感はなかった。

「そんなつもりはなかったんですが……今後は少し気を付けます」

アルベルトは軍を休職してはいるものの、軍内部の情報はしっかり入ってきているようだ。

そういえば、部下からは慕われていたとエンリケも言っていた。

「それから、そこの若いの」

アルベルトの視点が、リードからトビアスに移る。

「はい」

「門の兵士に訪問を告げに行って、王太子妃殿下の傍を離れたよな？　その一瞬の隙をついて、妃殿下を害そうとする人間がいる可能性は考えなかったのか？」

「それは……」

トビアスの顔色が変わり、項垂れるように頭が下がる。

「馬車の中に一旦戻って頂くか、そうじゃないなら馬車の陰に隠れる場所で待って頂くくらいは思いつけ。いつ何時何があるかわからないんだ。王族の護衛を引き受けてるなら、気を抜くな」

「はい、申し訳ありませんでした。以後、気を付けます！」

背筋を伸ばしたトビアスが、アルベルトを見つめてはっきりと返答する。

「わかったならいい。リード様、中へどうぞ。夜道は物騒だ、さっさと話して帰った方が良い」

物言いこそぞんざいではあるが、一応エスコートはしてくれるらしい。

「じゃあ、トビアス。後でまた」

「はい、いってらっしゃいませ」

トビアスと別れ、アルベルトの案内で屋敷内へ入る。

さすが代々続く公爵家の屋敷というべきか、外観も美しかったが、中はさらに豪奢（ごうしゃ）だった。

深紅の絨毯（じゅうたん）に、等間隔に置かれた調度品や絵画。

なんとなく、アルベルトの趣味とは思えなかったから、もしかしたら先代のシュタイナー公爵夫人が揃えたものなのかもしれない。

「さっきの若いのは、リード様の愛人じゃないよな？」

無言でリードの前を歩いていたアルベルトが、ふと尋ねてきた。

「当たり前じゃないですか」

一体何を言い出すんだと、さすがのリードもギョッとする。

「だろうな、あんたはそういうタイプじゃなさそうだし。あいつ、最初から最後まで俺のこと警戒心バリバリって感じで見てたぞ」

「気づきませんでした……無礼を働いたようでしたら、すみません」

「いや、主人を守る護衛としては必要なことだ。大切にしてやってやれ」

揶揄（からか）われているのだろうかと、反論しようかとも思ったが、やめておいた。

そう言ったアルベルトの表情が、普段より柔らかくなっているのがわかったからだ。

なんか、つかみどころのない人だな……。

この数日間、過去のアルベルトの功績をはじめとする資料は徹底的に読み漁った。

悪い人間ではないことは知っている。ただ、とてつもなく難しい人間であることは確かだった。

それでも、自分がここに来たのは彼を説得するためだ。

リードはじっと、自分の少し前を歩くアルベルトを見つめた。


長い廊下を抜けた先にある応接室に案内されたリードは、アルベルトと向かい合って座った。

あらかじめ客人が来ることは侍女には伝えてあったのか、椅子に座った絶妙なタイミングで、ティーカップと菓子が運ばれてきた。

ただ、それに手を付ける余裕はなさそうだ。

「アルベルトさんが王太子殿下の即位に反対する理由がわかりました」

話のペースをアルベルトに持っていかれる前に、先にリードは口を開いた。

アルベルトはちょうどティーカップを手に持ったところだった。

「申し訳ないとは思ったのですが、貴方のことを調べさせて頂きました。アルベルトさんは、フェルディナンド様と恋人同士だったんですね」

ナターリアは二人の関係を親友だったと言っていたが、アルベルトの行動からはそれ以上のものを感じた。

「だから、フェルディナンド様が亡くなった原因でもある王太子殿下の即位にどうしても納得出来ず、反対されている。違いますか？」

慎重に、言葉を選びながらリードは話した。

フェルディナンドの死にラウルが関係していることは内密にされているが、ここまで情報に精通しているアルベルトだ。

知っている可能性は十分にあるし、だからこそラウルの即位に納得出来ないのだろう。

アルベルトは、黙ってリードの話を聞いていた。けれど、全て聞き終わると手に持っていたカップをソーサーに置き、そしてふっと鼻から抜けるような笑いを浮かべた。

「恋人同士……なるほど、リード様はそう推理したわけか。だが、残念ながらハズレだ」

「え……？」

アルベルトに嘘をつく必要はない。ということは、本当に間違っていたのだろうか。

「まあ、全てがハズレってわけじゃない。俺とフェルディナンドは恋人同士なんかじゃなかった。……ただ俺が、あいつに一方的に想いを募らせていただけだ」

自分の片想いだったのだと、付け加えるようにアルベルトは言った。

「シュタイナー家に生まれた人間は、皆王家に忠誠を誓うよう生まれた時から育てられる。だが、俺はそれに大いに反発していた。どうして王族ってだけで、自分が命をかけなければならないのか。フェルディナンドとリッテラで同室になったのは幸いだった。思いっきり粗探しをして、やはり自分が仕えるには値しない人間だと父上に訴えようと、そればかり考えていた。だが……あいつは、フェルディナンドはどこまでも優しく、人の良い清廉な人間だった」

二人は恋人同士ではなかった、けれどアルベルトはフェルディナンドを深く愛していたのだろう。

フェルディナンドの話をするアルベルトは、それまでの斜に構えたような姿勢とは違い、穏やかで、とても幸せそうだった。

「真面目で努力家で、だけど少しだけ要領が悪くて、抜けているところがあって。なんとなく放っておけなくてずっと傍にいたら、気が付いた時にはあいつは俺にとって世界で一番大切な存在になった。ただあいつの一番近くで、あいつの国を守ることが、俺の生きがいだった。だが……あいつはもうこの世にいない」

アルベルトの表情から、ふっと笑みが消えた。まるで、夢から覚めたように。

「軍を長い間休職されているのも、それが理由ですか？」

「仕える主がいなくなってしまったからな。王となったフェルディナンドを支えるという俺の夢は潰えた」

淡々としたアルベルトの言葉からも、フェルディナンドの死により彼が生きる希望を失ったことがわかる。

聞いていて、どうしようもないほどに胸が痛んだ。

ある意味、恋愛感情よりも複雑で、重たい感情だった。

「忠臣、二君に仕えずですか……」

「どういう意味だ？」

「優秀な臣下は、一生の間に二人の主君に仕えることはないという意味です」

「いい言葉だな」

なんとなく口にした言葉だったが、アルベルトは気に入ったようだ。

「どうして、私にこの話をしてくださったんですか？」

別に、ここまでの事情をリードにあらいざらい話す必要はなかったはずだ。けれど、アルベルトは誠実に、全てを話してくれた。

「あんたが王太子殿下……ラウル殿下を大切に思っているのがわかったからだよ」

アルベルトが、長い脚を組みなおした。

「フェルディナンドは、ラウル殿下のことをとても可愛がっていてな。城に帰った後は、いつもラウル殿下の話ばかりしていた。だから、ラウル殿下が原因でフェルディナンドが死んだって話を聞いて、あいつらしいと思った。ラウル殿下には、何の恨みも憎しみもない。前にも話したが、王となる素質は十分すぎるくらいあるだろうしな」

「それじゃあ……」

「だが、俺はラウル殿下の即位には反対する」

きっぱりと、アルベルトが言った。

「皆、フェルディナンドのことを、あいつのことを忘れていく……。当時はあいつを持て囃していた連中はみんなラウル殿下ラウル殿下、だ。俺くらい、あいつのことを覚えていたっていいだろう」

期待した答えは返ってこなかったが、アルベルトの気持ちは痛いほどリードにもわかった。

アルベルトにとっての王は、フェルディナンド一人なのだろう。

「……わかりました。王太子殿下の即位に関しては、アルベルトさんの意見を尊重したいと思います」

ここで自分が何を言っても彼の心を動かすことは出来ないだろう。それくらい、アルベルトのフェルディナンドへの忠誠心は強い。

意外だったのだろう、アルベルトが少し驚いたような顔をした。

「ただ、手紙にも書かせて頂きましたが……海軍へ戻って頂くことは出来ないでしょうか？」

今回、リードがアルベルトに向けて書いた手紙には、二つのことが書かれていた。

一つは、ラウルの即位に賛成して欲しいこと。そしてもう一つが、海軍への復帰だった。

「貴方が軍にいた頃、書かれたレポートや本は全て目を通しました。海軍戦略や海戦術、制海権に海上封鎖……どの研究も素晴らしかったです。特に海上権力論は、オルテンシアがこれからの世界で生き残るために大いに役立つものだと思いました」

海を制する者は世界を制す、その一文から始まった海上権力論は、安全な交易を行う上でいかに海上支配が重要かが熱心に書かれていた。

エンリケが絶賛するはずだ。士官学校を出たばかりの青年将校が書いたものとは思えなかった。

「優秀だって噂は、本当みたいだなリード様。あれを理解して評価した人間は、フェルディナンド以外ではあんたが初めてだ」

「私だけじゃありません。王太子殿下も、アルベルトさんのレポートや本は全て読んだと言っていました。マラティア王国との正式な国交を結んだのも、アルベルトさんの本から学んだ知識があったからです」

当時は気づかなかったが、アルベルトの本を読んでわかった。リードの話をラウルが柔軟に受け入れてくれたのは、アルベルトの影響もあったからだ。

「アルベルトさんが、王太子殿下の、ラウルの即位を認めたくないという気持ちはわかります。けれど、フェルディナンド様が命を賭してラウルを守ったのは、この国にとってラウルが大切な存在だと思っていたからではないでしょうか。フェルディナンド様が守ったラウルを、海軍軍人として、支えて頂けませんか？」

アルベルトは、すぐに答えを出さなかった。これまで間を置かずにポンポンと答えていた口は閉じられ、思案しているようだった。

おそらく、リードの提案の仕方が思ってもみない方向だったからだろう。

「あんたの言い分はわかった。評価してもらっているのも、悪い気はしない。だが、今は軍に戻るつもりはない」

「そう、ですか……」

「せっかく来てもらったのに、協力出来なくてすまない」

「いえ……こちらこそ、話を聞いてくださってありがとうございました」

答えは予想していたとはいえ、やはり気持ちは沈んだ。

けれど、それくらいアルベルトにとってフェルディナンドの存在は特別なものだったのだろう。

日が沈む前に帰った方がいいと言うアルベルトの言葉に従い、部屋を出ていく。

来た時と同じように、アルベルトはリードをエスコートしてくれた。アルベルトの中に申し訳なさがあるからだろうか、最初よりも幾分丁寧だった。

外で待機していたトビアスに出迎えられ、最後にもう一度アルベルトに礼を言った。

アルベルトの意志はかたく、もうここへ来ることはないだろうとなんとなくリードは思う。

けれど、馬車へ向かおうとしたその時だった。

「リード様」

アルベルトに呼ばれ、リードは振り返る。

「ラウル殿下に伝えてくれ。もし何か困ったことや、聞きたいことがあったら相談くらいには乗って差し上げるってな。ま、役に立つかどうかはわからねえけど」

居丈高な態度ではあるが、アルベルトに出来る精いっぱいの譲歩なのだろう。

「ありがとうございます、伝えておきます」

今は軍に戻るつもりはないとアルベルトは言った。けれどいつの日か、戻ってきてくれる日が来るのかもしれない。

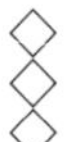

「アルベルト・シュタイナーに会いに行ったというのは本当か？」
湯浴みを終え、寝室に戻ると既に寝台の上に座っていたラウルからの一言に、リードの表情が固まった。

恐々とラウルの顔を窺い見れば、その表情は明らかに不機嫌そうだ。

一応疑問形ではあるが、ラウルがこういった質問をする場合、十中八九確信が持てている時だ。

誤魔化したところで、通用しないだろう。それに、別に後ろめたいことがあるわけでもない。

「え？　どうして知ってるの？」

「昼頃、お前の執務室に行ったらシモンから軍の見学に行っていると言われた。だが、エンリケのところに向かったらお前の姿はなかった」

今日、ラウルはアデリーノと共に国内の病院の視察に出かけると事前に聞いていた。

けれど、考えてみれば王都の病院であれば城からはそう時間がかからないはずだ。おそらく、すぐに戻ってきてしまったのだろう。

ごめん、エンリケ将軍……。

内心、こっそりとエンリケに謝る。

「エンリケ将軍から、話は聞いてると思うんだけど……」

「わかってる。海軍に戻ってくれないかと、アルベルトに話しに行ってくれたんだろう？」

もしもの時を考え、事前に用意していた理由をエンリケは説明してくれていたようだ。

よかった、おかしな誤解は受けていないようだ。

安心したリードは、ラウルの隣に座る。

「うん、そうなんだ。前にラウルから海軍内部がどうもまとまっていないって話を聞いていたし、この間もアルベルトさんが書いた本やレポートは素晴らしかったって話してただろ？　オルテンシアは交易によって豊かになった国でもある。海上での存在感を維持するためにも、海軍の増強は急務だと思うんだ」

ラウルは黙ってリードの話を聞いていたが、その表情は晴れない。

「リディの言うことはもっともだし、オルテンシアのことを考えて動いてくれているのはありがたいと思う。だけど……」

「だけど？」

「出来れば、一人でアルベルトを訪問するのは金輪際やめて欲しい」

ムスッとしたまま、ラウルが言った。

「どうして？」

「自分でも心が狭くて嫌になるんだが……単純に、お前に他の男に興味を持って欲しくない」

ぼそりと呟いたラウルの一言に、リードはきょとんとする。そして次に、笑いがこみ上げてくる。

「そ、そんなこと気にしなくていいと思うけど……」

懸命に笑いを堪えているものの、ラウルにはお見通しなのだろう。

眉間の皺が、ますます深くなってしまった。

「……それで」

「え？」

「アルベルトのことは説得出来そうなのか？」

ラウルの問いに、リードは力なく首を振る。

「残念ながら、難しいと思う。でも、ラウルがアルベルトさんの本やレポートを全て読んでることは伝えてあるし、もし何かあれば相談に乗ってくれるって言ってたよ」

「そうか……だが、助言に乗ってくれるというのは心強いな」

ラウルも、アルベルトの能力は認めているのだろう。

「まあ、その場合は俺とマルクで相談に行くから気にしなくていい……って、笑うな！」

「だって確かにアルベルトさんは立派な人だとは思ったけど、そういう対象として考えたことすらなかったからさ」

「お前は考えなくても、アルベルトはどうかわからないだろう？　しばらく軍と距離を置いていたのに、相談に乗るなんて言い出したのもお前が目的なのかも」

「いや、それはないから」

ラウルの言葉は嬉しかったが、さすがに面映ゆくなってくる。

「絶対ないとは思うけど、もしアルベルトさんが俺のことをそんな風に見ていたとしても、関係ないよ。だって、俺が好きなのはラウルなんだからさ」

笑ってそう言えば、ラウルが小さくため息をつく。

「全く……そう言えば俺の機嫌がよくなると思ってるだろう？」

「違う？」

「違わない」

言いながら、ラウルがリードの身体を抱きしめる。

湯浴みを終えたばかりだからだろう、ラウルの身体からは石鹸の良いにおいがした。

「リディが俺を好きでいてくれているのはわかっているが、お前は魅力的だからな。みんながお前に恋をしていくような気がする」

「さすがにそれはないって」

耳元で囁かれ、くすぐったさに笑ってしまう。

「もう少しお前と出会うのが早かったら、賢者の石だってマクシミリアンの奴には渡さなかったんだけどな」

まあ、今更言っても仕方ないが、と付け加えるようにラウルが言った。

おそらくラウルも手を抜いたわけではないのだろうが、あの時のマクシミリアンが真剣だったことは知っているのだろう。

「そういえば……」

ラウルが、そっとリードの肩を抱きながら、距離を開ける。

「兄上も、賢者の石を、最優秀生徒を目指していたが、結局得ることが出来なかったな」

「うん、少し前にセドリックが身に着けていたから、てっきりフェルディナンド様に授与されたのかと思ったけど、違うってナターリア様が言ってた」

授与された賢者の石は色々な形に加工するようで、マクシミリアンは首飾りにしてリードに贈ってくれたが、セドリックの胸元についていたのはブローチだった。

「その話なら、俺もよく覚えてる。リッテラから城に帰ってきた日、大切そうに持っていたから、てっきり兄上に授与されたとばかり思っていたんだが。兄上に聞いたら残念ながら違うって否定されたんだ。じゃあ、なんで持ってるのかと聞いたら、こう言われたんだ。『本当は僕が贈りたかったのに、その相手から貰ってしまったんだ』って」

ラウルの言葉に、リードは瞳を大きくする。

フェルディナンドに賢者の石を贈りたかったのはアルベルトだ。

そして、フェルディナンドもまた、アルベルトに賢者の石を贈りたいと思っていた。

一方的な、片想いなんかじゃなかった……。

おそらくフェルディナンドも、アルベルトのことを誰よりも大切に想っていたはずだ。

けれど、フェルディナンドの立場上、それをアルベルトに伝えることは出来なかったのだろう。

だからこそ、秘めた自身の想いを賢者の石へ込めることにした。

「当時はよく意味がわからなかったんだが、兄上にも、それだけ大切な人間がいたのかもしれないな。

……リディ？」

どうかしたか、と黙り込んでしまったリードを心配するようにラウルが声をかける。

リードは首を振り、そしてラウルをじっと見つめる。

「ラウル、お願いがあるんだ」

真剣にリードが言えば、ラウルは少しだけ驚いたような顔をしたが、すぐにゆっくりと頷いた。

13

たくさんの花々が飾られた大聖堂は、いつも以上に神秘的な空気が流れていた。

フェルディナンドの命日に行われる追悼式典は、毎年厳かな雰囲気の中行われていたが、今日は貴族だけではなく、一般の人々からも礼拝に参加する希望者を募った。

マザーの話では、多くの人々が参列を希望し、結局大聖堂に入り切ることが出来ず、献花台が設置されることになったのだという。

王立管弦楽団に事情を話せば、ぜひ演奏させて欲しいと全ての楽団員が手を挙げてくれた。

改めて、たくさんの人々にフェルディナンドが愛されていたのがわかる。

正装姿の人々が大聖堂に参列し、楽団の演奏により聖歌を皆で歌う。

その後皆着席すると、マザーによる祈りの言葉がフェルディナンドへ向けて捧げられる。

穏やかで優しいマザーの言葉を聞いていると、不思議と心が清められていくような気がする。

おそらくこの場にいる皆がそう考えているようで、静かにマザーの言葉に耳を傾け続けた。

そのため、大聖堂の大きな扉がゆっくり開かれても、ほとんどの者は気づかなかった。

あ……。

それに気付いたリードは、胸を撫でおろす。

よかった、間に合って。

大聖堂の中に入って来たのは、一月ほど前に対面したアルベルトだった。

相変わらず、上から下まで全て黒い服装をしていた。

フェルディナンドの命日である今日は、必ずアルベルトもサンモルテへ顔を出すはずだ。だからリードはマザーに頼み、アルベルトの姿を見た者には大聖堂で礼拝をしていることを知らせるよう伝えるよう頼んだのだ。

アルベルトは後方の空いている席を見つけると、そこに着席した。

そして他の者たちと同じように静かに手を組み、目を閉じた。


「今日は、兄のためにこんなにたくさんの方々に集まって頂き、心より感謝する」

マザーの祈りの言葉の後は、身内であるラウルの挨拶が行われた。

「思えば、私がサンモルテの奉仕活動を初めて行ったのも、兄と一緒の時だった。日頃、土など触ったことがなく、戸惑う私に、兄は優しく丁寧に奉仕活動の必要性を説き、やり方を教えてくれた」

サンモルテで働いていた頃、聞いたことがある。

フェルディナンドは熱心に教会への奉仕活動や賑恤を行い、ラウルはそんなフェルディナンドの背中を見て、そういった活動を続けているのだと。

「私にとって兄は誇りで、憧れでもあり、目標でもある。サンモルテへ来ると、兄と対話が出来ているようで心が洗われるような気分になる。ただ、こうして私が式典を中心となって進めるのは、今年限りだ。来年からは、兄の息子で、私の甥でもあるセドリックが務める」

そう言うと、ラウルがリードへ目配せをする。

リードは隣に立つセドリックの背に、そっと手を当てた。

サンモルテでの奉仕活動は、セドリックが行っている公務の一つだ。けれど、こんなにたくさんの人の前で話すのは初めてだろう。

緊張しているのか、セドリックの横顔は固まっていた。

「セドリック」

小さな声で呼べば、セドリックがちらりとリードを見上げた。

リードは思い切り笑みを浮かべ、『頑張って』とセドリックにしか聞こえない声で囁く。

セドリックは大きく頷くと、ラウルの下へ歩いて行った。

「は、初めまして、セドリックです」

一生懸命、セドリックが大きな声で挨拶をすれば、大聖堂の空気が和やかなものになる。

「叔父上の公務を引き継ぎ、来年からはこの式典は私が行いたいと思っています。不慣れな点もあるかと思いますが、どうぞよろしくお願いします」

話しているうちに、緊張が解けたのだろう。背筋をピンと伸ばした姿は、子供ながらに王族としての貫禄は十分にあった。

「幼い頃に父を失った私に、父の記憶はほとんどありません。けれど父に関しては、母上と、そして叔父上がたくさん私に話してくれました。父は真面目で優しく、国のためにいつも一生懸命だったと叔父上が言っていました。今日、ここにいるみなさんの顔を見て父がどれだけたくさんの人から愛されていたかわかりました。それに報いるためにも、私も父と、そして叔父上を目標に、この国の人々のために励みたいと思います」

セドリックが話し終えると、大聖堂の中は水を打ったように静まり返った。

悪い意味での沈黙ではなく、皆セドリックの姿に感嘆を覚えたからだ。

挨拶は、セドリックがリードと一緒に考えたものだ。リードは言葉を整えただけで、基本的にはセドリックが自身の気持ちをそのまま伝えている。

話を終えても、皆の反応がないことに、セドリックが少しばかり不安そうな顔をした。その時だった。

後ろの方から、力強い拍手の音が聞こえてきた。

それにより、皆がハッとしたのだろう。

その拍手は、少しずつ大聖堂の中に広まっていき、気が付けば皆がセドリックに対し割れんばかりの拍手を送っていた。

セドリックの顔が綻(ほころ)び、皆に対し丁寧な礼を行った。


礼拝が終わると、参列した人々が大聖堂を出ていく。

リードはラウルと、そしてセドリックと共に人々を見送った。

「俺たちもそろそろ出るか」

ラウルの言葉に頷き、マザーに礼を言うと、セドリックを先頭にして、大聖堂の中央にある絨毯(じゅうたん)の上を歩いていく。

一番後ろの席に着いたところで、前を歩いていたセドリックが立ち止まった。

「あの」

話しかけられた男、アルベルトがゆっくりと視線を上げ、セドリックを見る。

「あ……」

アルベルトはどこか眩しそうにセドリックを見つめていた。

次に、何かもの言いたげな表情をしたが、特に何の言葉も発しなかった。

「僕の思い違いでしたらすみません。そのお花は、父に贈るものですか？」

アルベルトはその手に、青色のジプソフィアの花束を持っていた。

「ええ、その通りです。これはフェルディナンド殿下のために持ってきました」

「よかった。僕たち、これから父上のところへ行くんです。よかったら、ご一緒しませんか？」

思ってもみなかったセドリックの言葉に、思わず隣にいるラウルの表情を見る。

ラウルも同様に、驚いたような顔でこちらを見てきた。

「いいですよね？」

アルベルトに問うた後、セドリックが後ろを振り返った。

「ああ、勿論」

「大丈夫ですよ」

二人の了承の声を聞くと、再びセドリックはアルベルトを見つめる。

なんの混じりっ気もない、純粋な瞳だった。

そんな風に見つめられたら、さすがのアルベルトも断ることは出来なかったのだろう。

「わかりました。ご一緒させて頂きます」

アルベルトがそう言えば、セドリックが嬉しそうに破顔した。

今朝から大聖堂の中にいたため、気づかなかったが、高い空がどこまでも広がる、気持ちの良い日だった。

かといって全く風がないわけでもないため、時折柔らかい風が頬に触れる。

前を歩くセドリックとアルベルトの様子を、少し後ろを歩くリードはさり気なく見つめていた。

最近はだいぶ身長が伸びてきたとはいえ、元々セドリックは小柄な方だし、対してアルベルトはラウルよりも僅かに背が高いほど長身だ。

明らかに歩幅は違うはずなのだが、セドリックが置いて行かれることはない。

よく見れば、アルベルトが注意深くセドリックの様子を見守っているのかわかる。

以前は内向的だったセドリックだが、最近は同じ世代の子供たちと過ごしていることもあり、積極的に人と関わろうとするようになってきた。

いくら身なりが良いとはいえ、ラウルにとって見ず知らずの人間であるアルベルトが共にフェルディナンドの墓に行くことを許可したのも、そういった理由からだ。

せっかくセドリックから話しかけることが出来たのだ、それを反対するのは可哀そうだと思ったのだろう。

最初はラウルも注意深く二人を見ていたようだが、時間が経つにつれて必要ないと思ったようだ。

アルベルトのセドリックへの対応はどこまでも丁寧で、話しかけられれば優しく対応している。時には笑みさえ浮かべていた。

セドリックも、とても楽しそうだった。

「あの男……元軍人か何かか？」

「え？」

「歩き方に癖がある」

ラウルに聞かれ、一瞬事情を話そうかとも思ったがやめておいた。

「わからないけど……セドリックに危害を加えることはなさそうだし、大丈夫だよ」

耳の良いアルベルトのことだ。この会話も聞かれているのだろうなと内心思いつつ、リードは答えた。

フェルディナンドの墓に着くと、セドリックがちらりと横に立つアルベルトに視線を向けた。

「お先にどうぞ」

セドリックも手に花束を持っていたが、アルベルトに先を譲ったようだ。

「はい、ありがとうございます」

アルベルトが頭を下げ、ジプソフィアの花束を墓石の前に置く。置く、というよりも捧げるといった方が近いだろう。

それを見ただけでも、アルベルトが、どんな風にフェルディナンドを想っていたかよくわかった。

続いてセドリックも、その隣に自身が持つ花束をそっと置いた。

花束が置かれると、四人で目を閉じ、両の指を交互に組んでフェルディナンドに対して祈りを捧げる。

木々の葉音や、微かに鳥の声が聞こえた。

「貴方だったんですね、いつも父の墓に花束を置いてくれていたのは」

祈りを終えたセドリックが、隣に立つアルベルトに声をかける。

「はい……ジプソフィアはフェルディナンド殿下が好きな花でもあったので。残念ながら、冬の時期は他の花にしていますが」

やはり、あの花束はアルベルトが置いていたものだったようだ。

そういえば、シュタイナー家の屋敷にはジプソフィアの花が咲いていた。

「ありがとうございます。父も喜んでいると思います」

正面で向かい合ったことにより、これまで持っていた花束で隠れていたセドリックの胸元が見えたのだろう。

アルベルトが、切れ長の瞳(ひとみ)を見開いた。

「その、ブローチは……」

アルベルトに問われ、セドリックが大切そうに胸元のブローチに手を伸ばす。

「父の形見です。父が、いつも肌身離さず大事に持っていたものだったそうです。そういえば、このブローチと同じ形のものを父は一緒にしまっていたんです。ただ、その石は緑色ではなく、紫色だったんですが……そう、ちょうど貴方の瞳と同じ色をしていました」

賢者の石と同じ形の異なる色の石。しかも、アルベルトの瞳と同じ色の。

それだけでも、その石がどんな意味を持っていたのかアルベルトにはわかったようだ。

口元を押さえたアルベルトは、迷いを振り切るように首を振った。そして、まるで問いかけるように高い空を見上げた。

「……セドリック殿下」

「はい」

セドリックが答えれば、目の前に立っていたアルベルトが膝をついた。

騎士が、主に対し誓いを行う際に取る伝統的な姿勢だ。

「私、アルベルト・シュタイナーは生涯、王太子殿下に仕え、この命を捧げることを誓います」

アルベルト以外のこの場にいる者が、驚きと共にアルベルトのことを見つめていた。

誓いを捧げられたセドリック自身も、大きな目を何度も瞬かせている。

その中でも一番最初に我に返ったのは、リードだった。

「え？　王太子殿下……？」

そんなリードの疑問に答えたのは、アルベルト自身だった。

「ラウル殿下が即位されるなら、次の王太子殿下はセドリック様だろう」

「え……？」

突然名前を出されたラウルが、戸惑ったような顔をする。

「ラウル……！」

リードはそんなラウルの身体を、思いきり抱きしめる。

「は？　おい……」

困惑しながらも、ラウルはリードの抱擁を拒むことはなかった。

よかった、ようやくアルベルトさんが認めてくれた……！

視界の端で、不思議そうにリードを見つめるセドリックと、立ち上がり、不敵な笑みを向けるアルベルトの顔が見えた。

リードに抱きしめられたラウルは、わけがわからないといった表情のままされるがままになっていた。


自己紹介を終えたアルベルトは、セドリックに自分がフェルディナンドの友人だったことも続けて話した。

ナターリアや、ラウルをはじめとする身内以外から聞くフェルディナンドの話は初めてだったのだろう。

興味津々とばかりにフェルディナンドの話を聞くセドリックに答えるアルベルトの姿は、嬉しそうだった。

そのまま話に花が咲いたのだろう。

セドリックのことは自分が責任を持って城まで送っていくと言うアルベルトに、ラウルはもはや反対することはなかった。

当初は僅かではあるが、本当にこの男がアルベルトなのかとラウルは疑っていたようだが、シュタイナー家の家紋が描かれた馬車を見て、それはなくなったようだ。

「リディ」

二人の馬車を見送ると、隣に立つラウルがリードの名を呼んだ。

「城に帰ったら、話があるんだが」

ピリピリとした表情でラウルに言われる。

「うん、わかったよ」

なんとなく、怒られるであろうことはわかっていたが。それでもリードの心は晴れやかだった。

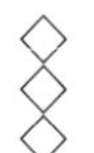

少し遅い昼食を食べてから、リードはラウルと共に寝室に戻った。
普段は休日であっても、どこかしらに出かけたり所用があったりと部屋でゆっくりする機会は少ないのだが、今日の午後は特に予定は入れていなかった。
ここ最近はフェルディナンドの式典の準備に忙しかったため、互いに休養をとった方がいいと思ったのだ。
部屋に戻り、ルリに茶を淹れてもらうと、リードはこれまでの経緯を全てラウルに話した。

アルベルトが高位貴族の中で唯一ラウルの即位に反対していたこと、それがフェルディナンドの死に関わっていること。

調べていくうちに、アルベルトが海軍軍人として高い能力を有していることもわかった。

だからこそ、これからのオルテンシアのために働いてもらえないかと軍への復帰を乞うたことも、全て説明した。

ただ、アルベルトとフェルディナンドの関係に関しては深くは触れなかった。

エンリケが話していたように、仲の良い親友だったという説明に留めた。

もしかしたら、ラウルはその辺りも薄々感じ取っているかもしれないが、リードの口から説明することではないと思ったからだ。

出会ったばかりの頃のアルベルトは、フェルディナンドを失った悲しみから、生きることへの希望を無くした、寂しい目をしていた。

けれど、今日セドリックと話していたアルベルトの表情は、これまでとは明らかに違っていた。

セドリックの存在は、アルベルトにとって大きな希望となるはずだ。

ラウルの即位を認めたことで、おそらくアルベルトはこれから軍への復帰もするだろう。

何より、悲しみの底に沈んでいたアルベルトにとって、セドリックが一筋の光となってくれたことが嬉しかった。

リードの話を、ラウルは最後まで静かに聞いていた。

てっきり怒られるかと思えば、そういった気配はなく。思案するように黙り込んでしまったため、どうすればよいのかわからなくなる。

「黙っててごめん、ラウル……」

だからとりあえず、もう一度謝ることにした。

リードはラウルのために動いたとはいえ、何も知らされていなかったラウルとしては、気分がよくないと思ったからだ。

「いや……確かに何も知らされていなかったことは面白くはないが、それだって全部、俺のためなんだろう？」

「え？」

「ただでさえ譲位の話を父上にされてから、ナーバスになってるんだ。これ以上負担をかけないよう、気を使ってくれた。違うか？」

「ま、まあ……そういったところもあるかな」

リードとしても、これ以上ラウルに余計な負荷をかけたくなかった。

「ふがいないな。王になるというのに……リディに気を使わせてばかりで」

「それは違う、そんなことはないよ」

ラウルの言葉を、すぐにリードは否定する。

「アルベルトさんはラウルの即位に反対してはいたけど、それはフェルディナンド様のことがあったからで、ラウルのことを王の器じゃないと思ってたわけじゃないんだ。むしろ、高く評価してくれていたと思う。だから、わだかまりがなくなったら、もしかしたら認めてくれるんじゃないかと思った」

「そうだな。それに関しては、セドリックのお陰だな」

皮肉ではなく、純粋にラウルはそう思っているようだ。けれど、それも違うとリードは首を振る。

「アルベルトさんの心を動かしたのは、セドリックだけじゃないよ。アルベルトさん、言ってたんだ。みんなフェルディナンド様のことを忘れていくって、だから自分だけでも忘れたくないって。だけど、今日の式典でフェルディナンド様のことをみんな忘れていないってわかったんだと思う。そしてそれは、ラウルが、フェルディナンド様のことを忘れることなく、大切に想っていたからだよ」

思えば、出会った頃からラウルは教会での奉仕活動に一所懸命だった。

亡き兄に少しでも近づくため、報いるために、努力してきたのだろう。

椅子から立ち上がり、リードはラウルの傍へ足を進める。

「ラウルがこれまでしてきたことや、頑張ってきたことはみんなわかってるよ。だから、どうか自信を持って王位について欲しい」

両膝をつき、椅子に座ったラウルの両手を包み込むように手を伸ばす。

「そう、だな……。ありがとう、リディ」

ラウルの表情は、先ほどよりもだいぶ和やかになっていた。けれどそれでも、どこかその瞳には迷いがあった。

「なあラウル、聞いてもいい？」

ラウルが、視線だけをリードに向ける。

「どうして、自分がリオネル様の息子ではないと思ったのか」

その言葉に、ラウルの表情が凍り付いたのがわかった。

まずい、やはり聞いてはいけなかっただろうか。

慌てて無理に話さないで欲しいと言おうとしたところで、先にラウルが口を開いた。

「俺を刺そうとした女が……死の間際に言ったんだ。なんでお前が生き残った！　お前なんか、陛下のお子でもないくせに……って」

その言葉を聞いたリードの肌が粟立つ。激しい憤りと共に、胸に強い痛みを覚えた。

なんてことを、言うんだ……！

女の側からすれば、アローロの血を引きながら王位継承権を持つラウルの存在が元々目障りだったのだろう。

もしかしたら、幼い頃のラウルの姿がレオノーラの以前の恋人に、ジャスパーに似ているという噂を信じたのかもしれない。

けれど、そんなことはラウルには全く関係ない。

目の前で自分を庇った兄が殺され、さらにそんなひどい言葉を投げつけられたのだ。

十代だったラウルが、どれだけ傷ついたか。想像しただけで心が軋んだ。

「ごめん……思い出したくないことを思い出させて」

気になっていたこととはいえ、ラウルに聞いてしまったことを後悔した。

普段のラウルであれば、リードが聞かずとも自分から話してくれただろう。

それを話さなかったということは、話したくない理由があったはずなのに。

「いや……気にしないでくれ。当時は、俺に王位を継がせたくない女の戯言だと思っていた。けれど時間が経つにつれ、女の言っていることは真実なんじゃないかって、そんな気がしてきた」

「そんなこと……！」

あるわけない、と言いかけた言葉を、やんわりとラウルに止められる。

「父上は俺を、とても大事にしてくれている。たとえ血のつながりがなかったとしても、父上の子として恥ずかしくないような王になろうと、そう努めてきた。だが、ダメだな。いざ即位するとなると、本当に俺でいいのかという迷いが生じてしまった」

真実を知ったところで、ラウルが即位を辞退することはないだろう。

むしろ自分がリオネルの子であるのかどうかはっきりしない、この中途半端な状況が、かえってラウルを苦しめてるのではないだろうか。

やっぱり、真実を……。

伝えようか、一瞬そう思ったリードだが、すぐに自重する。

これは、自分の口から伝えてよい話ではない。この話を、ラウルに伝えるとしたら。

「気になるなら、聞いてみればいいんじゃないかな？」

リードが、真っすぐにラウルの瞳を見つめて言った。

「え……？」

「ラウルはもう即位をするって、王になるって決めたんだろう？　だけど、このまま即位しても、ずっと疑問を持ち続けることになると思う。それだったらもう、リオネル様に聞いてみればいいと思う」

リオネルが、真実を話すかどうかはわからない。

けれど、どちらにしてもラウルの中の懐疑心が解消されるのならば、十分ではないだろうか。

リードの言葉が、思ってもみないものだったのだろう。

もしかしたら、リオネルに問うのはラウル自身恐れがあるのかもしれない。

それでも、最後にはラウルは決断し、首を縦に振った。

14

夕食が終わった時間を見計らって、リードはラウルと共にリオネルの寝室を訪れた。

公務には復帰しているリオネルだが、医師の指示もあり、以前より時間は制限されている。

考えてみれば、これまで急務の場合夜中にリオネルのサインをもらいに行くこともあった。

リオネルは嫌な顔一つしなかったが、随分無理をさせてしまっていたのかもしれない。

そう考えれば、今のように医師の指示により公務の時間が短くなっているのは、リオネルの健康を考える上ではよかっただろう。

「珍しいね、二人がこの時間にここへ来るなんて」

既に寝台に入っていたリオネルは、ちょうど侍女からホットミルクを受け取ったところだった。

湯気が立ち上るカップを手に、リオネルが侍女に下がっているよう指示をした。

人の訪問が少ない、この時間を選んで訪れたのだ。何かしら事情があるだろうと、リオネルも勘づいたはずだ。

前回と同様、ベッドの横に用意された椅子へ、リードとラウルは隣同士で座る。

「ご就寝前にすみません。リオネル様に、お聞きしたいことがありまして」

「私に？」

「はい」

リードは返事をし、隣に座るラウルへ目配せをする。

けれど、リードの視線には気づきつつも、ラウルが口を開く気配はなかった。

やはり、いざリオネルを目の前にすると質問をするのにも気が引けるのだろう。

「そういえば、今日はフェルディナンドの命日だったね。申し訳なかったね、式典に出られなくて」

ラウルがいつまで経っても喋る気配がないからだろう。リオネルが気を利かせ、話しかけてきた。

「いえ、そんな。ただ、とても良い式典だったと思います。来年からは、セドリックがラウルに代わって式典の主催をするんです」

当初はリオネルとエレナも式典に参加する予定だったのだが、公務が入ってしまったため、欠席となったのだ。

そのため、式典にリオネルは誰より大きな花束を用意していた。

「セドリックが……もう、そんなに大きくなったんだな。フェルディナンドが死んだ時には、セドリックがどのように成長するのかひどく心配したが、健やかに育ってくれてよかったよ。ラウルが、よく世話を焼いてくれたおかげかな」

リオネルに微笑まれ、ようやくラウルも口を開く気になったのだろう。

「いえ、私は別に……セドリックが聞き分けもよく、頭の良い子供だからです」

「それでもラウルが兄代わりになってくれたことは、セドリックにとても良い影響を与えたと思うよ。ありがとう、ラウル」

普段のラウルであれば、リオネルの言葉を素直に受け入れ、礼を言っていたはずだ。

ただ、今は心境的にも複雑なのだろう。

それでも、この機会を逃してしまうとこのままずっと聞きそびれてしまう可能性はあった。

父に真実を聞いてみたいというラウルの行動力だけでここまで来たが、時間が経てば気が変わり、聞かなくてもいいという判断になるかもしれない。

部屋にはリオネルと自分たちしかいないため、ちょうどよかった。リードがラウルに視線を向ければ、ラウルが頷く。

「あの……父上にお聞きしたいことがあるのですが」

「ああ、なんだい？」

ラウルが改まって質問するというのは、なかなか珍しいことなのだろう。

心なし、リオネルも嬉しそうだった。

ただ、これからされる質問の内容を考えると、少しリードは心が痛んだ。

「私は……私は、本当に父上の子供なのでしょうか」

「言っている意味が、いまいちわからないんだが」

珍しく、リオネルの声も困惑していた。

「私と父上に血のつながりがあるのか、どうか教えて頂けませんか？」

一呼吸置いたからだろう。先ほどよりもラウルの声は落ち着いていた。

ラウルの緊張は、横にいたリードにも伝わるほどだった。

おそらくこの数年間ずっと疑問に思ってきたことを、ようやく聞くことが出来たのだ。

「ラウル」

リオネルが、静かにラウルの名を呼んだ。

「お前が生まれた日のことを、私はよく覚えてるよ。暑い夏の夜のことだった。私はそわそわと落ち着かない気分で自分の部屋と、レオノーラがいる部屋を行き来していてね。ついには、気持ちを落ち着かせるために中庭に出たんだ。すると中庭に、珍しいお客さんが来ていた。野生の兎(うさぎ)が、城の庭に入り込んでいたんだ。このままでは捕まってしまうと逃がそうとしたら、兎は何故かピクリとも動かなかった。よく見れば、兎の後ろには生まれたばかりの小さな子兎がいてね。ああ、この子を守るために逃げないんだと思った。その後すぐにお前の元気な泣き声が聞こえてきた。私は、慌てて城の中へ戻ったよ」

「はい」

リオネルは、ラウルから視線を逸らすことなく、ゆっくりと、丁寧に話していた。

「小さな身体で、思い切り声をあげるお前はとても可愛くてね。生まれてきてくれて、本当に嬉しかった。お前のことを、守り慈しもうと誓ったよ。だからどうか、そんな馬鹿なことを言わないでくれ。お前は大切な私の息子で、フェルディナンドと同じように私にとっての誇りだ」

迷いのない瞳で、はっきりとリオネルが言った。

「今日はフェルディナンドの命日でもあるが、お前の誕生日でもあったな。長い間、大々的に祝うことが出来ず、お前には可哀そうなことをしてしまった。祝うことで、あの日のことを思い出したらと思っていたんだが……来年からは盛大に祝おう」

リードは、こっそりとラウルの表情を盗み見た。

ラウルは、最後まで熱心にリオネルの話を聞いていた。

「ありがとうございます、父上。私も、父上の息子として生まれてくることが出来てとても幸せです」

ラウルがそう言えば、リオネルは皺の多いその顔を思い切り綻ばせた。

その後、ちょっとした世間話と、そして戴冠式の話をした後、ラウルはリードと共にリオネルの部屋を退出した。

胸のわだかまりがなくなったからだろうか、ラウルの表情は活き活きとしており、リオネルは終始笑顔のままだった。

そのまま、寝室へと戻る途中、ふとラウルが立ち止まった。

「リディ」

「何？」

「少し夜風に当たりたいんだ。一緒についてきてくれるか？」

そろそろ城全体が就寝の時間になりつつはあったが、リードは止める気にはならなかった。

「ああ、勿論」

リードがそう言えば、ラウルは頷き、そのまま二人で城の玄関へ足を進めた。

てっきり城の庭を少し歩く程度だと思っていたのだが、ラウルが従者に厩舎から馬を引かせてきた時点で、そうではないことがわかった。

既に眠りつく時間のはずなのに、ラウルの愛馬はおとなしく二人の下にやってきた。

リードがその大きな身体を撫でると嬉しそうに鼻を鳴らし、二人を背に乗せてくれた。

従者も護衛もつけないことをリードは心配したが、ラウルは必要ないと言い、そのまま城の外へと駆け出していった。


向かったのは、以前もラウルに連れてきてもらった高台だった。

暗がりの中、足元に気を付けながら、ゆっくりと斜面を上っていく。

夜になってもまだ暑さは残っていたが、自然の中ということもあり、時折吹く風は涼しかった。

木々のにおいを吸い込みながら歩くリードの背中を、後ろからラウルがさり気なく押してくれた。

この場所は、ラウルにとって特別な場所だったが、リードにとってもそうなりつつあった。

「懐かしいね、この場所……」

初めてここへ来た時には、ラウルに側近として働いて欲しいと乞われた。

当初は断ろうと思っていたのだが、国を思う熱心なその瞳に強く惹(ひ)かれ、ラウルのことを手伝いたいと思った。

二度目に来たのは、二人の結婚式の後だった。

ここから、夜空に咲く盛大な花火を二人で眺めた。

「そうだな」

ある意味、二人にとっては節目の場所でもあった。

だからこそ、リオネルの話を聞き、改めて即位を決意したラウルが気持ちを整理するためにこの場所へ来たのだと思ったのだが。

どうやらそれは、違っていたようだ。

リードに相槌を打った後、ラウルは何も言わなかった。

ただ黙って、高台から一望出来るセレーノの街と、その先にあるシントラ城を見つめ続けていた。

ラウルにしては、珍しい態度だった。

決して饒舌な方ではないが、こういった場所に来れば何かしら気を使い、リードへ話しかけてくる。

けれど今のラウルは、ただ一人、自身の目に入る光景を見つめていた。まるで、目に焼き付けるかのように。

つられるように、リードも視線を目の前の景色に預けてみる。

「リディ」

名前を呼ばれ、すぐ隣にいるラウルへ視線を向ける。

「俺は、人に恵まれているな。俺の周りにいるのは、優しい人ばかりだ。幸せなことだな……」

視線を遠くに向けたまま、ラウルが笑って言った。

突然どうしたのかと明るく聞こうとしたが、出来なかった。

その瞳に、光るものが見えたからだ。

ラウル……！

おそらくラウルは、リオネルが真実を話さなかったことに気付いたのだろう。いや、リオネルは嘘を言ったわけではない。

自分の子供だと言いながらも、決して血のつながりについては触れなかったからだ。

リオネルは信心深く、ラウルのためとはいえ偽りを口にすることは出来なかったのかもしれない。

そしてそのことに、ラウルは気付いてしまった。

それでも、あくまでリオネルはラウルを自らの子だとはっきりと口にした。

だからラウルも、リオネルのついた優しい嘘に気付きながらも、信じたふりをしたのだ。

おそらくラウルは、真実を話してもらえなかったことに傷ついているわけではない。

ラウルだって、自身がリオネルの子でない可能性だって考えていたはずだ。

それでも、どこかで自分の思い違いではないかと、そんな風にも思っていたはずだ。

リードはそれ以上何も言わず、背後からラウルをそっと抱きしめた。

逞(たくま)しい身体は、残念ながらリードでは包みこむことは出来ない。

それでも、今はラウルに少しでも触れ、寄り添っていたかった。

「ありがとう、リディ」

聞こえてきたラウルの小さな声は、掠(かす)れていた。

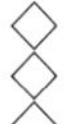

以前、ラウルと話したことがあった。
身体を重ねるのは、意思の疎通や互いへの理解を深めるという作用があることに関して。
その時には、そういった部分もあるだろうと、ぼんやりと思っていた。

今はそれを、痛いほど実感している。

どんなに相手のことがわかりたくとも、言葉でのコミュニケーションでは通用しないこともある。

けれど抱き合うことで、肌を重ね合うことで言葉のやり取りでは埋めきれなかったものも、補うことが出来る。

おそらくそれは、互いの一番弱い部分に触れることが出来るからだ。

思っていた以上に高台で長い時間過ごしていたようで、戻った時には既に城内は静まり返っていた。

寝室に戻ると、どちらともなく口づけ、そのままベッドへ押し倒された。

既に真夜中とも呼べる時間だというのに、不思議と眠気はやってこず、妙に目が冴えていた。

口づけながら、ラウルがリードの髪を指で優しく撫でてくる。

性急に求められたことは幾度もあるが、それは決して乱暴なものではなく、こまやかな優しさをラウルが忘れることはない。

ラウル自身も口にしているが、ラウルのリードへの接し方にはあまり余裕がない。

けれど、いつも真っすぐで、誠実な想いをリードへ向けてくれた。

以前は側室という立場上、嫉妬をすることは許されなかった。

リケルメを失望させたくなくて、いつしかリードも物わかりの良い、模範的な寵姫を演じてしまっていた。

自分の胸の中にあるドロドロとした感情を表に出すことはなく、ついにはその気持ちに押しつぶされてしまった。

だけど、ラウルに対しては自らを偽る必要がなかった。

常に一生懸命で、本音をぶつけてくれるラウルに取り繕う必要がないからだ。

複雑な出生を抱え、悲しい過去を経験してもなお、ラウルは真っすぐな性質を持っている。

おそらくそれは、ラウルがたくさんの人間に愛されてきたからだろう。

「なんだ？」

唇が離れたところで、リードが口を綻(ほころ)ばせる。

すぐ近くにあるラウルの顔は相変わらず整っていて、色素の薄い睫(まつげ)は暗がりでもきれいだった。

手を伸ばし、ラウルの頬を優しく包む。ラウルは不思議そうな顔でこちらを見ていたが、拒むことはなかった。

「ラウル、お誕生日おめでとう」

ラウルの睫が、微かに震えた。

こんな風に祝いの言葉を伝えるのは、初めてだった。

一昨年はラウルの誕生日を知らなかったし、昨年は今年と同様にラウルは式典に出かけてしまっていた。

「フェルディナンド様の不幸があった日ではあるけど、せっかくのラウルの誕生日なんだから。だから、これからは毎年俺が言うね」

「それは……つまりこれからもずっと、リディは俺の傍にいてくれるということか？」

「ああ、当たり前だろう？」

そもそも、自分たちは夫婦なのだから。

リードがそう言えば、ラウルは何かに耐えるような顔をして息を吐き、そしてリードを強く抱きしめた。


会話は、それだけだった。

今日はどちらも、話をするより互いの身体に触れ、感じたいと思っているのだろう。

体温が上がり、元々汗ばんでいた上衣がまとわりつくのを気持ち悪く思っていると、ラウルが脱がせてくれた。

部屋の中は涼しくはなかったが、それでも覆うものがなくなってしまえば涼しい。

露わになった胸の尖りに、ラウルが噛みつくように口づけた。

ラウルの舌で尖りを嬲られ、びくりと身体が震えた。

濡れた舌で胸を吸いながら、ラウルは器用に両手でリードの衣服を脱がしていく。

下穿きごと夜衣が剝ぎ取られ、二つの生白い足が投げ出される。

無意識に中心を隠そうと閉じた足は、ラウルの腕で摑まれ、開かされる。

「ふぅ……あっ…………」

鼻にかかったような高い声が、気が付けば自身の口から零れていた。

香油をたっぷりつけられた指が、リードの後ろをほぐしていく。

ラウルの指を知っているその場所は悦び、締め付ける。

二本、三本と指が増えるにつれ、香油の量も増えていく。

まるで粗相をしたかのように濡れた自身の後孔に、ラウルの指が音を立てて出入りする。

「あっ……やっ…………は………！」

意識がぼんやりとしてきて、蜜を零し始めた性器を片手で擦られる。

身体のどこもかしこもが、ラウルに触れられると気持ちが良い。

拡げられていく隘路はより強い刺激を求め、気が付けば自分の腰が揺れていた。

身体の体温はどんどん上がっていき、早く挿れて欲しいと視線でラウルに訴える。

ラウルはそれに応えるように指を秘孔から抜くと、リードの太腿の間へ自身の体を割り入れる。

そのまま下穿きを脱ぐと、既に立ち上がっていた自身の屹立を、ゆっくりとリードの中へ挿入する。

「う……あっ…………」

ゆっくりと、息を整える。リードが落ち着いたのがわかったのだろう。ラウルが、腰を動かし始めた。

既に互いの肌の感触も知っていれば、胎の中にあるラウルの形だって覚えている。

ラウルの手がリードの腰を摑み、二人の身体がより密接する。

互いの熱を分け合うように、抱き合い、身体を揺さぶられる。

突き上げられながらも、ラウルの背に必死で手を回す。

十分にほぐされた隘路は痛みをほとんど感じることはなく、ラウルの昂ぶりを締め付けている。

硬くなったそれはリードの中を抉り、感じる部分に触れる度に身体がびくりと震えた。

汗がつたい、どちらのものかわからない体液が身体に飛ぶ。

ずっとこうしていたい、そんな風に思うほどに求め合い、夢中で抱き合った。

まるで自分の身体が自分のものではないような、そんな感覚だった。

身体の底から溢れていく、痺れるほどの快感。

「あっもう…………」

達してしまう、そう思った時、ラウルに強く抱きしめられる。

内部にラウルの熱がどくどくと吐き出され、リードの先端からも蜜が零れ落ちていく。

身体が満たされたからだろうか。優しく、穏やかな気持ちになれた。

未だラウルはリードの身体を抱きしめたままで、昂ぶりは胎の中にある。

はあはあと、リードの上にいるラウルが短く息を吐いている。

「ラウル」

名前を呼べば、ラウルの視線がリードへ向く。

「生まれてきてくれて、ありがとう」

それだけ言うとリードは思い切り手を広げ、ラウルの身体を優しく抱きしめた。

15

大きな鏡の前に立ったリードは、自身の姿をじっと見つめていた。

普段のリードは、そこまで自分の姿に関心がない。

決して無頓着というわけではないが、必要以上に着飾ったり、鏡の前で何時間も過ごすということはない。

ただ、今日ばかりはそういうわけにもいかない。

髪は朝から念入りにルリが整えてくれ、うっすらと化粧まで施されてしまった。

白地に繊細な刺繍が施された衣装は長衣で、結婚式の時に着たものと少し似ているが、結婚式の衣装よりさらにフォーマルな印象が強い。

み、見苦しくないよな……？

華やかな服装は、いつまで経っても慣れない。ただ、着せてくれたルリや侍女たちはここぞとばかりに褒めてくれていたことだし、それなりの外見にはなっているはずだ。

俺が主役ってわけじゃないのに、緊張するなあ……。

とりあえずルリが淹れてくれた茶でも飲もうかと踵を返したら、部屋のドアを叩くノックの音が聞こえた。

あ……。

部屋の中に入ってきたのは、ラウルだった。

赤と白を基調にした軍の礼装は華やかで、胸元にはたくさんの徽章がつけられている。

ラウルも日頃あまり着飾るということをしないが、生まれ持っての気品もあり、こういった格好は良く似合っていた。

互いにしばし無言で見つめ合い、その後ゆっくりとラウルがリードに近づいてくる。

「やっぱりラウルには礼装が似合うね。すごくかっこいいよ」

二人きりということもあり、思ったままの感想を口にする。

「ありがとう。赤と白という色が、少し慣れないんだが……。リディも、とてもきれいだ。他の者に見せたくないくらい」

ラウルの言葉があまりにラウルらしくて、小さく噴き出してしまう。

「おい、笑うな」

「いやだって……それは難しいと思うよ」

今日の式典には、国内外からたくさんの人間が招かれている。

「だから、見せたくないとは言ったが見せないとは言ってないだろ」

そうは言うものの、不満げなラウルの口調にさらに笑ってしまう。

笑った後、ふと目の前に立つラウルの衣装が目に入り、そっと手を伸ばす。

少し曲がっていた徽章を外し、もう一度つけなおす。

ラウルがつけている徽章は、陸海両軍の最高指揮官を示すものだ。

「無礼だった?」

勝手に礼装に触れたことに対し、こっそりリードは聞いてみる。

「まさか、よく気が付いてくれてありがたい」

「よかった。なんか……ついに王様になっちゃうんだね、ラウル」

「何を言ってるんだ、今更」

「いやそうなんだけど、なんか感慨深くて……」

今日は、ラウルの戴冠式だった。

即位を決めたとはいえ、ラウルはリオネルになるべく王位についていて欲しいという思いは変わらず、対してリオネルはすぐにでもラウルに王の座を譲りたがった。

そのため戴冠式の時期も少しばかり揉めたのだが、結局年内のうちに、本格的な冬を迎える前に行われることになった。

夏が終わり、秋になるとこの戴冠式の準備でとにかく忙しかったのもそのためだ。

これから馬車でサンモルテへ移動し、そこで戴冠式が行われる。

さらにその後はもう一度馬車で城に戻り、パーティーが催される予定だ。

今日、二人きりになれるのはおそらく夜寝室に戻ってからだろう。

だから今のうちに、話したいことを話しておかなければと思ったのだが。

どうしよう……いざとなると何も浮かばない。

逡巡しながら、リードはもう一度ラウルを見上げる。

格好をつけても仕方がない、思ったままを伝えよう。

「あのさラウル、前に別にラウルが王になりたくないならならなくてもいいよ、なんて言ったけど。

やっぱりラウルが王になるって決めてくれて嬉しいよ。ラウルほど王に相応しい人間はいないと思うし、立派な王様になると思う。少し早いけど、先に言わせてもらうね。……これからも、貴方に誠心誠意仕えます、国王陛下」

リードはラウルを真っすぐに見つめ、はっきりと口にした。

自分がラウルの傍にいたいと思ったのは、王太子の側近としてラウルを支えたいと思ったからだ。妃となった今も、その気持ちに変わりはない。

ラウルもリードの気持ちを汲み取ってくれたのだろう。

真摯な表情でゆっくりと頷いた。

「ああ、これからもよろしく頼む」

互いにもう一度視線を合わせ、微笑みを浮かべる。なんだか、とても良い気分だった。

その時、部屋のドアが大きく叩かれる音が聞こえた。

ラウルが入室を許可すれば、重厚なドアを軽々と開け、一人の男性が中へと入って来る。

「アルベルトさん……！」

海軍の白い礼装を着たアルベルトは、リードが呼べばにやりと口の端を上げ、

「馬車の準備が整いました。予定より少し早いですが、どうぞ馬車へいらしてください」

と、恭しく伝えた。

これまでとは違うアルベルトの態度に、リードは面食らってしまったのだが、さすがはラウル。こういった状況にも慣れている。

「ああ、よろしく頼む」

自然とそう口にした。

それでも、いつもより僅(わず)かに力が入っているのは、やはりアルベルトが相手だからかもしれない。

「ラウル殿下」

そのまま部屋を出るかに思えたアルベルトは立ち止まり、ラウルの方を向く。

「殿下は、王に必要とされる資質とは、なんだと心得ますか？」

アルベルトの問いに、ラウルの眉間(みけん)に皺(しわ)が寄る。

「漠然とした質問だな……俺は、国と民を思う心を持ち、導くことが出来る決断力と、揺るがない信念があることだと思っている」

「それが殿下にはあると？」

ほんの一瞬、ラウルが言葉に詰まった。

「まだ足らぬかもしれないが、良き王となるよう励みたい」

ラウルがそう言えば、ようやくアルベルトの頬が緩んだ。

「上等です。軍を率いる私の立場から言わせてもらえば、上に立つ者に必要なのは、兵の心を打つ言葉を自ら伝えられることです。この方についていきたい、この方のためならば命をかけられる、そんな人間でなければ下の人間はついていきません」

淡々と口にするアルベルトの様子を、リードはハラハラとした気分で見守っていた。

セドリックに命を捧げると口にしたアルベルトだが、同時にラウルのことも認めてくれたものだと思っていたが、違ったのだろうか。

「幸い、殿下の言葉には力があります。まだ未熟な点があるのは否めませんが、多くの人間が殿下のためにと動きたくなるのは、それだけ殿下に魅力があるということでしょう。貴方の治世を、楽しみにしております。陛下」

アルベルトはそれだけ言うと、最後にラウルに対して最敬礼を行った。

「あ、ああ……ありがとう、アルベルト」

さすがにラウルも驚き、反応が遅れてしまったようだ。

そんなラウルに対し、小さく笑い、アルベルトは今度こそ部屋を退室しようとする。

「あ、アルベルトさん」

ドアに手をかけた、アルベルトの名をリードが慌てて呼べば、身体はそのままに、顔だけ振り返ってくれた。

「軍服、とてもお似合いだと思います。アルベルトさんの黒髪には、白がとてもよく似合いますね」

黒や濃い色の軍装を身に着ける陸軍に対し、海軍は伝統的に白い軍装を好む。

海軍の白い儀礼服は、アルベルトによく似合っていた。

リードとしては褒めたつもりだったのだが、何故かアルベルトは何とも言えない微妙な顔をしていた。

「ありがとうございます。ですがリード様、また自画自賛ですか？」

「え？」

「リード様も、白のお召し物がとてもよくお似合いですよ」

「あ……！」

やってしまった。

そういえば、今リードが着ているのも白い衣装だった。

気付かなかったのだと、言い訳をしようと思ったが、その前にアルベルトは退室してしまった。

「……なんのことだ？」

事情を知らないラウルが、隣で首を傾げている。

リードはほんのり顔を赤くし、気にしないでと首を振った。

◇◇◇

アルベルトが時間を早めてくれたからだろう。沿道にいる人の数も少なかったため、サンモルテへは予定より早く到着することが出来た。

沿道にはラウルとリードの姿を一目見ようと、たくさんの人が集まっていた。

戴冠式の流れは、既に頭の中に入っている。主役はあくまで王となるラウルだが、王妃となるリードにも王冠は用意されている。

先ほどラウルと共にマザーに見せてもらったが、歴代の王たちが冠(かぶ)った伝統ある王冠は宝石がちりばめられたとても美しいものだった。

なお、ラウルは最後の打ち合わせのためにマザーに呼ばれてしまったため、リードはルリと共に貴賓室でぼんやりとしていた。

緊張はそれほどしていないが、思った以上に気分は高揚していた。

そんな時、ふとドアを叩く音が聞こえた。

「ラウル様でしょうか？」

リードの傍に控えていたルリが、ドアの方へ向かう。

「ま、まあ……！」

心底驚いたような、そして嬉しそうなルリの声が聞こえ、どうしたのかとリードも立ち上がる。

ルリが招き入れた人物の顔を見て、リードは大きく目を瞠（みは）った。

「リケルメ……！」

「久しぶりだな、リード」

腕組みをして、不敵な笑みを浮かべたリケルメはいつもと変わらないように見える。けれど、本当に些細（ささい）な変化ではあるが、リケルメからは苛立（いらだ）ちも感じられた。

「うん、久しぶりだね」

リードは、敢えて気付かぬふりをして満面の笑みを返した。

ルリには退室してもらい、部屋の中に二人きりとなる。

淹れてもらった茶を口にしながら、こっそりと目の前のリケルメの様子を窺う。

普段の軍服よりも華やかな儀礼服は、アローロ国王の礼服の中では最高位のものだ。

「まさか、リケルメが来てくれるとは思わなかったな」

戴冠式の招待状は、多くの国に送られたが、アローロからはてっきりマクシミリアンが来るものだと思っていた。

リードの結婚式の際には特別に足を運んでくれたが、アローロ王であるリケルメは滅多に他国の式典に参加することはない。

「甥っ子の晴れの舞台だ、祝わないわけにはいかないだろう？　まあ、まだ早すぎると思うけどな？」

口では祝うと言いながらも、明らかな不満をリケルメは口にしていた。

いつも通りのリケルメの姿に、ようやくリードは胸を撫でおろす。

リケルメと実際に会うのは数カ月ぶりで、それ以外は手紙でのやり取りしか行っていない。

手紙の内容も、ここ最近はあたりさわりのないものや、下手すると腹の探り合いのようなものになってしまっていた。

ユメリア大陸をめぐる一件は、パトリシアとバティの結婚が決まったことで落ち着きはしたものの、それだって今後どう動くかはわからない。

だから、リケルメに会うのが少しだけ怖かった。実際のリケルメがどう考え、何を思っているのかわからなかったからだ。

「それにしても……また、美しくなったなリード？」

「どうしたんだよ、いきなり？」

唐突なリケルメの言葉に、驚いたリードは思わず笑ってしまった。けれどリケルメの方を見れば、その表情は真剣だった。

「いや、結婚してから一度もアローロへ戻っていないだろう？　少し前に姉上も戻ってきたことだし、お前もこちらへ遊びに来てもいいんじゃないかと思ったんだ」

そういえば、レオノーラは少し前にパトリシアの件でリケルメを説得するため、アローロへ戻っていた。

けれど、それだって十年ぶりの里帰りだったはずだ。

「何しろ、国内の貴族に嫁がせるはずだった愛娘が何故か遠い他国に嫁ぎたいなんて言い出してくれてな？　父親としては寂しくて仕方がない。傷心した俺の心を慰めてくれるのは、お前しかいないと思うんだがな、リード？」

リケルメの言葉に、リードは思い切り顔を引きつらせる。

ようは、パトリシアの件は大いに不服だとリケルメは言いたいのだろう。

ただ、不満ではあるがこれ以上反対する気がないことはわかった。

「いやあ、あの小さかったパトリシアがそんな年齢になるんだもんなあ。パトリシアの花嫁姿、すごく楽しみだよ」

アローロに帰ることに関しては一切触れず、リードがそう言えば、リケルメが苦虫(にがむし)を噛(か)み潰(つぶ)したような顔をする。

「全く……まさかマラティア王国の王子とパトリシアを結びつけるとはな。しかもあの王子、なかなかに良い男で反対も出来なかったぞ」

「そりゃあ、バティはパトリシアが好きになった人だから」

パトリシアは何も出来ない少女ではない、意志を持った誇り高き王女だ。

そうでなければいくらバティのことが好きだとはいえ、遠い大陸にある異国へ嫁ごうとは思わないだろう。

「それにしても……本当に良かったのか？」

「え？」

「お前だって、わかっているだろう。お前の話を聞く限り、人類の進化と戦争は密接に結びついていた。兵器や武器の開発により科学技術は進化し、それが人々の豊かな生活に結びついていたはずだ。それを人の手で止めてしまうことは、進化を止めることになってしまうんじゃないのか？」

なるほど、リケルメはそこまで考えていたのかと、内心感心する。

単純にユメリア大陸の植民地化による利益追求だけではなく、その先の未来を考えた上での選択だったのだろう。

確かにリードが知っている世界における植民地政策は負の遺産ではあったが、それも時代と共に改善されてはいた。

だが、それはあくまでその時代を生きていない、過去の歴史としてそれを知っている人間の視点だ。

「確かに、人類の歴史は戦争の歴史でもあるし、科学技術の発展と軍事技術の発達は密接に関わっているものだと思う。だけど、それって結果論であって、後の時代の人間だからそんな風に言えるんじゃないかな。もし俺がその当時を生きている人間で、この犠牲は人類の進化のために必要だ、なんて言われても絶対納得出来ないと思う」

「……確かに、それはそうだな」

「それに別に、戦争を止めたからって軍事技術の発達が止まるわけじゃないと思うんだ。リケルメには話していなかったけど、対立した国々が皆戦争を行ってきたわけじゃない。むしろ、力が拮抗しているからこそ戦争が止められた場合だってあった」

先日読んだ、アルベルトの海上権力論の本に書かれていた。

他国から侵攻を受けるのは、圧倒的な兵力差がつき、相手国が勝てるという算段がついた時だと。だからこそ、それを防ぐためにも国内の防衛力を高めることが重要なんだと。

「全く、ラウルにお前をくれてやったのはやはり失敗だったな。そもそもお前と敵対したとして、俺にまともな判断が出来るわけがないだろう？」

両手を広げ、大袈裟なポーズをするリケルメに、リードは笑みを浮かべる。

「そんなこと言うけど、あっさりこっちの戦略を読み取って艦隊を派遣させてたよな？ どう考えてもまともな判断だったと思うけど？」

「そりゃあ、リードの手紙を読めばユメリアへの進出に反対しているのは明らかだったからな。その上でラウルがどういう戦略をとるかなんて、手に取るようにわかる」

「それに関しては、俺も反省してる……」

わかっていたことだが、全てリケルメにはお見通しだったということだろう。しかも、自分の手紙が原因の一つであったことを考えると後味も悪い。

やっぱり、リケルメは手強いな……。

大国の賢王と呼ばれるだけのことはある。

「とはいえ、それはつい最近までの話だ」

「え？」

「海軍に、アルベルト・シュナイダーが復帰したらしいな。長い間自領に籠(こも)っていたあの戦術家を、どうやって引っ張り出したんだ？」

やはり、アルベルトの名はアローロにまで広まっていたようだ。

「さあ？　王としてのラウルに期待したからじゃない？」

しらばっくれるようにそう言えば、リケルメが不満げに口を尖(とが)らせた。

さらにリケルメが口を開こうとすれば、けたたましいノックの音が聞こえ、扉が開かれる。

「戴冠式(たいかんしき)に出席頂きありがとうございます叔父上、何か火急の御用ですか!?」

扉の外にルリがいたことからも、なんとなく事情を察したのだろう。

ずんずんと部屋の中に入って来たラウルが、思い切りリケルメを睨(にら)みつける。

「愛するリードが晴れの舞台を前に緊張しているんじゃないかと思ってな。機嫌を伺いに来ただけだ。なあ、リード？」

リケルメの言葉に、ラウルの顔が思い切り引きつる。

そのままラウルが言い返す前に、リケルメは早々とその場を立ち去って行った。

おそらく、言いたいことは十分伝えたということなのだろう。

「大丈夫だったか？」

しばらくリケルメの後ろ姿を見つめていたラウルが、気遣うような視線をリードに向けてくる。

「うん。そろそろ時間だね、ローブをつけた方がいいかも」

戴冠式では、新しい王と王妃が深紅のローブをつけるのが伝統だった。

先ほどつけてみたものの、数百年前から使われていることもあり、重たさを感じすぐに外してしまったのだ。

「あ、リディ」

「何？」

「さっき、城で伝えようと思ってたんだが……」

真剣な瞳（ひとみ）で見つめられ、リードも姿勢を正す。

「俺は、叔父上のような王にはなれないかもしれない。未熟で、それこそお前や側近たちにこれからも色々助けてもらうことになるだろう。それでも、俺が王になることを望んでくれた皆のためにも、良き王となれるよう、これからも励んでいくつもりだ。だからどうか、これからも俺の隣にいて欲しい」

いてくれないか、ではなくいて欲しい、という言い方がとてもラウルらしかった。

国で一番権力を持つ王となるというのに、決してその力でリードを縛ろうとはしない。

「勿論（もちろん）だよ、これからも、ラウルの傍にいさせて」

リードはラウルに歩み寄り、その手を優しく握りしめた。

大聖堂には、国内外から多くの来賓が集まっていた。

当初予定していたよりも参列希望者が出てしまったため、最終的には一部の椅子だけを残して人が入れるようにしたそうだ。

戴冠式のほとんどは起立した状態で行われるため、椅子が必要なかったのもある。

前国王であるリオネルの隣にはレオノーラとエレナが、さらにその隣にはナターリアとセドリックの姿も見えた。

ラウルが国王になれば、セドリックは王太子となる。いつもより少し緊張しているのは、セドリックもそれを理解しているからだろう。

リケルメにマリアンヌ、さらにはパトリシアとバティも出席していた。

当初はラクシュミンも出席を考えていたようだが、ちょうど国の重大な行事と重なってしまったようだ。

この日のためにわざわざルイスは帰国したようで、その隣にはアリシアが寄り添うように立っていた。

ハノーヴァーにも招待状は送ったのだが、結局コンラートは出席を見送ったようだ。それでも祝辞の言葉と代理の人間はよこしているところが、コンラートらしかった。

「ラウル・リミュエール」

名を呼ばれ、王の証（あかし）である深紅のローブを身に着けたラウルが、ゆっくりとマザーの前へと足を進める。

ラウルの表情を確認したマザーは朗々と祈りの言葉を紡ぎ、次に隣に置かれていた王冠を手にする。

小柄なマザーのためにラウルが腰をかがめると、マザーがラウルの頭にゆっくりと王冠を授ける。

大聖堂の中はシンと静まり返り、ステンドグラスから入ってくる光がラウルの姿を照らし出している。

それがまた、儀式をより一層神秘的なものにしていた。

王冠をかぶったラウルが立ち上がり、マザーが新しい国王の誕生を宣言する。

大聖堂が大きな歓声と拍手に包まれ、ラウルがゆっくりとリードの方を振り返る。

頷（うなず）いたリードは、自身の手に持っていた宝剣をラウルへ差し出す。

オルテンシアにおいて、王冠と宝剣は王権の象徴ともいえる品だ。

王冠は名誉、宝剣は力。その二つを手にすることで、ようやく王として認められる。

宝剣を渡す瞬間、ちょうどラウルと視線が合う。

小さく頷けば、ラウルも口の端を上げた。

ラウルが王妃であるリードから宝剣を受け取ったところで、儀式は終了する。

歓声に包まれる大聖堂で、リードはラウルともう一度見つめ合い、次に参列者へと視線を向けた。

光の中、ラウルと見たその光景は、とても美しいものだった。

自分はこの日を、生涯忘れることはないだろう。

たとえこの先、どんな苦難が待ち受けていたとしても。ラウルと共に歩き出したこの道を、進んでいきたい。

新国王の隣に立ったリードは、そう心に誓った。

掌編

アローロの王宮は、政治を行う建物と、そして王やその妃たちの居住する建物が分かれている。とはいえ、それはあくまで大まかな分け方で、内部構造はもう少し複雑な造りとなっている。

訪問者が迷い込んでしまうこともあるし、王宮で働き始めた者が一番初めに覚えるのも王宮内の構造だ。

建国した始祖王によって建てられた王宮は元々広さはあったが、年を追うごとにより絢爛豪華になっていったという。

幼いマクシミリアンにとって広い王宮は格好の遊び場で、学友として選ばれた子供達と駆け回っていた。

アローロ王の子として産まれ育ったマクシミリアンは王宮での生活しか知らない。

正妃筋であるマリアンヌの長子のマクシミリアンには、生まれた時から王の椅子が約束されていた。

偉大な父王に対する畏怖の念や、その次代となるプレッシャーを、強く感じていた時期もあった。

そんなマクシミリアンの考えが変わったのは、大切な、かけがえのない彼の人との出会いからだった。

リケルメの寝室は、歴代の王たちにも使われてきた歴史ある部屋だ。
寝台に横椅子といった家具はあるが、飾られている絵画や調度品の数はそれほど多くはなく、豪華

というよりは実用的な部屋だった。

本棚には溢れんばかりの本が並べられており、そういえば彼の人も本を読むことを好んでいたことを思い出す。

そういったところも、リケルメと気が合ったのかもしれない。

「それで？　話とは？」

マクシミリアンが部屋に入ると、椅子に座り、机に頬杖をついたリケルメが問うた。

机の上には、グラスと蒸留酒のボトルが置かれていた。

マクシミリアンは無言でグラスと蒸留酒を持つと、棚の上へ置く。

「……おい」

リケルメが不満げな声を出した。

「近頃、酒の量が増えていると聞きます。お身体に触りますよ」

「この程度の酒の量で、どうにかなるような年じゃない」

「いいえ父上、貴方は年をとられました。柔軟さを忘れ、新しいものを受け入れることが出来ぬほどに」

マクシミリアンの言葉に、リケルメの表情が険しくなる。

「何が言いたい」

「パトリシアの結婚を、どうしてお許しにならないんですか？」

リケルメの切れ長の目が、僅かに見開かれた。

マクシミリアンの話の内容に関してはあらかじめ予想がついていたのだろうが、すぐに本題に入るとは思わなかったのだろう。

「先ほど説明しただろう、いくらマラティアが発展しているとはいえ、しょせんはユメリア大陸の国だ。そんな国に、パトリシアを嫁がせられるわけがないだろう」

「つまり、パトリシアのためにはならないと？」

「当たり前だ。自分の娘の幸せを考えない親などいないからな」

「……おためごかしですね」

「なんだと？」

「それでは、サイラスに嫁げば幸せになれるとでも？　愛のない、形だけの結婚をパトリシアが望んでいると？」

畳みかけるようにマクシミリアンが言えば、リケルメが押し黙った。

サイラス・シェーンホンドは公爵家の嫡男で、リケルメがパトリシアの結婚相手にと考えていた男だ。

けれど当初から、パトリシアがこの結婚に乗り気ではなかったことをマクシミリアンは知っていた。

そして婚約が正式に決まる直前、パトリシアはアローロを出て、隣国のオルテンシアへ出かけて行ってしまった。

リケルメは呆れていたが、パトリシアらしい行動力に、マクシミリアンは笑ってしまった。

外見こそ母のマリアンヌによく似た容貌のパトリシアだが、その気の強さと頑固さは、父であるリケルメによく似ていた。

さらに帰国したパトリシアは、結婚したい相手がいるとリケルメに堂々と言ってのけたのだ。

しかも、パトリシアが相手にと望んだのは、今リケルメが進出しようとしている大陸・ユメリアの第一王子だという。

さすがのリケルメも、それをパトリシアの口から聞いた時には動揺していた。

ここまでリケルメを動揺させられる人間は、それこそ彼の人以外いないだろう。

我が妹ながら、あっぱれだと思った。

もっとも、パトリシアの背後にいるのが彼の人だということは、すぐにマクシミリアンにはピンときたが。

「父上、いい加減認めましょう。今回は、リードの方が一枚上手でした」

マクシミリアンがそう言えば、リケルメがその表情を歪ませた。

とはいえそれは怒りの表情というよりは、頬を膨らませるような、小さな子供が母親に叱られた時のそれに近い。

リケルメにこんな表情をさせることが出来るのは、彼の人だけだろう。

「そんなの……出来るわけがないだろう」

それでも往生際が悪く、リケルメは言葉を続けた。

「ユメリアへの進出に関しては、占領計画まで既に考えられているんだ。豊富な資源を持つユメリアを植民地とすれば、アローロはさらなる発展を遂げることが出来る。お前だってそれはわかっているだろう？」

「ええ、勿論です。遠い大陸まで船を出すのに大量の輸送費や戦費がかかること、さらにたくさんの人命が失われることを計算の内に入れても、なおユメリアは魅力ある大陸であるということも」

「国の発展のためには必要な犠牲だ、そうやって、アローロは大きくなっていったんだ」

「その通りです。しかし父上、既にアローロは大国です。この国の発展は喜ばしいことですが、他国を犠牲にしてまで行うものではないと私は思います。それこそ、伯母上の言う覇道であると」

パトリシアと共に帰国したレオノーラの言葉を口にすれば、リケルメの顔が険しくなった。

「リードがこの国にいた頃、教えてもらった言葉があります」

マクシミリアンが彼の人、リードの名前を出せば、俯いていたリケルメがその顔を上げた。

「人は城、人は石垣、人は堀、情けは味方、仇は敵なり」

朗々と口にすれば、リケルメが首を傾げた。

「どういう意味だ？」

「どんなに強固な城を築いても、それを守る人の心が離れてしまえば、城は落ちます。大切なのは、民に情を持って接すること、だそうです」

「……あいつらしい、言葉だな」

呟くように言ったリケルメの表情は、先ほどよりも穏やかになっていた。

「父上、リードが敬愛しているのは、大国の王としての貴方ではありません。アローロの民の幸せを考え、国土を安定させている賢王としての貴方です。どうか、賢明な判断を、よろしくお願いします」

リケルメは、しばらくなんの言葉も発しなかった。

マクシミリアンだってわかっている。今回のユメリア大陸進出に関しては、リケルメの中にも迷いがあったことを。

それでも、リケルメが時に非情な判断を出来ることも確かだった。

たとえリードが反対したとしても、王としてのリケルメは情に動かされることはない。

だからこそ、知恵を絞り、リケルメのユメリア大陸進出を阻んだのだろう。

「パトリシアには、しっかり花嫁修業をさせないといけないな。アローロの王女として、他国に嫁いでも恥ずかしくないように」

リケルメが、ぽつりと呟くように言った。

「父上……！」

「勘違いするな、ユメリア大陸への進出にかかる諸々の経費よりも、リサーケ商会とのつながりの方が有益だと判断しただけだ」

苦々しい表情で、リケルメが言った。けれど、先ほどまでの怒りは既になくなっていた。

……すごいな、リードは。

賢く、美しい彼の人の姿を思い浮かべる。

そして、改めて誓う。リードから貰った言葉を胸に、自分も良き王となろうと。

あとがき

はじめまして、こんにちは。はなのみやこと申します。

この度は『後宮を飛び出したとある側室の話』をお手にとって頂き、誠にありがとうございます。

この冒頭の挨拶（あいさつ）、一冊目も二冊目も書かせて頂きました。そう、こちらの本は『後宮シリーズ』三冊目なのです。

まさかまさかの三冊目です。担当様からお声をかけて頂いた時には、本当に舞い上がるような気分でした。これも全て、ここまでこのシリーズを応援して下さった皆様のお陰です。

今回の本の内容ですが、まだ読んでいらっしゃらない方のために（最初にあとがきを読む方いませんか？　実は私も、そのタイプです）ネタバレをしない程度に話させて頂きますと。

前半のメインはパトリシア、そして後半はラウルです。

そういったこともあり、当初案として出させて頂いたサブタイトルは、「王女の恋と王冠」でした。なかなかいいのでは？　と思ったのですが、担当様から「王女の恋だとBLっぽくないので、初恋にされませんか？」という提案をして頂いたのです。

そうなんです、この小説はBLなんです！　確かにBLのタイトルに「王女の恋」はないなと。ありがたく担当様の案を頂きました。

ただ、後宮シリーズはBLではあるのですが、リードとラウルの恋愛と言うよりも、リードとラウルの人生を書かせて頂いてるなあと私自身は思っております。

女性キャラも、BLとは思えないほど出させて頂いております。あとは、かっこいいおじさんですね！　新キャラのアルベルトも個人的にはかなり気に入っているイケオジです！

それから、せっかくのシリーズものなので、一巻や二巻を読み返して頂いて「あ、このキャラやこの台詞、ここに出てた！」みたいな楽しみ方もして頂けたら嬉しいなと思います。

実は執筆前に一巻から私も読み直したのですが、思った以上に文章が書きなれてなかった……じゃなく（すみません）ラウルは本当にリードのことが大好きなんだなって改めて思いまして。ダメ出しをされることも多いラウルですが、今回は成長したラウルの姿を描けたんじゃないかなと思っております。

このシリーズのキャラクターはみんな愛おしいので、これからも書かせて頂けたら嬉しいです。最後になってしまいましたが、謝辞を。

シリーズを通じてキャラクターを描いてくださっている香坂先生。今回も本当にありがとうございます。表紙の美しい二人の姿を見て、幸せな気分になりました。

担当Y様、いつも支えて下さり本当にありがとうございます。これからもどうぞよろしくお願いいたします。

そしてこの本を読んで下さった皆様。このシリーズを続けさせて頂けているのは、皆さまのお力のお陰です。心から、感謝しております。

また、どこかでお会い出来ましたら幸いです。

令和五年　秋　はなのみやこ

後宮を飛び出したとある側室の話
初恋と王冠

2023年12月1日　初版発行

著者　はなのみやこ

発行者　山下直久

発行　株式会社KADOKAWA
〒102-8177
東京都千代田区富士見2-13-3
電話：0570-002-301（ナビダイヤル）
https://www.kadokawa.co.jp/

印刷所　株式会社暁印刷

製本所　本間製本株式会社

デザインフォーマット　内川たくや（UCHIKAWADESIGN Inc.）

イラスト　香坂あきほ

本書は書き下ろしです。

ISBN：978-4-04-114427-5　C0093　Printed in Japan